궁귀검신 2부 5
조돈형 新무협 판타지 소설

초판 1쇄 찍은 날 § 2004년 12월 22일
초판 1쇄 펴낸 날 § 2004년 12월 31일

지은이 § 조돈형
펴낸이 § 서경석

편집장 § 문혜영
편집책임 § 장상수
편집 § 서지현 · 한지윤
마케팅 § 정필 · 강양원 · 이선구 · 김규진 · 홍현경

펴낸곳 § 도서출판 청어람
등록번호 § 제1081-1-89호
등록일자 § 1999. 5. 31
어람번호 § 제2-0494호

주소 § 경기도 부천시 원미구 심곡1동 350-1 남성B/D 3F (우) 420-011
전화 § 032-656-4452   팩스 § 032-656-4453
http://www.chungeoram.com
E-mail § eoram99@chollian.net

ⓒ 조돈형, 2004

ISBN 89-5831-358-7 04810
ISBN 89-5831-103-7 (SET)

※ 파본은 본사나 구입하신 서점에서 교환하여 드립니다.
※ 저자와 협의하여 인지를 붙이지 않습니다.

궁귀검신

2부

弓鬼劍神

5

조돈형 新무협 판타지 소설

도서출판 청어람

목
차

제37장 북풍광풍(北風狂風) __ 7
제38장 잠룡부(潛龍簿) __ 37
제39장 창파령(蒼波嶺) __ 61
제40장 무극지검(無極之劍) __ 89
제41장 생사기로(生死岐路) __ 113
제42장 소림사(少林寺) __ 139
제43장 소림지루(少林之淚) __ 163
제44장 암중모색(暗中摸索) __ 203
제45장 경송창어세한(勁松彰於歲寒) __ 233

북풍광풍(北風狂風)

북풍광풍(北風狂風)

 서쪽에서 불어온 광풍(狂風)의 충격이 미처 가시기도 전에 남쪽에서 들이닥친 살풍(殺風)은 온 무림을 또다시 경악 속으로 밀어 넣었다.
 승천지계가 발동함에 따라 본거지인 곤명을 떠나 동쪽으로 깊숙이 들어와 있던 흑월교가 본격적으로 움직이기 시작한 것은 무당산 인근에 진을 치고 있던 패천궁이 철수를 결정하는 시점에서 시작되었다.
 그들은 전광석화와 같은 기동력으로 단 며칠 만에 사천성을 석권한 철혈마단과 마찬가지로 엄청난 속도로 움직이면서도 그들보다 완벽하고 보다 확실하게 주변 문파를 굴복시켜 나갔다.
 흑월교의 살풍에 희생당한 문파만 어림잡아 십여 곳. 그들이 점령한 지역을 감안한다면 그다지 많은 수라고 볼 수는 없었지만 무너진 각 문파의 면면을 살펴보면 몹시 충격적이었다.

가장 먼저 당한 능한문(凌限門)은 그렇다 쳐도 이백 년의 전통을 자랑하는 팔극문(八極門)과 묵살문(默殺門), 적운방(積雲幇) 등이 변변한 대응도 하지 못하고 무너졌고 그 외에도 인근에서 명성을 날리던 문파들은 멸문을 면치 못했다.

최후의 일인까지 대항하다 몰살당한 귀혼장(鬼魂莊)을 끝으로 귀주성의 남부와 광서성 북부 지역엔 더 이상 대항하는 문파가 남아 있지 않았다. 굴복하지 않으면 풀 한 포기 남기지 않는 그들의 잔인함에 대다수의 문파들이 스스로의 전의를 꺾었기 때문이었다.

그것은 단지 시작에 불과했다.

"흑월교의 위세가 그리 대단하단 말인가? 패천궁이 당황할 정도로?"

첨밀각주로부터 흑월교의 움직임과 패천궁의 대응을 상세하게 보고받은 천장 진인이 자못 놀랍다는 듯 되물었다.

"그렇습니다. 놈들에게 굴복하는 문파의 수가 기하급수적으로 늘고 있습니다. 귀주성에서 패천궁이 지니고 있던 영향력은 사실상 상실했다고 해도 과언이 아닙니다. 그나마 광서성이 버티고 있는데 만독문과 지옥벌(地獄伐)까지 무너지고 나면 흑도를 지탱하고 있는 한 축이 무너지는 것이나 마찬가지입니다."

왕호연이 심각한 표정으로 대답했다.

"하긴, 과거에 비해 세가 많이 약해지기는 했어도 지옥벌이라면 패천궁과 비교할 수 있는 유일한 문파였지. 만독문도 그렇고. 패천궁이 그리 서둘러 회군하는 것도 충분히 이해할 수 있는 일이야."

제갈경이 고개를 끄덕이자 천강 진인이 고소하다는 듯 입을 열었다.

"발등에 떨어진 불이 몸통을 태우게 생겼으니 놀랄 수밖에요. 아무튼 놈들에게 뒤통수를 맞게 되는 것은 아닌지 걱정했는데 다행입니다, 맹주님."

"그럴 리야 있겠는가?"

천강 진인이 설마 하는 표정으로 고개를 흔들었다. 하지만 내심 안도의 한숨을 쉬는 것이 그 역시 은근히 걱정을 한 모양이었다.

사실 그들이 걱정하는 것도 무리는 아니었다.

흑백대전이 벌어지고 무당파가 위험에 빠지면서 무당산에는 백도의 모든 힘이 집중되었다. 정도맹은 물론이고 탈맹했던 화산, 소림, 종남파를 비롯하여 거의 모든 문파들이 힘을 보탰다. 그랬기에 노도와도 같이 몰려드는 패천궁의 힘에 맞서 버틸 수 있었던 것이다. 하지만 사천혈맹이 준동하고 그들을 상대하기 위해 전력이 뿔뿔이 흩어진 지금은 아니었다.

비록 정도맹의 맹주를 비롯하여 주요 수뇌들이 여전히 무당파를 떠나지 않고 있었으나 아미, 점창, 청성, 소림, 화산, 종남 등 핵심 문파들이 무당산을 떠나면서 남은 전력은 이전과 비교할 수가 없었다. 이런 순간에 패천궁이 전격적으로 들이닥친다면 손도 제대로 써보지 못하고 무너지는 것은 너무도 뻔한 일. 해서 패천궁이 회군한다는 소식을 접하고도 좀처럼 경계의 눈초리를 풀지 않고 있었건만 흑월교의 거센 공격으로 그런 걱정이 사라진 것이었다.

"그나저나 철혈마단을 상대하기 위해 떠난 이들은 어찌 되었나? 지금쯤이면 도착했을 것 같은데, 무슨 연락이라도 있었는가?"

무당파의 장문이자 사실상 정도맹을 장악하고 있는 천중 진인이 물었다.

사천성을 접수하고 동진하는 철혈마단를 상대하기 위해 움직인 문파는 아미, 점창, 청성을 주축으로 하여 본가에 닥친 참화 소식을 듣고 급히 달려온 일부의 당가 무인들, 그리고 사천성에 본산을 두고 있는 여러 문파들이었다.

움직이는 인원만 족히 삼사백, 그러나 정면으로 싸워선 승리를 장담할 수 없었다. 아니, 백이면 백 패배한다는 의견이 지배적이었다.

흑백대전으로 인해 가뜩이나 전력이 약화된 지금 한 번의 패배는 곧 돌이킬 수 없는 결과를 불러오게 될 터였다. 정도맹의 수뇌들은 복수에 혈안이 되어 당장에라도 사천성으로 달려갈 듯한 그들의 발걸음을 막고는 고심에 고심을 거듭한 결과 사천성과 섬서, 호북의 경계를 이루는 대파산(大巴山)에서 철혈마단을 막는 것이 최선의 방법이라는 결정을 내렸다.

정도맹의 결정은 곧 사천성에 있는 본산을 포기하라는 말이나 다름이 없는 말. 아미파를 비롯하여 몇몇 문파가 거세게 반발했다.

하나 그 이상의 대안은 없었다. 평지에선 거의 무적이나 다름없는 철혈마단의 기마대를 상대한다는 것은 섶을 지고 불구덩이에 뛰어드는 꼴이나 진배없었다. 결국 그들로서도 정도맹의 결정을 따를 수밖에 없었다.

"아직 도착하지 못한 듯싶습니다만 적의 첨병과는 이미 한차례 충돌이 있었던 모양입니다."

"충돌이라니?"

"당가를 쫓아온 놈들이랍니다. 인원이 얼마 되지 않는 듯 손쉽게 물리쳤다고 합니다."

왕호연이 맹주를 찾기 바로 직전에 도착한 소식을 기억해 내며 차분히 대꾸했다.

"그래, 당가의 식솔들은 어찌 됐다고 하던가?"

아무래도 팔은 안으로 굽기 마련인 법이던가? 같은 오대세가로 혈연과도 같은 인연을 이어오던 당가의 안위를 걱정하는 제갈경의 낯빛은 몹시 초조해 보였다.

"오랫동안 추격을 받아서 그런지 다들 지치고 힘든 기색이 역력했지만 대다수가 무사하다는 전갈입니다. 이 모든 것이……."

잠시 말을 끊은 왕호연이 슬며시 좌중을 둘러보며 말을 이었다.

"믿을 수 없는 신위로 추격자들을 격살한 을지호 대협과 혈궁단, 비혈대의 도움이 있었기에 가능했다고 합니다. 참으로 고마운 일입니다."

순간, 이곳저곳에서 나직한 신음성이 터져 나왔다. 몇몇은 노골적으로 반감을 드러냈는데 천강 진인이 대표적인 사람이었다.

"대협이란 말을 너무 함부로 쓰는 것 같군. 또한 혈궁단과 비혈대라면 패천궁의 무인들이 아닌가? 그자들에게 도움을 받았다는 것은 수치라면 수치, 결코 자랑할 것은 못 되지."

"어차피 한 배를 탄 사람들 아닙니까?"

왕호연도 지지 않고 대꾸했다.

"한 배를 타다니! 그 무슨 망발인가? 어쩔 수 없이 싸움을 중단하기는 하였으나 놈들은 사천혈맹 못지않게 위험한 놈들이야. 조금이라도 경계를 소홀히 해서는 안 될 것일세!"

천강 진인은 천장이 들썩일 정도로 음성을 높였다. 더 대꾸해 봐야 모양새만 구길 것이라 생각했는지 왕호연은 고개를 돌려 버렸다. 그러나 제갈경의 심사는 그리 편치 못했다.

"수치라……. 자랑할 것은 못 되지만 당가가 어째서 그렇게 힘없이 당했는지를 생각한다면 그리 함부로 말을 해서는 안 될 것이오. 사천의 본가가 당하고 있을 때 당가의 주력은 무엇을 하고 있었습니까?"

언제나 온화한 웃음만을 머금고 있던 제갈경의 얼굴에 냉기가 피어오르고 음성 또한 더없이 싸늘했다.

"그, 그게… 그런 뜻이 아니라……."

자신이 어떤 실수를 했는지 파악한 천강 진인은 일순 대꾸할 말을 찾지 못하고 우물쭈물했다.

"살아남은 식솔이라 해봐야 대다수가 무공을 모르는 아녀자들과 어린아이들. 그나마 간신히 목숨을 구했습니다. 그것이 수치스런 것입니까?"

"그, 그런 것이 아닙니다. 제, 제 말뜻은……."

무공은 그 누구보다 약했지만 오랜 연륜과 학식에서 뿜어져 나오는 서릿발과도 같은 위엄은 일대종사에 못지않았다.

가히 추상과도 같은 질책에 천강 진인은 어쩔 줄을 몰라 하며 땀을 뻘뻘 흘렸다.

"무량수불! 당가를 비롯하여 함께 피 흘려 싸운 오대세가에 큰 무례를 저질렀습니다. 하나 사제가 패천궁을 미워하고 적대시하는 마음이 커서 그런 것이지 다른 뜻은 없을 겁니다. 빈도가 사제를 대신하여 용서를 청하겠습니다. 부디 너그러운 마음으로 용서를 해주시지요."

천중 진인이 고개를 수그리며 정중히 용서를 구했다.

상대가 그렇게까지 고개를 숙이고 들어온 이상 계속해서 화를 내는 것도 예의에 어긋나는 것이라 생각한 제갈경이 적당히 사과를 받아들였다.

"장문인께서 그렇게까지 말씀하신다면야… 노부도 조금 지나쳤던 것 같습니다."

그러나 사과는 받아들였어도 무겁게 굳은 안색까지 되돌리지는 못한 것이 여전히 앙금이 남은 듯했다.

천장 진인이 재빨리 화제를 바꿨다.

"아무튼 당가의 식솔들이 위기에서 벗어났다고 하니 천만다행입니다. 이제 문제는 놈들을 어찌 막아내느냐 하는 것 같습니다."

"충분히 막을 수 있습니다, 맹주님."

가만히 듣고 있던 호법 구척(丘倜)이 자신감 넘치는 어조로 입을 열었다.

"호랑이가 없는 곳에선 여우가 왕이라고, 한순간일 뿐입니다. 놈들이 비록 사천을 유린했다지만 빈집이나 마찬가지였습니다. 놈들이 저지른 만행을 심판하고자 여러 문파들이 나선 이상 이제 그 대가를 받게 될 것입니다."

호기 넘치는 음성이었다. 하지만 일이 그렇게 간단하지 않다는 것을 알고 있는 천장 진인은 무거운 표정으로 고개를 내저었다.

"무량수불! 구 호법의 말씀대로 된다면야 오죽 좋겠소. 물론 놈들을 저지하기 위해 나선 분들의 실력을 의심하는 것은 아니오만 적의 기세가 저렇듯 하늘을 찌르니 솔직히 걱정을 아니 할 수 없구려."

땅이 꺼져라 한숨을 내쉬는 천장 진인의 모습이 안쓰러웠는지 제갈경이 위로의 말을 던졌다.

"지형을 잘만 이용한다면 충분히 승산이 있을 것 같습니다. 너무 심려하지 마십시오."

왕호연도 거들었다.

"노선배님의 말씀이 옳습니다. 저들이 무서운 것은 상상도 할 수 없을 정도로 빠르게 움직이는 기동력 때문입니다. 하지만 대파산(大巴山)처럼 험준한 산에선 그들의 장기가 발휘되기 힘듭니다. 또한 기마대의 발이 묶이는 이상 놈들을 반드시 저지할 수 있을 것입니다."

"후~ 그렇기는 하네만……."

천장 진인은 좀처럼 안심이 되지 않는 모양이었다.

"화산파와 종남파, 삼광문이 빠진 것이 아쉽네. 그들의 힘이라면 이렇게 걱정하지 않아도 될 터인데."

사천에 적을 두고 있는 문파들이 철혈마단을 막기 위해 대파산으로 움직이는 사이 무당산에 모여 있던 여러 문파들도 자파를 보호하기 위해 속속 복귀를 했다.

지리적으로 북천과 가까이에 위치한 하북의 낙검문이 제일 먼저 떠나고 소림사와 화산 등도 그들의 뒤를 이어 무당산을 떠났다. 정도맹의 수뇌들이 그들을 잡아두기 위해 무던히도 애를 썼지만 북천을 막기 위해 움직인다는 말에는 제지할 방법이 없었다.

"어쩔 수 없소이다, 맹주. 서천과 남천이 움직였다면 북천이라고 가만히 있지는 않을 것이고 언제 위험이 닥칠지 모르는 일. 그들도 준비를 해야 했을 것이오.”

천중 진인이 차분한 어조로 입을 열자 제갈경이 곧바로 맞장구를 쳤다.

“오대세가가 북상을 하고는 있다고 하나 솔직히 오대세가의 힘만으론 북천을 상대하기엔 역부족이 아닐까 합니다. 단일 세력인 서천과는 달리 북천은 한빙곡을 중심으로 새외 여러 문파들이 연합한 것으로 그 힘을 추측할 수가 없습니다.”

“그것을 모르는 바는 아니나 솔직히 북천은 아직 별다른 움직임이 없고… 참, 그들의 움직임은 간파가 되었나?”

“장성(長城)을 넘지는 않았다고 합니다.”

대뜸 대답을 한 사람은 천강 진인이었다.

그의 대답에 천장 진인은 별다른 반응을 보이지 않더니 왕호연에게 시선을 돌렸다. 확인을 요구하는 눈빛을 보며 못마땅한 듯 인상을 구기고 있던 왕호연이 입을 열었다.

“분명 그런 전갈이 오기는 왔습니다만 확실하다고는 할 수 없습니다.”

“명확한 보고가 올라와 있건만 확실하지 않다니!”

천강 진인이 이해할 수 없다는 듯 목청을 높이려 할 때 눈짓으로 그의 음성을 막은 천중 진인이 되물었다.

“확실하지 않다는 말이 무슨 의미인가? 보고가 명확하지 않다는 말인가?”

“그렇습니다. 하루에도 적게는 수십에서 많게는 수백 건에 이르는 소식이 올라오고 있습니다. 한데 그 모든 소식의 진위가 밝혀지지 않

있습니다. 물론 정확한 것도 있겠지만…….”
"거짓 정보가 섞여 있다는 말인가?"
왕호연이 고개를 끄덕였다.
"상당수가 그런 것으로 파악하고 있습니다. 자신을 은폐하고 적을 기만하기 위해 가장 좋은 방법은 정보를 교란하여 혼란을 주는 것이지요."
천장 진인이 참지 못하고 물었다.
"도대체 어떤 소식들이 올라오기에 그러는 것인가?"
"가령 북천이 아직 장성을 넘지 않았다는 소식과 이미 장성을 넘어 맹렬히 남진하고 있다는 소식이 함께 전해졌습니다. 또한 하북성이 놈들의 수중에 떨어졌다는 말도 있고 산서성이 위험에 빠졌다는 정보도 있습니다."
"말도 안 되는 소리!!"
천강 진인이 버럭 소리를 질렀다.
그의 반응에 냉소를 지은 왕호연이 말을 이었다.
"문제는 그 소식들이 모두 정확한 선으로 보고가 올라온다는 겁니다. 그런 상황이다 보니 완전히 인정하지도, 그렇다고 무시하지도 못하고 있습니다."
"허!"
"이거야 원."
천장 진인은 물론이고 좌중에 모인 모든 이들의 입에서 어처구니없다는 탄식성이 터져 나왔다.
"하면 북천에서 이미 손을 쓰고 있다는 말인가, 그토록 광범위하게?

흠, 아무래도 어딘가 이상해. 자넨 어찌 생각하는가?"

제갈경은 왕호연의 말에서 뭔가 아귀가 맞지 않는 것을 느끼곤 잔뜩 이맛살을 찌푸리며 물었다.

왕호연도 이미 그것을 느끼고 있었는지 심각하게 고개를 끄덕였다.

"북천도 북천이지만 아무래도 다른 쪽에서 움직이는 것 같습니다."

"다른 쪽이라면? 음, 중천이로군. 하긴 삼천이 움직였는데 우두머리인 중천이 가만있을 리는 없겠고… 어쩌면 이 모든 일이 그들의 계획에 포함된 일일 수도 있다는 생각이 드는군."

자문자답(自問自答)을 하던 제갈경은 두 눈을 감고 깊은 생각에 잠겼다.

"정보에 혼선이 오는 것은 적의 교란 때문이기도 하겠지만 그동안 흑백대전을 치르느라 모든 눈과 귀가 패천궁 쪽에 맞춰져 있었기에 그리된 듯싶습니다. 다른 곳으로 눈을 돌릴 여유가 없었지요. 아무튼 방주께서 개봉부(開封府)로 떠나셨고 개방의 수많은 방도들이 움직이고 있으니 곧 놈들의 움직임을 파악할 수 있을 것입니다."

"이럴 바엔 차라리 전력을 다해 철혈마단을 치는 것이 어떻겠습니까?"

정도맹의 맹주가 엄연히 있음에도 천강 진인의 질문은 맹주인 천장이 아니라 천중 진인에게로 향했다.

"무슨 말인가?"

"어차피 패천궁은 흑월교로 인해 움직일 수 없습니다. 또한 북천의 움직임은 아직 파악되지 않았습니다. 이런 저런 말이 많지만, 제가 생각하기엔 장성을 넘지 못한 것이 확실해 보입니다. 또한 중천 역시 암중모색(暗中摸索)을 할 뿐 드러내 놓고 활동하지는 않고 있습니다."

순간, 나직한 코웃음이 들렸고 그것이 누구의 것인지 알고 있었지만 천강 진인은 신경 쓰지 않았다.

"이것은 곧 생각만큼 적의 위협이 크지 않다는 것을 의미합니다. 어쩌면 사천혈맹이 이름만 혈맹이지 아직 이름만큼 끈끈한 관계가 아닌지도 모르지요. 어쨌든 놈들의 위협이 조금이라도 덜한 지금이 기회인 것 같습니다. 다소 늦은 감이 있지만 지금이라도 우리 무당파의 제자들과 정도맹의 전력을 총동원한다면 철혈마단쯤은 간단히 제압할 수 있습니다. 자파로 돌아간 소림이나 화산파의 제자들을 다시 불러 함께 싸운다면 더욱 손쉽게 끝날 것이고 그렇다면 이후에 있을 싸움에 보다 여유롭게 대처할 수 있을 것입니다. 박빙의 전력을 보내 철혈마단을 상대하느라 불안에 떠는 것보다는 낫지 않겠습니까?"

일견 그럴듯해 보이는 의견이었으나 곧바로 반발에 부딪쳤다.

"불가(不可)합니다."

왕호연이 더없이 강한 어조로 천강 진인의 의견을 비판하기 시작했다.

"장로께서는 자신감이 지나쳐 자만심에 빠진 것 같습니다."

"감히!"

자리에서 벌떡 일어난 천강 진인이 뭐라 화를 내기도 전에 왕호연의 음성이 빠르게 이어졌다.

"혈맹이 단단하지 못하다고요? 수백 년 동안 잊혀졌던 그들이 다시 움직이기 시작했습니다. 그것도 승천지계란 이름으로 말입니다. 또한 승천지계를 발동시킨 장본인이 다름 아닌 중천임은 모두 다 알고 있습니다. 막강한 힘을 보여준 철혈마단이나 흑월교를 움직이는 중천이 그저 단순히 어둠 속에 숨어 있는 것으로 보이십니까? 그다지 위협이 되지 않는다고 하셨습니까? 저는 그들이 발톱을 드러냈을 때 어떤 피의 회오리가 무림을 덮칠지를 생각하면 밤잠이 오지 않습니다."

왕호연은 그동안 쌓인 것을 한꺼번에 풀어내려는 심산인지 누가 말릴 사이도 없이 목청을 드높였다.

"북천이 장성 밖에 있다고 하셨습니까? 좋은 말입니다. 그렇기만 하다면야 천만다행한 일이지요. 보다 여유를 가지고 그들을 상대할 수 있을 테니까요. 하지만 진위를 가릴 수 없는 정보가 수도 없이 올라오고 있다고 말씀드렸습니다. 만약 거짓으로 여긴 정보들 중 하나라도 사실일 때를 생각해 보셨습니까? 놈들이 하북을 지나 하남성에, 소림사를 목전에 두고 있다는 정보가 사실이면 어찌하시렵니까? 철혈마단을 상대하기 위해 본산을 비운 소림과 화산이 무너진다고 상상을 해보십시오."

소림이 무너진다? 도저히 있을 수 없는 일이었다.

왕호연의 말이 끝나기가 무섭게 모두들 불안한 마음에 진저리를 쳤다.

잠시 호흡을 고른 왕호연이 부들부들 떨고 있는 천강 진인의 눈을 똑바로 응시하며 마무리를 지었다.

"도대체 그 알 수 없는 자신감은 어디에서 나오는 것입니까? 이 아둔한 머리로는 이해를 하려 해도 도저히 이해할 수가 없습니다."

이 참에 체질에도 맞지 않는 정도맹을 떠나려는 듯 작심하고 내뱉는 왕호연의 말은 가시가 돋친 것을 넘어서 독설(毒舌)이나 다름없었다.

"네놈이!!"

노호성을 외치는 천강 진인의 얼굴은 썩은 감자와 다르지 않았다. 가만히 있다가는 아무래도 사단이 날 듯싶었는지 천장 진인이 재빨리 끼어들었다.

"둘 다 흥분을 가라앉히게."

그러나 일촉즉발의 상황은 조금도 나아지지 않았다.

"허, 허흠."

천장 진인은 흥분을 가라앉히라는 만류에도 불구하고 죽일 듯 서로를 노려보는 천강 진인과 왕호연 사이에서 난감한 표정을 짓고 있었다.

그들 사이로 한숨을 내쉰 제갈경이 끼어들었다.

"노부는 첨밀각주의 말에 일리가 있다고 봅니다. 물론 천강 진인의 말씀도 틀린 것은 아니나 무당파와 정도맹이 움직이지 않는 것은 언제, 어느 순간 뒤통수를 노릴지 모르는 중천을 견제하기 위함인 것. 그것에 관해서는 이미 며칠 전 논의가 끝난 것이니 재차 거론할 필요가 없다고 봅니다. 오히려 혼란만 가중시킬 뿐이지요. 그렇지 않습니까?"

"흠, 맞습니다."

"아무래도 그렇겠지요."

이곳저곳에서 수긍하는 목소리가 터져 나왔다.

논의가 끝난 것이니 재차 거론할 필요가 없다는 제갈경의 말에 여러 수뇌들이 호응을 하고 나서자 천강 진인의 주장은 순식간에 쓸데없이 혼란만 부추기는 의견이 되고 말았다.

"물론 자네의 주장 역시 최악의 상황을 상정한 하나의 가정일 뿐이라는 것을 잊지 말게. 또한 아무리 상대와 의견이 맞지 않는다 하더라도 최소한 지켜야 할 예의라는 것이 있네. 자네의 지금 태도는 분명 과한 것이었어."

자신의 의견을 중론으로 굳힌 제갈경은 끝으로 왕호연을 살짝 꾸짖는 것으로 천강 진인의 체면을 살려주었다.

왕호연도 더 이상 분란을 일으키기 싫었는지 순순히 고개를 숙였다.

"죄송합니다. 여러 어르신들 앞에서 제가 너무 언성을 높였습니다. 너그러이 이해해 주십시오."

하나 말을 그리하면서도 하고 싶은 말을 다 했다는 듯 왕호연의 얼굴은 편안하기 그지없었다.

다만 뭔가 얘기를 하고 싶었으나 차마 입을 열지 못한 천강 진인은 화를 삭이느라 꽤나 불편한 모습이었다.

　　　　　　*　　　　*　　　　*

북천의 행보를 놓고 이런 저런 말들이 많았지만 결정적으로 장성을 넘어 한참이나 남하한 그들의 은밀한 움직임을 간파한 사람은 아무도 없었다.

그들이 설왕설래(說往說來) 말다툼을 하고 있을 때 하북성 보정부(保定府)에 위치한 낙검문과 그 주변의 문파들은 큰 위험에 직면하고 있었다.

구파일방이나 오대세가처럼 오랜 전통이 있는 것도 아니었고 명성도 그에 미치지 못했지만, 막강한 재력을 바탕으로 근래 들어 급성장한 신흥 검파 낙검문에 대한 북천의 공격은 동녘이 밝아오던 새벽에 시작되었다.

　개전 초기, 비록 예상치 못한 기습을 당해 잠시 당황한 모습을 보이며 금방이라도 무너질 듯 위태로운 순간을 맞이하기도 했으나 낙검문은 흑백대전에 참여했다가 급히 돌아온 문주 양웅천(陽雄天)을 중심으로 서서히 전열을 정비하고 필사적으로 대항하기 시작했다.

　물밀듯이 밀려드는 북천의 무인들은 그 수를 헤아릴 수가 없을 정도로 많았다. 그럼에도 낙검문의 제자들은 조금도 물러섬 없이 죽음으로써 자신들의 문파를 지키고자 하였다.

　화광이 충천하고 비명성이 하늘을 찔렀다.

　평화로웠던 연무장은 순식간에 시산혈해(屍山血海)를 이루며 아비규환(阿鼻叫喚)의 지옥도(地獄圖)로 변해 버렸다.

　새벽에 시작된 싸움은 아침이 훌쩍 지날 때까지 그 끝을 보이지 않았다.

　아침이 오기 전까지 모든 싸움을 마무리하려 했던 북천의 수뇌부를 민망하게 만들 정도로 낙검문의 저력은 대단했다. 하나 한 손으로 열 손을 막을 수는 없는 법. 처음 기습을 감행했던 문파에 뒤이어 뒤로 물러나 지켜만 보던 문파들이 하나둘 싸움에 참여하자 그동안 수십 배도 넘는 적을 맞아 믿을 수 없을 정도의 투혼을 보여줬던 낙검문의 제자들은 결국 하나둘 차가운 시신이 되어 쓰러졌다.

　게다가 목이 터져라 싸움을 독려하며 고군분투하던 양웅천마저 한빙곡의 대공자 위지청(尉遲菁)에게 무릎을 꿇고 마니 그 싸움을 마지막으로 사신(死神)마저도 고개를 돌릴 정도로 치열했던 전투는 사실상 끝이 나고 말았다.

"죽여라!"

반쯤 부러진 검에 기대어 간신히 몸을 지탱하고 있던 양웅천이 당당하게 소리쳤다.

산발한 머리며 잘려 나간 수염, 찢어진 의복과 전신을 붉게 물들인 상처들이 그가 얼마나 치열한 싸움을 했는지, 그리고 얼마나 지쳐 있는지를 잘 보여주었다. 그러나 살이 에일 만큼 날카로운 눈빛에서는 조금의 위축감도 보이지 않았다.

"나, 이거야 원."

그의 당당함에 기가 질렸는지 위지청이 고개를 절레절레 흔들며 물러났다. 그러자 그와 양웅천의 싸움을 흥미롭게 지켜보던 한빙곡의 곡주(谷主)요, 북천을 이끌고 있는 천주(天主)인 위지요(尉遲嶢)가 수하들의 호위를 받으며 걸어왔다.

"죽기를 바라는가?"

양웅천은 대답 대신 싸늘히 되물었다.

"네가 북천의 수괴냐?"

순간, 위지요를 수행하던 이들의 눈빛이 싸늘하게 변했다. 그들은 당장에라도 요절을 내겠다는 눈빛으로 위지요의 명을 기다렸다. 하지만 그는 별로 신경을 쓰는 눈치가 아니었다.

위지요는 슬쩍 손을 들어 수하들의 흥분을 가라앉히며 선선히 대답했다.

"내가 북천의 천주다."

"음."

"내 질문엔 답하지 않았다. 죽고 싶은가?"

양웅천은 조금도 주저없이 대답했다.

"죽여라."

"흠, 하나뿐인 목숨을 그렇게 소홀히 여겨서야 쓰나. 난 그대와 같은 인물을 보면 욕심이 생긴다. 어떠냐? 내 밑으로 들어올 생각은……."

위지요의 말은 더 이상 이어지지 않았다. 양웅천이 이글거리는 눈빛으로 노호성을 터뜨렸기 때문이다.

"닥쳐라! 혈육과도 같은 제자들과 수하들이 모조리 목숨을 잃었는데 나보고 구차하게 목숨을 구걸하라는 것이냐! 내 비록 변변한 실력을 지니지 못해 이 꼴이 되었으나 하늘에 맹세하건대 지금껏 한 점 부끄럼도 없는 삶을 살아왔다! 스스로 무인이라 자부한다면 나에게 치욕을 강요하지 마라!"

"……."

위지요는 아무런 말도 없이 한참이나 그를 응시했다. 둘의 눈빛이 허공에서 얽히고설켰다.

그러기를 얼마간, 짧은 숨을 내뱉은 위지요가 고개를 끄덕였다.

"원한다면."

몸을 돌린 위지요가 위지청에게 시선을 두었다. 직접 싸워 승리했으니 목숨 또한 스스로 거두라는 의미였다.

살짝 입술을 깨문 위지청이 양웅천의 등 뒤로 걸어갔다. 그가 막 손을 쓰려는 찰나 위지요의 음성이 들려왔다.

"약속하지. 명맥은 유지하게 될 것이다."

위지요의 말이 끝나기도 전에 양웅천의 신형이 힘없이 무너졌다. 그러나 천천히 눈을 감는 그의 얼굴엔 끝까지 자존심을 지켰다는 만족감과 일말의 안도감이 깃들어 있었다.
"낙검문의 식솔들은 어찌 되었느냐?"
씁쓰레한 표정으로 양웅천의 주검을 바라보던 위지요가 물었다. 누군가의 입에서 재빨리 대답이 흘러나왔다.
"모조리 구금(拘禁)하여 감시 중입니다."
"그들에겐 일체 손대지 마라. 또한 부상당한 이들도 더 이상 건들지 말고. 어차피 끝난 싸움이다."
조금은 볼멘 음성이 터져 나왔다.
"하지만 승자의 권리를 누려야……."
순간, 벼락과도 같은 호통이 터져 나왔다.
"무공도 모르는 이들을 유린하는 것이 승자의 권리라면 개에게나 줘 버려라!"
"하지만 아버님, 본보기를 보일 필요는 있습니다. 함부로 대항하지 말라는 경고 차원에서 말이지요."
위지청이 다소 조심스런 태도로 의견을 내놓았다.
앞으로 수많은 문파와 싸우게 될 북천으로선 어쩌면 필요한 행동일지도 몰랐다. 그러나 위지요의 생각은 달랐다.
"그런 식으로 본보기를 보여서 어쩌자는 것이냐? 우리는 피에 굶주려 날뛰는 철혈마단이나 흑월교가 아니다. 대항을 한다면 꺾어버리면 되는 것이고 굴복하면 그대로 받아들이면 되는 것이야."
위지요가 좌중을 둘러보며 소리쳤다.
"싸울 때는 추호의 인정도 베풀지 마라! 하지만 싸움이 끝난 후 승자의 권리 운운하며 분탕질을 치는 것은 절대 용납하지 않을 것이다! 승

북풍광풍(北風狂風) 27

자의 권리라는 것은 항복한 적을 유린하는 것에 있는 것이 아니고 승리 그 자체를 즐기는 것이다. 내 말을 명심해라!"

실로 추상과도 같은 엄명이었다. 감히 대꾸하는 이가 없었다.

"명심하겠습니다!!"

위지요를 에워싸고 있던 한빙곡의 제자들이 일제히 허리를 꺾으며 대답했다.

"청아야."

수하들의 늠름한 모습을 보며 묵묵히 고개를 끄덕이던 위지요가 위지청을 불렀다.

"예, 아버님."

"이곳에서 잠시 머물러야겠다. 서둘러 시신들을 수습케 하고 각 문파의 수장들을 불러오너라. 다른 곳을 공격하는 이들은 그냥 놔두고 올 수 있는 이들만 불러 모아. 그나저나 마땅히 쉴 곳이 있으려나 모르겠다."

"이미 봐두었습니다."

"호~ 잘되었구나. 그래, 어디냐?"

"내원으로 조금 들어가셔야 합니다. 한빙오영(寒氷五俠)이 모실 겁니다."

그의 신호를 받고 모습을 드러낸 다섯 명의 청년이 허리를 꺾었다.

"아버님을 모셔라."

"봉명(奉命)."

낙검문 내에서도 제법 한적한 곳에 위치한 만추각(晩秋閣).

한빙오영의 호위 속에서 느긋하게 휴식을 취하고 있던 위지요는 저녁 무렵 그의 부름을 받고 속속 모여든 각 문파의 수장들과 향후 행보에 대해 진지하게 대화를 나누고 있었다.

"꽤나 저항이 거셌다고 들었습니다, 천주."

장백파(長白派)의 문주 장백선옹(長白仙翁)이 배꼽까지 내려온 수염을 쓰다듬으며 물었다.

대내외적으로 지닌 힘이 워낙 막강하여 한빙곡이 곧 북천처럼 인식되기는 하였으나 북천은 한빙곡을 중심으로 크고 작은 이십삼 개의 문파로 이루어진 연합체라 할 수 있었다. 특히 장백파(長白派)는 흑룡문(黑龍門), 천권문(千拳門), 세하보(勢遐堡) 등과 함께 북천을 떠받드는 네 개의 기둥이라 불리는 문파로 오랜 전통과 막강한 힘을 자랑했다.

한빙곡도 장백파를 비롯하여 이들 세 문파에 대해선 연합이라기보다는 단순한 하부 조직에 불과한 여타 문파와는 달리 상당한 발언권을 인정해 주었고 수장들에겐 천주 다음가는 권위를 존중해 주었다.

"하하, 그렇소이다. 고생을 조금 하기는 하였소. 낙검문의 위세가 대단하다고 하더니만 과연 소문이 틀리지 않더이다. 안타깝게도 선봉을 맡은 거경궁(巨鯨宮)이 꽤나 피해를 보았소. 그래, 남가장(南家莊)에서의 일은 어찌 되었소이까?"

"장주가 낙검문의 문주와 같은 인물이 아니라 그런지 비교적 손쉽게 굴복시킬 수 있었습니다."

장백선옹은 살려달라며 비굴하게 애원하는 장주의 얼굴이 떠오르자 살짝 인상을 찌푸리며 대답했다.

"아무튼 고생하셨소. 솔직히 조금 걱정을 하였건만 첫 번째 행보가 나름대로 수월하게 풀렸소. 하지만 이제 겨우 시작일 뿐이오. 우리에 겐 아직 넘어야 할 산이 많소이다."

"다음 목표는 어디입니까?"

흑룡문의 문주 반포(班抱)가 단도직입적으로 물었다.

탁탑천왕(托搭天王)이라는 별호에 걸맞게 구 척 장신에 검은 수염이 얼굴의 반을 가리고 있는 그는 남들보다 서너 배는 돼 보일 듯한 주먹을 지니고 있었다.

"팽가입니까?"

장백선옹이 덧붙여 물었다.

모두들 당연하다는 듯 고개를 끄덕였다. 하북성을 석권하기 위해선 낙검문보다 더욱 위명을 떨치는 유일한 무가인 팽가를 반드시 넘어야 하기 때문이었다.

잠시 침묵을 지키며 그들의 반응을 살피던 위지요의 입가엔 기묘한 웃음이 감돌았다.

"명령만 내려주십시오. 당장에라도 달려가 쓸어버리겠습니다!"

반포가 커다란 주먹을 흔들어대며 소리쳤다. 다음 목표가 팽가임을 당연하게 여기는 행동이었다.

그러나 위지요의 입에서 흘러나온 말은 전혀 다른 것이었다.

"팽가는 아니오."

"하면 어디를?"

예상치 못한 대답에 다들 의아심을 감추지 못했다.

잠시 뜸을 들인 위지요가 담담히 말했다.

"소림을 칠 생각이오."

"아, 예."

"그렇군요."

너무나 태평하고 아무렇지도 않게 내뱉는 그의 말에 다들 그런가 보다 하는 표정이었다. 하지만 그 말이 주는 의미가 어떤 것인지 파악하고는 모두 할 말을 잃은 듯 멍한 눈으로 위지요를 응시했다.

"소, 소림사를 말입니까?"

장백선옹이 떨리는 음성으로 확인하듯 물었다.

"그렇소. 소림사요."

뭘 그리 놀라냐는 듯 위지요는 태연스럽기만 했다. 좌중에서 그런 여유를 보이는 사람은 오직 그뿐이었다.

대저 소림사가 어떤 곳인가?

수없이 많은 문파들이 흥하고 쇠하는 동안 늘 한결같은 모습으로 무림의 으뜸가는 지위를 지키고 있는 거인이요, 불문의 성지이며, 백도의 정신적 지주였다.

그들과 다른 길을 가고 적대시하는 문파들마저도 소림사에게만큼은 한발 양보하고 존중할 정도로 소림사가 무림에서 차지하는 위치는 절대적이었다. 또한 도저히 그 끝이 보이지 않는 저력은 뭇 문파들에게 경외감과 두려움을 동시에 갖게 만들었다.

그런 소림사를 치겠다고 선언한 것이었다. 그것도 마치 술 한잔 걸치러 주루에 가는 듯 가벼운 표정으로.

"소림사는 결코 만만히 볼 곳이 아닙니다. 물론 싸움에 승리하기 위해선 반드시 넘어야 할 벽이나 보다 신중히 움직일 필요가 있다고 봅니다."

학자풍의 세하보 보주 척목은(戚穆恩)이 다소 부정적인 시선으로 고개를 흔들었다. 그는 위지요가 너무 서두른다는 생각을 하고 있었다.

장백선옹이 그의 의견에 맞장구를 쳤다.

"노부 역시 같은 생각입니다. 지금의 전력이면 소림사 정도는 충분히 상대할 수 있습니다. 결코 어려운 일이 아니지요. 하지만 곳곳에 적을 두고 소림을 치기엔 다소 무리가 아닌가 생각합니다. 우선은 차근차근 주변을 정리하는 것이……."

"그렇습니다, 아버님. 일단은 팽가를 위시하여 황보세가 등을 처리한 다음 치는 것도 늦지는 않을 것입니다. 그리고 소림에는 수호신승이라는 큰 인물이 있습니다. 비록 그가 부상을 당해 오랫동안 의식 불명이라는 소문이 있으나 확인되지 않았습니다. 신중하셔야 합니다."

수호신승의 위명은 중원뿐만 아니라 멀리 새외(塞外)에까지 널리 알려져 있었다.

수호신승은 소림, 아니, 중원무림을 치기 위해선 무슨 수를 쓰든지 넘어서야 하는 무림의 최강자였다. 쉬쉬했던 그의 부상 소식이 지난 흑백대전을 통해 결국 알려졌지만 대다수의 사람들은 그것을 패천궁 측에서 지어낸 단순한 소문으로 여길 뿐이었다.

"어차피 붙어보고 싶은 상대였다. 그리고 아무런 계획도 없이 무작정 소림을 치자는 것은 아니다."

위지청을 비롯하여 모든 수뇌들의 만류에도 그의 의지는 확고부동(確固不動)했다.

"우리가 소림을 치기 위해 움직이는 것이 알려지면 주변 문파들이 벌 떼처럼 들고일어날 것이오. 어쩌면 철혈마단을 상대하기 위해 떠난

자들도 소림으로 몰려올지 모르는 일이고."

"다른 곳도 아니고 소림입니다."

척목은이 쓴웃음을 지으며 대꾸했다.

"까짓 상대하고자 한다면 못할 것도 없지 않겠소? 난 우리가 절대로 진다고 생각하지 않소. 다만 어느 정도의 피해는 감수해야겠지만."

"그걸 알면서도 소림을 치시겠다는 말씀입니까?"

장백선옹의 말에 위지요는 단호한 표정으로 말을 이었다.

"물론이오. 굴복시키기 힘든 만큼 성공했을 때 얻을 수 있는 효과는 엄청난 것이오. 소림을 치는 데 성공하면 수십, 아니, 수백의 문파들을 굴복시킨 것보다 더한 이득을 볼 수 있을 것이고 장차 우리의 성과를 누구도 무시하지 못할 것이오. 삼천 중 그 누구라도 말이오. 이후 우리의 목소리를 높이려면 다른 문파는 몰라도 소림만큼은 절대로 선점해서 굴복시켜야 하오."

위지요는 이미 사천혈맹이 무림을 장악했을 때의 일도 염두해 두고 있는 듯했다.

"음, 그도 그렇겠군요."

소림을 굴복시켰다는 상징성은 나머지 삼천과 장차 무림을 분할하는 협상에서 상당한 이점으로 작용할 것이다. 그제야 위지요의 의중을 파악한 이들이 고개를 끄덕였다. 그래도 하나같이 무거운 표정들인 것을 보면 일이 결코 쉽지만은 않다는 것을 알고 있는 듯했다.

"천주의 뜻은 잘 알겠습니다. 하나 이곳에서 소림까지는 장장 삼천 리 길입니다. 적의 이목을 속이고 소림사까지 이동하는 것도 문제이고 설사 성공을 한다 하더라도 화산파와 종남, 그리고 오대세가가 옆구리를 치고 들어온다면 전후좌우에서 협공을 당할 수도 있습니다."

"그 역시 생각하고 있었소. 그래서 병력을 둘로 나눌 생각이오. 하나는 오대세가를 견제하여 이목을 집중시키고 다른 하나는 그대로 남하해 소림을 치는 것이오."

위지요의 고개가 장백선옹 등에게 향했다.

"팽가나 황보세가 등이 위협을 받는다면 그들을 돕기 위해 많은 문파들과 무인들의 시선이 그쪽으로 쏠릴 것이고 행동할 것이오. 장백파와 천권문, 세하보 등이 주축이 되어 오대세가를 맡아주시오."

"알겠습니다."

위지요의 결심을 돌린다는 것이 불가능하다고 판단한 이들은 순순히 명을 따랐다.

"싸워서 이긴다면 좋겠지만 굳이 충돌할 필요는 없소. 그저 위협을 가해 저들이 다른 곳으로 시선을 돌리지 못하게만 하면 될 것이오. 가능하면 우리의 전력을 최대한으로 부풀려 두려움을 느끼게 만드시오."

"최선을 다하겠습니다."

"다소 힘든 여정이 되겠지만 태행산맥(太行山脈)을 따라 이동을 하면 적의 이목에 잡히지 않고 소림사까지 도착할 수 있을 것. 소림을 치는 것은 한빙곡과 흑룡문이 해야 할 일이니 각오 단단히 해야 할 것이오."

위지요의 눈짓을 받은 반포는 만추각이 떠나가라 목소리를 높였다.

"하하하, 맡겨만 주시지요! 소림사 땡중들의 목을 모조리 비틀어 버리겠소이다!"

"하면 언제 움직이실 생각입니까?"

척목은이 물었다.

"빠르면 빠를수록 좋을 것이나 오늘은 꽤 힘든 싸움을 겪었으니 푹 쉬도록 하고 내일 아침에 움직이는 것으로 합시다. 자, 다들 돌아가서 쉬도록 하시구려."

그의 말이 끝나자 분분히 자리에서 일어난 이들은 저마다의 기대와 흥분, 불안감을 지니고 만추각을 떠났다.

그들이 떠나기를 기다린 위지청이 다소 염려스런 음성으로 물었다.

"정말 괜찮으시겠습니까?"

"뭐가 말이냐?"

"무척 위험한 계획인 듯하여 드리는 말씀입니다."

"상관없다. 어차피 출정한 이상 위험은 각오한 바가 아니더냐. 기왕 벌인 싸움, 화끈하게 놀아봐야지."

"차후에 뒤통수를 맞을 수도 있습니다."

"중천을 말함이냐? 너무 걱정 말거라, 다 생각이 있으니. 그리고 그들 역시 조만간 웅크리고 있던 몸을 일으킬 것이다."

의미심장한 미소를 지으며 답해주던 위지요의 얼굴이 살짝 찌푸려졌다.

"그나저나 그놈은 어찌하고 있다더냐?"

"모르겠습니다. 계속 남하하고 있다는 소식만 전해올 뿐 자세한 위치나 일정은 알려오지 않았습니다. 그나마도 열흘 전에 끊어졌고요."

위지청이 쓴웃음을 지으며 대꾸했다.

"망할 놈! 아무리 마음에 들지 않는다 해도 그렇지 이렇게 제멋대로 행동하다니."

생각할수록 분통이 터지는지 탁자를 탁탁 두드리는 위지요의 얼굴이 붉게 상기되었다.

"별일없을 것입니다. 녀석이 누굽니까? 늘 덜렁거리고 장난기가 가득하지만 누가 뭐라 해도 한빙곡이 배출한 최고의 기재입니다. 하늘이 무너져도 웃으면서 살아날 녀석이니 너무 걱정하지 마십시오. 놀다 지치면 히죽 웃으면서 돌아오겠지요."

"흥, 걱정은 무슨! 부모 형제 버리고 제 편하자고 도망간 놈을 뭣 하러 걱정을 해? 행여나 돌아온다면 다리 몽둥이를 분질러서 내쫓을 것이다. 그러니 너도 더 이상의 관심은 끊도록 해라. 망할 놈!"

위지청은 대답 대신 엷은 미소를 지었다. 늘 그렇듯 내일이면 다시 아우의 소식을 물어볼 것이라는 것을 알고 있었기 때문이다.

제38장

잠룡부(潛龍簿)

잠룡부(潛龍簿)

"싫다니까 그러네. 무영(無影), 자꾸만 헛소리하면 혼자 가는 수가 있어."

위지황(尉遲皇)이 짜증스런 목소리로 호통을 쳤지만 비무영(飛無影)은 눈 하나 깜짝하지 않았다.

"도대체 어쩌시려고 이럽니까? 잠깐 바람이나 쐬러 가신다고 한 것이 벌써 한 달이 넘었습니다."

"따라오라는 소리 안 했다."

"그림자만 홀로 남을 수는 없는 법이잖습니까?"

퉁명스레 내뱉는 비무영, 하나 절대로 동의하지 않는다는 표정으로 쳐다보는 위지황의 모습엔 달리 뭐라 할 말이 없었다.

"아무튼 이제는 돌아가실 땝니다."

"가고 싶으면 혼자 가라니까."

"도대체 때가 어느 땐데 이렇게 고집을 피우십니까?"

"때라니?"

"드디어 주군께서 움직이셨습니다. 광활한 대륙, 무수한 실력자가 산재해 있는 무림을 정복하기 위해서 영광스런 칼을 뽑으셨단 말입니다. 공자께서도 당연히 도와드려야지요. 그게 아들 된 도리 아닙니까!!"

열변을 토하는 비무영의 음성은 더없이 진지하고 엄숙했다.

"도리는 개뿔……."

"예?"

잘 못 알아들었다는 듯, 눈을 동그랗게 뜨고 되묻는 비무영. 못 알아들었다기보다는 황당해하는 반응이었다.

"네가 머리에서 발끝까지 충성스러움으로 꽉 차 있는 미련 곰탱이라는 것은 나도 알고 있으니까 그렇게 핏대까지 세워가며 떠들어댈 필요는 없고, 이 참에 확실히 해둘 것이 있다. 사실 네가 뭘 잘 모르는 모양인데 내가 이렇게 도망친 것은 그 빌어먹을 싸움에 참여하기 싫어서야."

"예? 그, 그게 무슨 말씀이신지?"

비무영이 입을 쩍 벌리고 되물었다.

"네게는, 아니, 아버지나 아버지를 따르는 위인들에겐 영광스런 싸움인지는 몰라도 내가 보기엔 그저 한심하기가 그지없는, 만고의 쓸데없는 짓이거든."

"서, 선조님들의 한을 푸는 일입니다!!"

"한풀이? 흥, 그 한풀이를 꼭 그딴 식으로 해야 하냐? 너도 귀가 있으니 들었을 것 아냐, 철혈마단인지 건단인지 하는 놈들과 흑월교 놈들이 저지른 짓을."

"그, 그건……."

"얼마나 지독하게 굴었으면 그놈들이 지나간 자리엔 풀도 나지 않는다는 소리가 들려! 잔인한 놈들 같으니. 애당초 그런 놈들하고 연합을 한다는 것 자체가 마음에 안 들었어. 시꺼먼 어둠 속에 처박혀 눈동자나 굴리고 계산이나 하는 중천이라는 놈들도. 지가 뭔데 우리보고 움직이라 마라야."

그는 사천의 우두머리랍시고 이것저것 명을 내리는—물론 직접적으로 명을 내리는 것이 아니라 부탁의 형식을 띠었지만—중천이 꽤나 마음에 들지 않는 듯했다.

"선조님들께서 약속하신 일입니다!"

비무영이 발악하듯 소리쳤다. 그러나 위지황은 코웃음만 칠 뿐이었다.

"약속은 무슨 얼어죽을 약속. 이건 마치 유비(劉備), 관우(關羽), 장비(張飛)의 후예들이 나라를 되찾겠다고 난리치는 것과 다를 바 없잖아? 하긴, 수백 년이나 지난 일을 가지고 약속 운운하는 것도 우스운 일이지만 얼씨구나 받아들인 것도 문제가 있지."

위지황이 정색을 하며 비무영을 응시했다.

"혹시 아버지가 노망나신 게 아닐까?"

비무영이 기겁을 하며 소리쳤다.

"공자님!!"

"알아, 알아. 하도 답답해서 해본 소리니까 그렇게까지 발작할 필요는 없어. 아무튼 이건 정말 말도 안 되는 일이고 난 이따위 싸움에 관여할 생각이 눈곱만큼도 없다. 그러니까 날 끌어들일 생각은 애당초 하지 말라고."

말이 끝남과 동시에 몸을 돌린 위지황이 느긋한 팔자걸음으로 발걸음을 놀렸다.

"정말 이러실 겁니까?"

비무영이 잔뜩 불만 섞인 표정으로 물었다.

"이미 말했잖아. 쓸데없는 일에 기운 빼지 마라. 설득한다고 들을 내가 아니다. 난 이대로 천하 유람이나 할란다. 이 참에 동정호(洞庭湖)도 구경하고 천하 절경이라는 소주, 항주도 보고. 정 싸우고 싶으면 너나 가서 싸워라."

휘휘 걸음을 내디디며 뒤도 돌아보지 않고 손을 흔드는 모양이 조금의 미련도 없다는 태도였다.

비무영은 불만 가득한 표정으로 씩씩대더니 냅다 자갈 하나를 걷어찼다. 맹렬히 날아간 자갈이 노송에 부딪쳐 박살이 났다.

"내가 미치고 말지 정말."

그래도 선택의 여지는 없었다. 땅이 꺼져라 한숨을 내쉰 그는 위지황의 곁으로 재빨리 따라붙었다.

'왜 왔냐?' 라는 듯 쳐다보는 위지황에게 한소리 하는 것도 잊지는 않았다.

"그림자가 혼자 돌아다니는 것 봤습니까?"

바로 그때였다.

위지황이 손가락을 입에 대며 주의를 주었다.

"쉿!"

난데없는 행동에 당황한 비무영이 위지황을 응시했다. 이미 전신의 감각은 주변을 훑고 있었다.

"누군가 싸우고 있다."

위지황이 지그시 눈을 감고 살짝 고개를 까딱이며 말했다. 그러나 주변을 샅샅이 살피고 있는 비무영의 감각엔 일체의 기척도 감지되지 않았다.

"아무 이상도 없는 것 같은데요."

"안 들려? 싸우고 있잖아. 그것도 꽤나 치열하게."

위지황의 말에 한참 동안이나 주의 깊게 주변을 살핀 비무영이 고개를 살래살래 흔들며 말했다.

"바람 소리를 잘못 들으신 것 아닙니까? 아무런 기운도 느껴지지 않는데요. 누가 싸운다고……."

"네가 감지하는 것은 나도 감지할 수 있다. 그러나 내가 감지하는 것을 네가 다 감지할 수 있을까?"

"그건 또 뭔 소립니까?"

위지황이 혀를 찼다.

"간단히 말해서 내가 너보다 더 고수라는 소리다. 불만없지?"

"예? 아예."

비무영이 얼떨결에 대답했다.

"그러면 헛소리하지 말고 따라와. 저쪽이야."

이미 내달리는 위지황의 신형은 순식간에 멀어졌다. 곱상하게 생긴

외모에 누가 보더라도 유약하게만 보이는 가녀린 몸이 백면서생이라 불리기에 딱 적당했건만 비무영을 채근하며 몸을 날리는 그의 움직임은 웬만한 고수가 아니면 따라가지도 못할 정도로 신속하고 빨랐다.

"젠장, 같이 가자고요."

그를 따라잡기 위해 비무영은 혼신의 힘을 다해야만 했다.

그렇게 얼마를 달렸을까? 그는 수풀에 몸을 숙이고 전방을 주시하는 위지황을 발견했다. 그 역시 인기척을 지우고 조심스럽게 다가갔다.

그의 눈에 칠 대 일의 치열한 싸움이 들어왔다.

묵의(墨衣)로 전신을 감싸고 있는 사내는 상당한 격전을 치렀는지 몹시도 지친 모습이었다. 전신에 크고 작은 많은 상처들이 그가 지금 처한 상황을 보여주고 있었다.

"이쯤에서 항복하는 것이 어떠냐?"

사흘 밤낮 동안 사내를 추격해 온 맹한(孟閑)이 항복을 권유했다. 한 걸음 뒤로 물러서 있는 그의 음성은 무척이나 여유로웠다. 하지만 그 안에 은근히 깔린 살기는 누구라도 쉽게 감지할 수 있었다.

"……."

사내는 아무런 대꾸도 하지 않았다. 그저 거칠게 어깨를 들썩일 뿐이었다.

"네놈이 뛰어나다는 것은 알고 있다. 그동안 보여주었던 능력에 감탄을 금할 수 없었다. 백 명도 넘는 인원이 너를 쫓았건만 철저하게 농락당했으니… 과연 혈영대. 사람들이 어째서 혈영대를 그토록 두려워하는지 비로소 알게 되었다."

"결국 꼬리를 밟혔지."

사내가 자조의 웃음을 보였다.

"그 대가로 나는 열이 넘는 수하들을 잃었다. 그렇지만 이제는 끝난 것 같군. 자, 더 이상은 무리라는 것은 너도 알고 있지 않느냐? 쓸데없는 고집 피우지 말고 항복해라."

눈앞에 닥친 일이 마치 자신의 일이 아니라는 듯 무심한 음성이 사내의 입에서 흘러나왔다.

"항복을 하면 목숨은 살려주나?"

맹한은 단호하게 고개를 흔들었다.

"절대로 그럴 수는 없지. 먼저 간 수하들을 생각해서, 그리고 기밀을 유지하기 위해서라도 그럴 수는 없다. 다만 최대한 편안한 죽음을 준다는 것은 약속하마."

"거절한다면?"

순간, 맹한의 눈에서 서릿발 같은 기운이 터져 나왔다.

"당연히 죽는다. 대신 고통스럽게 죽겠지, 감히 상상할 수 없는 고통을 겪으면서."

잠시 사내를 노려보던 맹한이 말을 이었다.

"기왕 죽을 것 고통을 당하느니 편안히 죽음을 맞는 것이 좋지 않겠느냐? 내놓아라. 훔쳐 간 것을 순순히 내놓기만 하면 편한 죽음을 약속한다."

"무엇을?"

무엇을 원하는지 뻔히 알면서도 던져 보는 질문이었다.

"잠룡부(潛龍簿)."

"크크크."

사내가 웃음을 터뜨렸다.

"크하하하하!"

억지로 참다가 더 이상 참지 못하고 터뜨리는 웃음처럼 살짝 어깨만 들썩이던 웃음은 곧 숲이 떠나가라 울려 퍼졌다.

"무엇이 그리 우스운 것이냐?"

사내의 웃음이 잦아들기를 기다린 맹한이 싸늘히 물었다.

"흐흐. 대단해, 정말 대단해. 쥐새끼들에게 잠룡이라는 거창한 이름을 붙일 수 있다니 말이야. 고작 몰래 숨어들어 와 첩자 노릇이나 하는 쓰레기들이거늘."

"말 다했나?"

"아직 끝나지 않았다."

힘이 드는지 가쁜 숨을 내뱉은 사내는 최후의 기력을 짜내듯 인상을 찌푸리고는 곧 가슴을 당당하게 폈다.

"항복이라고? 나 위속(衛速)을 너무 우습게 보는군. 비록 네놈들에게 이 모양으로 당하고 말았지만 혈영대 서열 삼위란 지위는 주사위 따위를 굴려서 얻은 것이 아니다."

듣는 것만으로도 온몸에 소름이 돋을 정도로 진한 살기를 담은 소리에 맹한은 잠시 말문이 막혔다.

사실이 그랬다.

혈영대는 그 인원은 얼마 되지 않았어도 치명적인 살예(殺藝)를 익힌 밤의 지배자였다.

'패천궁이 아니라 혈영대를 두려워한다' 라는 말이 있을 정도로 패천궁에 고개를 숙인 흑도의 문파들이 가장 두려워하는 이들이 바로 혈영대였다. 또한 이번 흑백대전에서도 수많은 백도의 명숙들이 그들의 살수를 피하지 못하고 무참히 쓰러졌다.

그런 혈영대에서 서열 삼위라는 것은 웬만한 문파의 장로, 아니, 그 이상의 실력을 지니고 있다는 말과 다름이 없었다.

엄청난 인원을 동원하고도 적이 그를 제대로 쫓지 못했다는 것, 그리고 그를 쫓던 이들의 무공이 결코 낮지 않았음에도 열 명도 넘는 인원이 그의 손에 당했다는 것이 이를 증명하고 있었다.

"자신있으면 나를 쓰러뜨려. 그리고 네놈들이 원하는 것을 찾아라. 하지만 과연 찾을 수 있을까?"

마지막 말이 의미심장했다. 맹한의 눈썹이 꿈틀거렸다.

"무슨 뜻이냐? 설마 하니 명단이 네게 없다는 것이냐?"

있을 수 없는 일이었다. 위속이 훔쳐 간 명단은 승천지계는 물론이고 나아가 중천의 운명을 좌지우지할 수 있는 기밀(機密) 중의 기밀 사항이었다.

가까스로 목숨은 구했으나 명단을 탈취당한 군사 신도의 명령으로 그를 쫓기를 사흘, 그가 움직이는 반경 백 리 안에는 완벽한 포위망이 구축되었다.

그에게 접근하는 사람은 아무도 없었고 접선할 수도 없었다. 그만한 여유를 줄 그들이 아니었다. 그럼에도 한줄기 의심이 드는 것은 그것이 그만큼 중요한 것이었고 또한 그동안 위속이 보여준 능력 때문이었다.

"빨리 말을 해라! 그렇지 않으면 인간의 인내심의 한계가 어디까지인가를 시험하게 될 것이다. 비명을 지르고 싶어도 지를 수 없고, 죽고 싶어도 죽을 수 없는 극한의 고통. 장담하건대 너는 나에게 죽여달라고 애원을 할 것이다. 훔쳐 간 명단의 행방은 물론이고 네가 알고 있는 모든 잡다한 것을 스스로 밝히고 죽음의 자비를 베풀어달라고 할 것이다. 그것을 원하는 것이냐? 비록 적이지만 나는 너의 능력에 찬사를 보낸다. 가급적이면 편한 죽음을 주고 싶은 것이 내 마음. 어디다 두었느냐?"

맹한의 눈빛은 진정이었다. 그러나 위속에겐 고려할 사항이 아니었다.

"스스로 알아보라니까."

"결국 벌주(罰酒)를 원하는구나."

그의 말이 끝나는 것과 동시에 잠시 멈추었던 공격이 맹렬하게 시작되었다. 위속은 자신의 사지를 자르고 몸을 갈가리 찢기 위해 다가오는 검을 보며 조금도 두려워하지 않았다.

'결국 여기가 내 무덤 자리인가 보군.'

애당초 검에 인생을 걸고 살아온 몸. 싸우다 죽는다 한들 후회는 없었다. 그저 죽는 순간까지 최선을 다할 뿐이었다. 아쉬운 것이 있다면 우연찮게 자신이 알게 된 비밀, 거대한 음모의 열쇠가 되는 비밀을 전하지 못하고 죽는다는 것이었다.

'그래도 한 가닥 희망은 있다.'

스스로 생각해도 가능성이 희박한 것이었지만 시신이라도 혈영대에 돌아갈 수만 있다면, 동료들이 자신의 몸을 잠시라도 살필 기회가 있다면 비밀은 그냥 묻히지 않을 것이다. 그리고 나름대로의 꼼수도 준비해 두었다.

'최소한 벼락 맞아 죽을 확률보다는 높겠지.'

생각은 더 이상 정리되지 못했다. 그를 노리는 공격이 코앞까지 접근했기 때문이었다.

"타핫!"

언제 비틀거렸느냐는 듯 힘껏 기합성을 지른 위속이 몸을 빙글 돌리며 공격을 피해내고 그 탄력을 이용해 뒤에 있던 사내에게 역공을 펼쳤다.

대다수의 살수들이 그러하듯 그의 검은 무시무시할 정도로 빠르고 날카로웠다. 예상치 못한 반격을 당한 사내가 기겁하며 고개를 틀었다. 위속의 검이 간발의 차로 그의 뺨을 스치며 지나갔다.

"이야, 대단한 놈인데요."

지금껏 그와 같이 빠른 검을 보지 못했다. 더구나 한눈에 보기에도 움직이는 것이 용할 정도로 깊은 상처를 입은 상태가 아닌가.

비무영은 힘겹기는 하지만 죽을힘을 다해 대항하는 위속의 무위에 절로 감탄사를 내뱉었다.

"하지만 저기까지야. 이미 끝난 싸움이다."

냉정하게 싸움을 지켜보던 위지황이 고개를 흔들며 말했다.

"아직은 모르……."

사람은 무릇 약한 상대를 응원하기 마련인 법. 위속의 선전에 은근히 응원을 보내던 비무영이 뭐라 대꾸를 하려는 찰나 나직하면서도 묵직한 신음성이 그의 입을 막아버렸다.

결국 최후의 순간까지 항복하기를 거부하고 싸우던 위속이 돌이킬 수 없는 치명상을 입고 쓰러진 것이었다.

"크으으."

위속은 자신의 옆구리를 파고든 검을 움켜쥐며 고통의 신음성을 내뱉었다.

"극한의 고통을 맛본다고 말했을 것이다."

검을 교묘하게 비틀며 위속의 내부를 뒤집는 맹한의 눈빛은 차갑게 가라앉아 있었다.

"뒤져라."

그가 수하들에게 명했다.

네 명의 수하는 여전히 검을 겨누고 있었고 두 명이 위속의 몸을 뒤지기 시작했다.

"없습니다."

상체를 뒤지던 사내가 고개를 흔들었다.

맹한이 낭패한 표정으로 다른 수하에게 고개를 돌리는 순간, 하체를 뒤지던 사내가 환호성을 지르며 몸을 일으켰다.

"찾았습니다!"

"비켜라."

재빨리 몸을 숙인 맹한은 수하가 가리키는 대로 각반(脚絆) 속에 교묘히 숨겨져 있던 조그만 책자를 발견할 수 있었다.

그는 떨리는 손으로 책자를 집더니 책장을 몇 장 넘겨보았다. 두어 장이나 넘겼을까? 그것이 진본임을 확신한 맹한은 품속으로 황급히 책자를 갈무리하고 안도의 한숨을 내쉬었다.

"진본이 맞습니까?"

수하 중 한 명이 물었다. 맹한은 비교적 밝은 표정을 지으며 고개를 끄덕였다.

"군사께서 말씀하신 대로다. 틀림없을 것이다."

잠룡의 명단이 적힌 책은 맹한 정도의 위치에선 그 존재도 모르는 기밀이었다. 다만 그 진위 여부를 판단하기 위해 신도는 몇몇 인물에게 책의 앞부분에 적힌 몇 가지 내용을 일러주었는데, 맹한이 그중 한 명이었다. 물론 목숨으로 비밀을 지키라는 명령과 그에 대한 다짐을 받은 이후였다.

"생각했던 대로 명단이 적힌 책자는 네 몸에 있었다. 결국 내 앞에서 허풍을 떤 셈이로구나."

맹한이 진한 살소를 내비치며 힘겹게 숨을 쉬고 있는 위속을 노려보았다.

"크크, 쉽게 찾을 수 없다고 했지 내 몸에 없다고는 안 했다. 스스로 그렇게 단정한 것은 당신 아니었나? 흐흐, 그나저나 제법 은밀하게 숨겼다고 생각했는데 그렇게 쉽게 찾아내다니 정말 대단하군. 정말 대단해. 크크크!!"

죽음 따위는 안중에도 없다는 태도였다. 그의 조롱에 맹한의 얼굴이 붉으락푸르락해졌다.

"난 그래도 네놈의 재주를 높이 사 가능하면 편한 죽음을 주려 했다. 그것이 얼마나 어리석은 생각이었는지 네놈 스스로가 깨우치게 해주는구나. 알았다. 원하는 대로 해주지. 놈을 끌고 가라! 가서 우리를 농락한 대가가 어떤 것인지 보여줘라."

그렇잖아도 혈육이나 다름없는 동료를 잃은 사내들은 진득한 살소를 뿜어내며 명을 받았다.

위속에게 접근한 네 명의 사내가 각각 사지를 하나씩 움켜잡았다. 이미 위속은 완전히 무장 해제된 상태였다. 아니, 무기가 있다고 해도 어쩌지 못할 정도로 그는 큰 부상을 입고 정신을 잃고 있었다. 그것을 증명이라도 하듯 조롱 섞인 웃음은 이미 그쳤고 반쯤 돌아가 떠진 눈은 흰자위뿐이었다. 최소한 그들에겐 그렇게 보였다.

그렇지 않다는 것을 알아본 사람은 오직 위지황이었다.

"멍청한 놈들."

"예?"

뜬금없는 말에 비무영이 습관적으로 질문을 던지고 위지황은 대답 대신 손가락으로 위속을 가리켰다.

비무영의 고개가 손가락을 따라 움직였다. 그리고 그는 도저히 믿기지 않는 상황을 목격하게 되었다.

맹한의 명을 받은 사내들이 위속의 사지를 잡고 몸을 일으키려는 순간이었다. 흰자위뿐이었던 눈에 더없이 차가운 눈동자가 돌아오고 빈 손이었던 그의 손엔 어느새 서슬 퍼런 단검이 각각 들려 있었다.

그것을 알아챈 사내들이 기겁하며 물러나려 하였지만 양팔을 잡은 이들의 목엔 이미 가느다란 혈선이 그어져 있었다. 그리고 혈선을 따라 점점이 핏물이 배어 나왔다.

"크크크, 내 죽음은 내가 결정한다. 함부로 남에게 맡기지 않아, 그 어떤 상황에서라도."

그 말을 끝으로 그는 양손에 들고 있던 단도를 교차하여 자신의 가슴에 꽂았다.

위속은 부릅뜬 눈으로 두어 번 몸을 떠는가 싶더니 힘없이 몸을 늘어뜨렸다.

"지, 지독한 놈입니다!"

팔이 아닌 다리를 잡은 덕에 목숨을 구한 사내가 고개를 절레절레 흔들며 소리쳤다.

설마 하니 그 상황에서 반격을 하고 스스로 검을 박아 목숨을 끊을 줄이야… 지독해도 보통 지독한 것이 아니었다.

모두들 그의 말에 동의한다는 듯 질린 표정을 지었다.

"혈영대… 익히 소문은 들었지만 이 정도일 줄은 몰랐다. 적이지만 대단한 놈들이다. 남자라면 저쯤은 되어야지."

그 짧은 시간에 또다시 두 명의 수하를 잃은 맹한의 얼굴은 굳을 대로 굳어 있었다. 그리고 그의 마음 한구석에는 그만한 인물을 키워낸 혈영대와 그런 혈영대를 수족으로 부리는 패천궁의 저력에 대한 은근한 두려움이 자리잡았다.

"후~"

차갑게 식어가는 위속의 주검을 물끄러미 바라보던 맹한의 입에서 허탈한 한숨이 흘러나왔다. 고작 한 사람을 상대로 한 것치고는 피해가 너무 컸다.

'그래도 임무는 마쳤으니 다행이라 생각해야 하나. 아니지, 아직은 아니야.'

단지 명단을 찾은 것만으로 맡은 바 임무가 끝나는 것이 아니라 명단을 가지고 무사히 복귀했을 때 비로소 모든 임무가 끝나는 것이다.

"가자."

임무를 완수하지 못했을 때의 결과를 상상하며 고개를 흔든 맹한이 서둘러 몸을 돌렸다.

그가 몸을 돌려 걷기 시작하자 왠지 찜찜한 기분에 인상을 구기고 있던 수하들도 동료의 시신을 수습하고는 황급히 그의 뒤를 따랐다.

그들이 자리를 떠나고 반 각 정도가 흘렀다.

수풀 속에서 몸을 숨기고 있던 위지황과 비무영이 위속의 곁으로 다가갔다.

"대단한데요. 이런 엄청난 독종은 처음 봅니다."

비무영은 교차해서 가슴에 박힌 단검을 툭 건드리며 마치 그것이 자신의 가슴에라도 박힌 듯 몸서리를 쳤다.

"장난치지 말고 물러나. 아직 안 죽었어."

"예?"

죽은 사람을 가리키며 살아 있다니! 비무영은 도대체 무슨 소리를 하는지 모르겠다는 듯 두 눈을 끔뻑거리며 멀뚱거렸다.

"단검을 가슴에 박을 때 이자의 눈과 나의 눈이 부딪쳤다. 분명 우리들의 존재를 알고 있었어. 그리고 심장과 폐를 관통한 것 같지만 자세히 보면 비스듬히 휘어져 있다. 모르긴 몰라도 분명 빗겨 박혔을 거다."

"에이, 그 무슨 말도 안 되는 소리를……."

비무영이 고개를 가로저으며 장난치지 말라는 듯 싱겁게 웃을 때였다. 여전히 단검을 잡고 있던 위속의 손가락이 까딱이고 옆으로 돌려졌던 고개가 스르르 움직여 그의 눈과 비무영의 눈이 정면으로 부딪쳤다. 더 이상 무슨 말을 할 수 있을까.

"으악!"

기겁을 한 비무영이 엉덩방아를 찧으며 나뒹굴었다. 그 모습이 한심했는지 위지황이 혀를 찼다.

"쯧쯧, 사내놈이 간담이 그리 작아서야."

"하, 하지만……."

이게 어딘 간담 운운할 상황이란 말인가!

비무영은 위지황과 서서히 고개를 쳐드는 위속을 바라보며 말을 잇지 못했다.

"나, 나는 혈영대의……."

위속이 힘겹게 입을 열었다.

"들어서 알고 있소."

그 급박한 순간에 죽음을 위장했다면, 그리고 자신의 존재를 알고 있음에도 도움을 청하지 않고 그런 일을 했다면 그만한 이유가 있을 터, 더구나 상세가 심각했다.

"그래, 무슨 말을 하고 싶은 것이오?"

그의 곁에 재빨리 무릎을 꿇고 앉은 위지황은 시간이 얼마 없다고 판단했는지 위속의 말을 끊고 단도직입적으로 물었다.

위지황의 말에 위속은 사시나무 떨리듯 흔들리는 손을 들어 옆구리의 상처를 가리켰다.

"이, 이 안을……."

위지황은 조금도 주저함없이 상처 틈으로 손가락을 집어넣었다. 그리곤 옆에서 지켜보는 비무영이 인상을 구기는 것에도 아랑곳없이 상처를 헤집었다. 이미 흘릴 만큼 피를 흘렸는지 굳은 피가 엉켜 있는 상처 부위에선 한줄기 선혈만이 살짝 비칠 뿐이었다.

죽음을 코앞에 두어서 그런 것인지 아니면 그 정도의 상처는 고통을 주지도 못할 정도라서 그런지 간신히 숨을 이어가는 위속은 조금의 미동도 없었다. 비무영만이 차마 못 볼 것을 본다는 듯 고개를 돌리며 눈살을 찌푸렸다.

"찾았소."

위지황이 새끼손가락의 마디만큼이나 작은 뭔가를 흔들며 소리쳤다.

"그, 그것을 패천궁… 아니, 어디… 든 상관없소. 사, 사람들에게 알려주시오."

"간세들의 명단이오?"

위지황이 다급히 물었다. 일의 상황을 지켜본 그로선 어느 정도 짐작이 가능했으나 보다 확실히 하기 위함이었다. 그러나 위속은 그의 말을 듣지 않고 있었다.

"부, 부디… 사, 사람들에게 이 사… 실을… 사, 사천… 어, 엄청난… 음모가… 반드시 알려야……."

위속은 위지황의 손을 꽉 잡고 최후의 기력을 짜내서 하고픈 말을 이어갔다. 그 힘이 어찌나 강했던지 손이 끊어질 것만 같은 아픔이 밀려왔다. 그럼에도 위지황은 그의 손을 뿌리치지 못했다.

"알았소. 약속하겠소."

"고, 고……."

위속의 음성은 더 이상 이어지지 못했다. 위지황의 약속에 최후로 짜낸 기력이 다한 것인지 힘겹게 이어오던 숨결이 끊어졌기 때문이다. 하나 안심했다는 듯 처음과 달리 무척이나 편안한 얼굴이었다.

"후우~"

위속의 죽음을 확인한 위지황이 긴 탄식과 함께 몸을 일으켰다. 그리곤 땅을 파기 시작했다. 비무영도 묵묵히 일을 거들었다.

잠깐의 시간이 흐르고 위속이 숨을 거둔 자리엔 조그만 무덤 하나가 생겨났다.

위지황이 위속의 옆구리에서 꺼낸 물건을 살피기 시작한 것은 망자(亡者)를 위해 최소한의 도리를 한 직후였다.

아무래도 상처 속에 있어서 그런지 붉은 핏물이 묻어 있고 축축하였으나 겉을 유지(油紙)로 보호했기 때문에 안의 내용물은 무사했다.

"뭡니까, 그건? 진짜 간세들의 명단입니까?"

궁금함을 참지 못한 비무영이 고개를 빼며 물었다. 하나 묵묵부답. 아무런 대꾸도 하지 않은 위지황은 종이에 빼곡히 적힌 명단을 일일이 살피기 시작했다.

"이, 이건!"

어깨 너머로 안의 내용을 살피던 비무영의 눈이 급속도로 커지더니 입을 다물지 못했다.

위속이 남긴 종이 조각은 예상대로 각파에 사천, 아니, 엄밀히 말해서 중천이 오래전부터 심어놓은 간세들의 명단이었다. 비록 맹한이 회수해 간 책자처럼 지위나 연락 방법 등 자세한 사항이 적힌 것은 아니었으나 어느 문파에 누가 중천의 간세인지는 확실히 알 수 있었다.

"화산파, 종남파, 무당파… 소, 소림사까지!"

비무영의 눈은 더 이상 커질래야 커질 수 없는 지경에까지 이르렀다. 조그만 종이 쪽지에 적힌 간단한 형식의 글, 그러나 그 내용만큼은 간단하지 않았다.

언뜻 보기에도 간세들의 이름은 오십을 훌쩍 넘겼다. 남궁세가와 제갈세가, 당가 등 몇몇 세가를 제외하고는 이름있는 문파라면 죄다 올라와 있었다. 심지어는 패천궁의 호법으로 명성을 떨치고 있는 자의 이름도 있었다.

"음."

호들갑을 떨고 있는 비무영과는 달리 침착하게 명단을 읽어가던 위지황의 입에서 묵직한 침음성이 흘러나왔다. 시간이 없었는지 가뜩이나 흘려 쓴 글씨는 명단의 맨 아래쪽에선 거의 알아볼 수 없을 정도였는데 그곳에서 너무나도 익숙한 이름을 발견했기 때문이었다.

"호, 그랬단 말이지. 중천의 간세였단 말이지."

"누가 말입니까?"

비무영이 재빨리 물었다.

"넌 몰라도 돼."

비무영의 질문을 한마디로 일축한 위지황은 종이 조각을 돌돌 말아 품속에 갈무리했다. 그 모양을 보던 비무영의 표정이 샐쭉해졌다. 그리곤 퉁명스레 물었다.

"어쩔 겁니까?"

"뭐가?"

"그 명단 말입니다. 정말로 사람들에게 알릴 생각입니까?"

위지황이 심드렁하게 대꾸했다.

"어쩌면 좋을까? 간세라… 별로 마음에 들지 않는데 그냥 알려줄까?"

"예? 그, 그 무슨 말을!!"

비무영이 펄쩍 뛰며 소리쳤다.

"절대로 안 됩니다! 그게 얼마나 유용한지 아시지 않습니까?"

"유용하기야 하겠지. 그래도 약속을 했잖아."

"약속도 약속 나름입니다. 죽은 자에게는 안됐지만 그것도 팔자지요. 하필이면 우리들 손에 들어올 것은 뭐랍니까? 아무튼 그자들만 잘 활용하면 이번 싸움을 손쉽게 이길 수 있습니다. 중천이 아무리 마음에 안 든다고 해도 알려서는 안 됩니다. 절대로!!"

"마음에 안 드는 정도가 아니야. 놈들은 언젠가 우리들의 뒤통수를 치려고 할 거다."

그의 말에서 묘한 의미를 느낀 비무영이 얼굴을 굳혔다. 그렇잖아도 조금 전의 말이 마음에 걸리던 참이었다.

"혹시 북천에도……"

위지황이 고개를 끄덕였다.

"서쪽, 남쪽에도 다 있더라. 글씨가 이상해서 제대로 파악하지 못했지만 그래도 한 사람은 확실히 알아볼 수 있었지."

"그게 누굽니까?"

비무영이 싸늘히 물었다. 지금껏 보여주지 않았던 엄청난 살기가 그의 몸에서 피어올랐다.

"몰라도 돼."

"공자님!!"

"지금 당장은 알아도 소용없잖아. 어차피 알려봐야 분위기만 흉흉해질 것이고. 그리고 간세 한두 명쯤은 데리고 있는 것도 괜찮아. 반

간계(反間計)라는 쏠쏠한 계책도 있거든."

"하지만……."

"쉿, 여기까지. 이곳저곳 돌아보려면 꽤나 바쁘게 움직여야 하잖아. 지금 당장은 이딴 것에 신경 쓰고 싶지 않다."

그러나 말과는 달리 그의 뇌리 속은 위속이 남긴 유언이 맴돌고 있었다.

'흠, 그래도 죽으면서 부탁한 것인데… 알려줄까, 아니면 조금 더 두고 볼까?'

결론은 나지 않았다.

제39장

창파령(蒼波嶺)

창파령(蒼波嶺)

"찾았느냐?"
"예, 회수했습니다."
태상문주의 말에 신도는 기어들어 가는 음성으로 대꾸했다.
"패천궁의 손길이 벌써 우리들에게 이른 것이냐?"
굳은 안색을 좀처럼 풀지 않고 물끄러미 그를 보던 태상문주가 조용히 물었다.
"그렇지는 않습니다. 필사적으로 찾고는 있는 눈치지만 아직까지 우리의 존재를 눈치채지는 못했습니다."
"그렇다면 어찌해서 이런 일이 발생한 것이냐?"
"말씀드리기 송구합니다만……."
"말해 보거라."

태상문주가 다소 안색을 풀며 재차 물었다.

"놈은 어르신을 암살하러 잠입해 온 살수 같습니다."

"허허, 나를?"

놀랄 만도 하건만 놀라기는커녕 태상문주는 오히려 너털웃음을 지었다.

"그렇습니다. 놈은 패천궁에서 흑백대전을 승리로 이끌기 위해 파견한 혈영대의 살수였습니다. 그자들에게 당한 각 문파의 명숙들의 수가 헤아릴 수 없을 지경이었지요."

"그래, 들어본 것 같구나. 꽤나 지독하고 대단한 놈들이라 들었다. 아무튼 네 말은 놈이 나를 노리고 잠입을 했다는 것이냐?"

"그렇습니다."

하지만 태상문주는 그렇게 생각하지 않는 것 같았다. 그가 고개를 흔들었다.

"글쎄, 놈들이 아무리 뛰어난 살수라지만 놈들도 자신의 실력을 알고 있다. 내가 고작 살수 따위의 목표가 될 정도였을까? 그리고 나를 노렸다면 어째서 내 거처로 잠입을 하지 않고 엉뚱한 곳에서 엉뚱한 사람은 공격했을까?"

"하, 하오시면?"

"애당초 녀석은 너를 노리고 온 것이다. 내가 아닌 너를."

이론의 여지가 없을 정도로 단정 짓는 말에 신도는 고개를 끄덕이지 않을 수 없었다. 태상문주의 말에 다소 어폐가 있을지는 몰라도 일의 결과가 이미 그렇게 나온 상황이었기 때문이다.

"어쨌든 너도 무사하고 명단도 무사히 회수했다니 다행이다. 조만간 본격적으로 나서야 하는데 크나큰 실기를 할 뻔했어. 설마 명단의 내용이 다른 곳으로 새어 나가지 않았겠지?"

"놈에겐 그런 여유가 없었습니다. 놈이 스스로 목숨을 끊으면서 비밀은 완벽하게 지켜졌습니다."

"스스로 목숨을 끊어?"

태상문주가 미심쩍은 음성으로 물었다. 신도는 그럴 줄 알았다는 듯 그때의 상황을 자세히 설명했다.

"허, 대단한 녀석이로구나. 우리 아이들도 그만한 배짱과 근성을 키워야 할 것이다. 그건 그렇고 적들의 움직임은 어떠하냐? 우리를 찾기 위해 꽤나 필사적일 텐데."

"예, 모든 정보력을 다 동원하고 있는 것으로 보입니다. 어느 정도 그림자를 밟아오기는 하지만 아직까지 완벽하게 접근하지는 못했습니다."

신도는 꽤나 자신만만하게 대답했다. 그러나 그 시간 전혀 엉뚱한 장소에서 엉뚱한 인물들이 만나는 장면을 보았다면 그는 결코 그런 말을 입에 담을 수는 없었을 것이다.

*　　　*　　　*

"이렇게 찾아오실 줄은 꿈에도 몰랐어요."

온설화는 더없이 공경한 태도로 자신을 찾아온 사람에게 예를 차렸다.

"하하, 난 이미 예상을 했을 것이라 생각하오만."

온설화가 살며시 미소를 지었다. 상대의 말대로 어느 정도는 짐작하고 있었다는 태도였다.

"다른 사람이라면 몰라도 문성 선배님이라면 찾아올 수도 있다고 생각하고 있었지요. 서둘러 철수하지 않았다면 제가 제갈세가로 찾아갈 생각을 하고 있었으니까요."

"역시! 군사의 혜안(慧眼)이 하늘에 이른다는 소문은 결코 헛된 것이 아니구려. 어린 나이에 참으로 대단하오."

"태양 앞에 반딧불과 같습니다. 짧은 식견으로 어찌 문성 선배님의 명성에 비하겠습니까?"

"이거야 원, 군사에게 그런 칭찬을 받으니 몸둘 바를 모르겠소."

"사실이니까요. 사람들은 천하의 모든 지혜가 제갈세가, 그중 문성에게 모였다고 하지요."

"하하, 그만 합시다. 이거 어째 욕을 먹는 느낌이오. 원래 항간에 떠도는 소문이란 사실과는 다르게 과장되는 법이라오. 아무튼 그건 그렇고……."

서로에 대한 인사와 공치사 어느 정도 끝났다고 생각한 제갈은의 얼굴이 다소 심각해졌다.

"단도직입적으로 묻겠소. 그래, 알아내셨소?"

앞뒤의 말을 다 잘라낸 갑작스런 질문이었건만 온설화는 기다렸다는 듯 대꾸했다.

"아직은요. 제갈세가는 어떤가요?"

"우리도 아직 파악하지 못했소."

"심증이 가는 문파는 있겠지요?"

"물론이오."

사천이 준동한 이후 제갈은과 제갈세가의 지자(智者)들은 즉시 사천 혈사 이후 무림에 벌어진 모든 일들을 세밀히 조사하기 시작했다.

그들은 선조들이 기록해 놓은 당대의 각종 사건들을 바탕으로 사소한 일도 빠짐없이 집요하게 파고들었는데 개인과 개인, 문파와 문파의 분쟁은 물론이고 떠도는 소문도 가벼이 하지 않았다. 심지어 각 문파로 흘러 들어가는 자금의 흐름을 추적하기까지 했다. 그리고 격론 끝에 의심이 가는 다섯 개의 문파를 추려냈다.

"군사께서도 어느 정도 파악은 했으리라 생각하오만."

온설화가 고개를 끄덕였다.

"몇몇 문파로 압축은 됐습니다. 확실한 것은……."

제갈은이 그녀의 말을 잘랐다.

"흑도의 문파는 아니라는 것."

"맞습니다. 또한 구파일방과 오대세가는 제외됩니다."

너무도 당연한 말에 제갈은이 멋쩍은 웃음을 흘렸다.

"자, 이럴 게 아니라 서로 심중에 두고 있는 문파를 말해 봅시다. 그래, 군사께서는 어떤 문파를 염두해 두고 있소?"

"서로 한 번씩 얘기를 하는 것이 어떨까요?"

흔쾌히 허락한 제갈은이 먼저 입을 열었다.

"그렇게 합시다. 우선 낙원장을 생각하고 있소."

"역시 그렇군요."

온설화가 맞장구를 쳤다.

"같은 문파를 염두해 두고 있었구려. 군사 차례요."

"비선문. 어떤가요?"

온설화가 조금도 머뭇거림없이 입을 열었다. 제갈은이 고개를 끄덕였다.

"내 생각과 같소. 아무래도 온 군사와 나의 생각은 일치하는 것 같소."

"나머지 문파를 들어보기 전까지는 모르지요."

온설화의 말에 제갈은이 고개를 가로저었다.

"아마도 맞을 것이오. 역사가 제법 오래되었고 꽤나 강한 힘을 가지고 있으면서도 겉으로 드러나지 않는 문파. 거기에 무림의 분쟁에도 일체 끼어들지 않으며 화제의 중심에서 늘 벗어나 있는 문파는 그리 많지 않소."

"최근까지는 그랬지요."

의미심장한 온설화의 말에 제갈은의 눈썹이 꿈틀거렸다.

'역시 같은 생각을 하는 것인가.'

그의 마음을 알기라도 하듯 그녀의 말이 이어졌다.

"부디 악가를 조심하세요. 어쩌면 가장 가능성이 높은 문파니까요. 물론 알고 계시겠지만요."

"……"

제갈은은 아무런 대꾸도 하지 못했다. 그녀의 말이 정곡을 찔렀기 때문이었다.

"그렇게 심각하게 생각하실 것은 없어요. 아직 확실한 것도 아니잖아요."

하지만 그녀의 표정에선 악가가 중천임을 거의 확신하고 있는 듯한 자신감이 묻어 있었다.

"후~ 그렇지 않기만을 바랄 뿐이오. 그나저나 전황은 어떻소? 꽤나 고전하고 있다고 들었는데."

잠시 호흡을 가다듬을 필요가 있다고 느꼈는지 제갈은이 슬그머니 화제를 돌렸다.

온설화의 안색이 살짝 어두워졌다.

"그다지 좋지는 않아요."

"천하의 패천궁이 고전을 할 줄은 생각도 못했소."

언뜻 들으면 빈정거리는 말일 수도 있었으나 제갈은에게 그런 의도는 조금도 없었다. 그로서는 나름대로 놀라움의 표시였다.

"아직 알려지지 않았지만 지난밤 지옥벌이 무너졌다고 하는군요. 광서성 쪽에서 남은 곳은 만독문뿐이에요."

"허! 지옥벌이 무너졌다는 말이오? 주력이 빠진 상태였소?"

그녀의 입에서 짧은 한숨이 새어 나왔다.

"사천이 움직인다는 소리를 듣고 가장 먼저 철수한 곳이 바로 지옥벌이었답니다."

"하면 주력이 깨졌다는 말이오? 패천궁 다음으로 강한 힘을 가진 문파가?"

제갈은은 믿기 어렵다는 표정이었다.

"그들의 힘이 생각 외로 거대해요. 솔직히 막을 수 있을 것이란 생각을 하지는 않았어도 그렇게 쉽게 무너질 줄은 몰랐어요. 최소한 본궁이 움직일 동안은 버틸 줄 알았는데……. 하지만 이제 일방적으로 밀리는 일은 없을 거예요."

온설화의 마지막 말은 자신감에 차 있었다. 그것은 곧 패천궁의 정예와 흑월교의 싸움이 멀지 않았다는 것을 의미했다.

"정도맹 쪽은 어떤가요? 북쪽에선 아직 움직임이 없는 것으로 아는데."

"그렇지는 않소. 북천도 이미 움직였소. 낙검문을 비롯하여 벌써 꽤 나 많은 문파가 당했다고 하오."

"그랬군요. 낙검문이라면 중천이라 의심할 정도로 강한 문파였는데."

제갈은이 쓴웃음을 지었다.

"역시 같은 생각을 하고 있었구려. 본 가 역시 낙검문도 예의주시하고 있었소. 결론적으론 소용없게 되었지만."

"아무튼 꽤나 힘들겠군요. 서천과 북천을 동시에 막으려면 말이지요."

"북천은 문제없소. 놈들의 힘이 아무리 강하다 한들 놈들의 길목엔 오대세가가 버티고 있소. 또한 천하의 소림사를 비롯하여 화산과 종남, 개방, 삼광문 등 수많은 문파들이 응원을 하고 있소. 문제는 서천인데……."

제갈은이 말끝을 흐리자 온설화가 즉시 입을 열었다.

"철혈마단을 막기 위해 움직인 병력 또한 만만치 않은 것으로 아는데요."

"그러나 솔직히 역부족이오. 중천을 견제한다는 명목으로 무당과 정도맹의 주력이 움직이지 않았소. 지리적 이점이 있는 대파산에서 제대로 막아내지 못한다면 한순간에 밀릴 수가 있소. 후~ 지금이라도 무

자신감이 묻어 있었다.

"후~ 그렇지 않기만을 바랄 뿐이오. 그나저나 전황은 어떻소? 꽤나 고전하고 있다고 들었는데."

잠시 호흡을 가다듬을 필요가 있다고 느꼈는지 제갈은이 슬그머니 화제를 돌렸다.

온설화의 안색이 살짝 어두워졌다.

"그다지 좋지는 않아요."

"천하의 패천궁이 고전을 할 줄은 생각도 못했소."

언뜻 들으면 빈정거리는 말일 수도 있었으나 제갈은에게 그런 의도는 조금도 없었다. 그로서는 나름대로 놀라움의 표시였다.

"아직 알려지지 않았지만 지난밤 지옥벌이 무너졌다고 하는군요. 광서성 쪽에서 남은 곳은 만독문뿐이에요."

"허! 지옥벌이 무너졌다는 말이오? 주력이 빠진 상태였소?"

그녀의 입에서 짧은 한숨이 새어 나왔다.

"사천이 움직인다는 소리를 듣고 가장 먼저 철수한 곳이 바로 지옥벌이었답니다."

"하면 주력이 깨졌다는 말이오? 패천궁 다음으로 강한 힘을 가진 문파가?"

제갈은은 믿기 어렵다는 표정이었다.

"그들의 힘이 생각 외로 거대해요. 솔직히 막을 수 있을 것이란 생각을 하지는 않았어도 그렇게 쉽게 무너질 줄은 몰랐어요. 최소한 본궁이 움직일 동안은 버틸 줄 알았는데……. 하지만 이제 일방적으로 밀리는 일은 없을 거예요."

온설화의 마지막 말은 자신감에 차 있었다. 그것은 곧 패천궁의 정예와 흑월교의 싸움이 멀지 않았다는 것을 의미했다.

"정도맹 쪽은 어떤가요? 북쪽에선 아직 움직임이 없는 것으로 아는데."

"그렇지는 않소. 북천도 이미 움직였소. 낙검문을 비롯하여 벌써 꽤나 많은 문파가 당했다고 하오."

"그랬군요. 낙검문이라면 중천이라 의심할 정도로 강한 문파였는데."

제갈은이 쓴웃음을 지었다.

"역시 같은 생각을 하고 있었구려. 본 가 역시 낙검문도 예의주시하고 있었소. 결론적으론 소용없게 되었지만."

"아무튼 꽤나 힘들겠군요. 서천과 북천을 동시에 막으려면 말이지요."

"북천은 문제없소. 놈들의 힘이 아무리 강하다 한들 놈들의 길목엔 오대세가가 버티고 있소. 또한 천하의 소림사를 비롯하여 화산과 종남, 개방, 삼광문 등 수많은 문파들이 응원을 하고 있소. 문제는 서천인데……."

제갈은이 말끝을 흐리자 온설화가 즉시 입을 열었다.

"철혈마단을 막기 위해 움직인 병력 또한 만만치 않은 것으로 아는데요."

"그러나 솔직히 역부족이오. 중천을 견제한다는 명목으로 무당과 정도맹의 주력이 움직이지 않았소. 지리적 이점이 있는 대파산에서 제대로 막아내지 못한다면 한순간에 밀릴 수가 있소. 후~ 지금이라도 무당과 정도맹이 움직여야 하는데 중천의 정체가 밝혀지지 않는 이상 그마저도 힘든 상황이니…….”

"우리가 도울 수도 있었어요, 거절만 하지 않았다면."

온설화는 원군을 보내겠다는 패천궁의 제안을 정도맹이 생각해 볼 가치도 없다는 듯 일언지하(一言之下)에 거절한 일을 거론하며 안타까워했다.

"하하, 받아들였다면 얼마나 좋았겠소. 하지만 이미 늦은 일이라오. 부디 잘 버텨주기만을 바랄 뿐."

그러나 천하의 제갈도도 그들이 노도와 같이 밀려드는 철혈마단을 상대로 얼마나 버틸지 예상할 수가 없었다. 그저 최대한 오래 버텨주기만을 막연히 바랄 뿐이었다.

*　　　*　　　*

사천성을 석권하고 계속해서 동진을 하려는 철혈마단과 그들을 저지하기 위해 움직인 백도의 무인들이 밤낮을 가리지 않고 필사적으로 싸우고 있는 곳.

싸움이 시작된 이래 대파산은 단 하루도 빠지지 않고 울려 퍼지는 고통과 공포, 살기가 담긴 비명성과 병장기 부딪치는 소리에 몸살을 앓았으며 그들이 흘린 피로 인해 녹음(綠陰)으로 우거졌던 수풀은 점점 붉게 물들어갔다.

대파산맥의 동남쪽 지류에 속해 있는 창파령(蒼波嶺).

사천과 섬서, 호북의 경계에 걸쳐 있는 매우 중요한 요지라 할 수 있

는 창파령은 대파산을 넘기 위해선 반드시 확보해야 하는 곳 중 하나
로, 철혈마단은 끊임없이 병력을 투입해 창파령을 공략했다.

처음엔 화성문(和成門)과 제룡문(制龍門)이 연합하여 지켰지만 단 하루 만에 무너지고 이후엔 혜정 신니가 아미파의 칠십 제자들을 이끌고 철혈마단을 상대했다.

비록 수적으로는 열세였으나 살계를 마다하지 않고 최선을 다해 창파령을 지키는 그들로 인해 철혈마단은 창파령에서 단 한 발자국도 움직일 수 없었다. 하지만 천하의 아미파라도 끊임없이 밀려드는 적을 상대하기엔 역부족이었다.

"결국 이렇게 되고 마는 것인가?"

속절없이 밀리는 제자들을 보며 아미파의 장문 혜정 신니는 눈물을 참지 못했다.

"아무래도 힘들 것 같아요. 퇴각하는 것이 좋을 듯합니다!"

아미파를 돕기 위해 나섰던 혈궁단의 단주 사마유선이 다급하게 소리쳤다. 그 와중에도 그녀는 달려드는 적을 향해 매서운 화살을 날리고 있었다.

"크하하! 죽여라! 모조리 죽여라!!"

승기를 잡았다고 판단한 금기령(金旗令) 휘하 천리대의 대주 서율(舒聿)은 미친 듯이 소리를 지르며 수하들을 독려했다.

그동안 창파령을 뚫지 못하고 제자리걸음을 하는 통에 얼마나 심한 문책을 당해야 했던가! 하루에 천 리를 달린다 하여 천리대(千里隊)란 영광스런 이름을 가지고 있는 그들에겐 참으로 걸맞지 않은 창피한 일이었다.

"이곳만 넘으면 된다! 이놈의 빌어먹을 산만 넘으면 곧 우리들의 세상이다! 머뭇거리지 마라. 죽여! 죽이란 말이다!!"

온 산을 쩌렁쩌렁하게 울리는 목소리로 명을 내리고 무지막지하게 커다란 도를 휘두르는 서율의 전신에선 핏빛 귀기가 흐르고 있었다.

"더 이상은 힘듭니다. 이러다간 퇴각하기도 힘들어요."

아미파와 혈궁단을 몰아붙이는 천리대는 그들의 유일한 퇴로마저 서서히 장악하고 있었다.

혈궁단이 필사적으로 활을 쏘며 퇴로가 막히는 것만큼은 무슨 수를 쓰더라도 막아보려 했지만 온몸을 가리는 방패를 앞세우고 조금씩 치밀하게 전진하는 천리대를 저지하기란 좀처럼 쉬운 일이 아니었다.

"퇴각을 명하심이 좋을 듯합니다."

혜정 신니를 이어 다음 대 아미파의 장문인 자리가 유력한 일연 사태(昵蔭師太)가 사마유선을 거들었다. 부상당한 몸을 이끌고 꽤나 오랫동안 싸운 그녀의 몸은 성한 곳이 없었다.

"이곳에서 물러나면 어디로 간단 말이냐?"

혜정 신니가 처연한 음성으로 되물었다. 그도 그럴 것이 본산인 아미파는 이미 무너졌고, 그녀를 따르던 나머지 제자들의 수도 기하급수적으로 줄어 있었다. 며칠 동안의 싸움으로 남아 있는 제자는 고작 스물둘, 그나마 아미파의 배분 높은 고수들은 철혈마단의 본진에서 차출된 괴이한 고수들과 싸우다 대다수가 목숨을 잃고 치명적인 부상을 당하고 말았다. 혜정 신니 또한 같이 죽자고 덤비는 독랄무비한 합공에 큰 내상을 입은 상태였다.

장문인의 심정이 어떠한지 너무나 잘 알고 있기에 일연 사태는 뭐라 말을 하지 못했다. 그러자 곁에 있던 사마유선이 답답하다는 듯 소리쳤다.

"군자의 복수는 십 년이 걸려도 늦지 않다고 했어요! 여기서 그냥 죽을 생각이신가요? 일단 살아야 먼저 간 제자들의 복수도 할 수 있잖아요. 목숨을 아껴 훗날을 도모해야 해요!"

바로 그때였다.

사마유선의 음성을 들었는지 서율이 미친 듯이 웃어 젖혔다.

"크하하하! 어디 냄새나는 계집 따위가 군자의 복수를 운운한단 말이더냐! 지나가는 개가 웃을 일이로다!"

참을 수 없는 모욕을 당한 그녀의 얼굴이 순간적으로 차가워졌다. 그녀가 서율을 노려보며 소리쳤다.

"네놈의 면상은 절대 잊지 않으마!"

"지금 덤비는 것이 아니라 잊지 않겠다? 도망을 가겠다는 말인데 그게 가능할까?"

그의 말에 뭔가를 느꼈는지 사마유선이 빠르게 몸을 돌렸다. 때를 맞춰 외마디 비명이 그녀의 귓가를 자극했다.

"크윽!"

가슴을 불로 지진 듯한 고통 속에서도 상대의 미간에 화살 하나를 선물하는 것을 잊지 않은 윤극진의 몸이 서서히 앞으로 기울었다. 그러나 서율과 마찬가지로 악에 받칠 대로 바친 천리대원의 잔인한 손속은 그에게 편안한 죽음을 주지 않았다.

그의 몸이 땅에 닿기도 전 역으로 쳐 올려진 도에 의해 가슴이 반으로 갈라지며 몸이 세워지고 그 몸에 또다시 커다란 장창 하나가 날아들었다.

"안 돼!!"

사마유선의 안타까운 외침에도 불구하고 일 장이 넘는 장창은 윤극진의 몸과 바로 뒤에 있던 나무를 하나로 엮으며 관통해 버렸다.

"유, 유……."

뭐라 말을 하려는 듯 윤극진의 입술이 벌벌 떨렸다. 하나 죽음의 사자는 너무나도 빨리 엄습했고 단숨에 생기를 빼앗아 가버렸다.

눈도 감지 못하고 고통과 아쉬움, 안타까움, 그리움 등 온갖 기운으로 물든 두 눈을 사마유선에게 고정시킨 윤극진은 결국 단 한 마디의 말도 하지 못한 채 목숨을 잃고 말았다.

그의 죽음으로 퇴로는 완벽하게 끊긴 것이나 다름없었다. 그나마 다행이라면 윤극진의 명으로 그와 먼저 목숨을 잃은 조정옥(趙訂沃)을 제외한 혈궁단 전원이 탈출에 성공했다는 것과 몸을 피한 이후에도 사마유선과 아미파의 탈출을 돕기 위하여 계속해서 공격을 한다는 것이었다. 물론 그 성과는 미미했다.

옥쇄(玉碎)를 각오했는지 아미파의 제자들이 혜정 신니를 중심으로 모이기 시작했다.

"이제는 포기할 때도 되었거늘 지독한 년들 같으니. 뭣들 하느냐! 당장 쓸어버려!!"

서율의 명이 떨어지기가 무섭게 잠시 멈추었던 천리대의 공격이 시작되었다. 그들은 가히 폭풍과도 같은 기세로 아미파의 제자들을 압박해 들어왔다.

그들의 공격 방식은 매우 단순했다. 일단 다수로 적의 기세를 제압

창파령(蒼波嶺) 75

하고 고수들을 상대할 때에는 철저하게 합공을 했다. 합공으로 상대를 제거하면 다행이고 쓰러뜨리지 못한다 해도 시간을 끄는 것으로 충분했다. 그사이 다른 동료들이 적을 베고 힘을 보탤 테니까.

물론 혜정 신니나 일연 사태 정도 되는 고수가 여럿이면 웬만한 수적 우위로는 승기를 점할 수가 없었다. 하지만 본대에서 지원 온 고수들, 이제는 단 한 명도 살아남지 못했지만, 그들로 인해 아미파에 남은 고수는 몇 되지 않았다. 한마디로 혜정 신니와 일연 사태만 막으면 싸움은 끝난 것이나 다름없었다.

혜정 신니에게는 부대주 요종종(饒種種)을 비롯하여 무려 일곱 명의 사내가 달라붙었고 일연 사태에게도 그 정도의 인원이 달려들었다.

챙챙!

날카로운 병장기 소리에 이어 거친 함성과 날카로운 기합성이 창파령을 울렸다.

죽음을 각오한 아미파의 제자들은 두려움과 공포에 떨면서도 최후의 일인까지 싸우고자 했다. 몇몇 나이 어린 제자들이 죽음의 공포를 이기지 못하고 주저앉아 울고 있었지만 대다수는 이미 죽음을 초월한 상태였다. 그러나 하나가 쓰러지면 곧바로 다른 자가 자리를 채우는 천리대와는 달리 아미파는 한 명의 제자가 쓰러질 때마다 드러나는 빈자리가 너무나도 컸다.

"하아. 하아."

호흡이 가빠오고 가슴이 답답했다.

천리대주 서율과 단독으로 맞선 사마유선은 가쁜 숨을 진정시키느라 무척이나 애를 썼다.

그녀는 지금 궁 대신 검을 들고 서율을 상대하는 중이었다. 화살도 떨어진 데다가 거리가 너무 가까워 도저히 궁술을 활용할 수가 없었다.

을지호나 과거 일세를 풍미했던 그녀의 선조 궁왕 정도의 실력이라면야 약간의 거리만 주어져도 충분히 실력을 발휘할 수 있었겠지만 아무래도 배움이 짧은 그녀에게는 턱밑까지 접근해 온 적을 상대로 궁을 사용하는 데엔 다소 무리가 있었다. 해서 검을 들고 서율을 상대했는데 그다지 좋은 상황이 아니었다.

비록 궁을 전문적으로 익혔으되 그녀의 조부는 궁보다 검에 빠진 무인, 그녀 역시 어느 정도의 검술을 지니고 있었다. 하지만 그녀의 검술은 말 그대로 단지 익혀 안다는 것 그 이상도 이하도 아니었다. 반면에 서율의 검은 생과 사를 오가는 경험 끝에 얻은 실전검이었다.

그 차이는 무척이나 컸다. 엄밀히 따져 서율보다 뛰어난 검술 실력을 지니고 있음에도 사마유선은 승기를 잡기는커녕 단 한 번의 제대로 된 공격도 보여주지 못했다. 그것은 곧 생사를 가늠하는 싸움에 있어서 실전 경험의 유무가 얼마나 중요한 것인지 여실히 증명하는 것이었다.

"아악!"

날카로운 비명성과 함께 사마유선의 몸이 이 장이나 날아가 처박혔다. 서율의 공격을 막아냈음에도 무기에서 실려오는 그 힘을 감당하지 못한 것이었다.

"크하하하! 어떠냐? 이제야 이 어른신의 실력을 알아보겠느냐? 어디 이것도 한번 막아보거라!"

서율은 뭐가 그리 좋은지 연신 음흉한 미소를 지으며 그녀의 허리보다도 훨씬 굵은 도를 무지막지하게 휘둘렀다. 분하고 원통한 마음에 치를 떨었지만 사마유선은 피하기에 급급했다.

"악!"

충격이 남았던 것일까?

힘겹기는 했어도 계속되는 서율의 공격을 나름대로 잘 피해내던 사마유선이 결국 외마디 비명을 지르며 그 자리에서 주저앉고 말았다.

공격을 피해 몸을 날리는 순간, 아무렇게나 쓰러져 있는 시신이 그녀의 움직임을 지체시켰고, 그 잠깐의 멈칫거림을 놓치지 않은 서율의 도가 그녀의 허벅지를 스친 것이었다. 스쳤다고는 하나 워낙 무지막지한 도라 그런지 상처가 제법 깊었다. 그녀의 하의가 상처에서 흘러온 피로 인해 순식간에 붉게 물들었다.

"앙탈은 여기까지다!"

그녀의 움직임을 잡느라 꽤나 힘들었는지 서율은 마치 장거리 질주를 끝낸 말이 투레질을 하듯 거칠게 숨을 몰아쉬었다.

"어떠냐? 이만 항복을 하는 것이?"

"항복 따위는 하지 않는다!"

"흐흐, 안 해도 상관은 없다. 어차피 결과는 변하지 않아. 네년은 나의 시중을 들게 되어 있다."

"너 따위에게 모욕을 당하느니 차라리 죽고 말겠다!"

사마유선이 앙칼지게 소리쳤다.

"그거야 네년 선택이지."

'아!'

서율과 눈이 마주친 그녀는 수십 마리의 뱀이 몸을 휘감는 듯 징그러운 느낌에 몸서리를 치며 고개를 돌리고 말았다.

사마유선은 혹시나 하는 마음으로 주변을 살폈다. 그녀를 구해줄 수 있는 사람은 혜정 신니와 일연 사태 등 극소수에 불과했다. 그러나 대여섯 명에게 합공을 당하고 있는 그녀들도 몹시 힘겨운 싸움을 하는 중이었다. 그렇다고 일방적으로 수세에 몰린 상태에서 점점 숫자가 줄어드는 아미파의 제자들에게 도움을 바란다는 것 역시 불가능한 일이었다.

어느새 서율은 그녀의 코앞까지 접근한 상태였다. 아득한 절망감이 밀려들었다. 선택의 여지는 없었다. 조금이라도 머뭇거린다면 죽음보다 더한 모욕을 당할 수 있었다. 그것만큼은 절대로 용납할 수 없었다.

"크크크, 당장 목숨을 끊을 것 같던 조금 전의 기세는 어디로 갔지? 왜, 막상 죽으려니까 두려운 것이냐?"

"닥쳐라!"

서율의 빈정거림에 이를 깨문 사마유선이 반으로 잘라진 검을 천천히 들어 올렸다. 목덜미에 닿는 검날은 유난히도 차가웠다.

"네놈 따위에게 모욕을 당하지는 않는다고 했다."

끝낼 때가 되었다고 생각한 사마유선이 눈을 감았다.

순간, 그녀의 뇌리에 한 사내의 얼굴이 떠올랐다. 사내는 웃는 얼굴, 화난 얼굴, 슬픈 얼굴, 노한 얼굴 등 실로 다양한 표정으로 그녀를 바라보고 있었다.

'공자님······.'

눈을 뜨면 당장에라도 그가 환한 웃음을 지으며 나타날 것 같았다.

'아직 하고픈 말도 제대로 하지 못했는데······.'

무엇보다 그것이 아쉬웠다. 그러나 후회해도 이미 때는 늦었다. 상념은 길지 않았다. 사마유선의 손이 움직였다.

바로 그때였다.

한줄기 부드러운 음성이 그녀의 귓속을 파고들었다.

"지금 뭐 하는 것이오, 사마 소저?"

흠칫 몸을 떠는 사마유선.

"……."

너무나 익숙하고 그리운, 마지막으로 한 번만이라도 들었으면 하고 간절히 바란 음성이었다. 하지만 그녀는 혹시나 잘못 들은 것은 아닌가 하여 차마 눈을 뜨지 못했다.

"뭐 하냐고 물었소."

음성은 조금 전보다 더욱 또렷이 들려왔다. 질끈 감았던 사마유선의 눈이 살며시 떠지고 그녀는 담담한 미소를 짓고 있는 을지호를 볼 수 있었다.

"고, 공자님……."

"설마 하니 그 날카로운 것으로 약하디약한 피부에 상처를 내려는 것 아니오? 이런, 벌써 긁히지 않았소."

사마유선의 목에서 점점이 핏방울이 맺히자 깜짝 놀란 을지호가 그녀의 손에서 부러진 검을 낚아챘다.

"어, 어떻게?"

멍하니 검을 빼긴 그녀는 아직도 상황 파악을 하지 못하고 있었다. 그녀는 환한 웃음을 지으며 바라보는 을지호와 커다란 함성을 지르며 무서운 기세로 철혈마단을 몰아붙이고 있는 무인들을 번갈아 바라보며 물었다.

"서둔다고 서둘렀는데 조금 늦고 말았소. 미안하오."

옷을 찢어 사마유선의 목에 묻은 피를 살며시 닦아주는 을지호의 손길은 더없이 조심스럽고 신중했으며 정성이 깃들어 있었다. 그런 을지호를 보며 사마유선은 말을 잇지 못했다.

두 눈은 이미 축축해져 눈물이 볼을 타고 흘러내렸다. 끊임없이 떨어지는 눈물이 볼과 턱을 지나 상처를 어루만지는 을지호의 손등까지 적셨다.

을지호가 넓은 가슴으로 그녀를 살며시 안아주었다.

"울지 마시오."

그런다고 멈춰질 눈물이 아니었다. 사마유선은 그의 품에 안겨 한참이나 눈물을 흘렸다. 그녀가 눈물을 멈추고 을지호의 품에서 벗어난 것은 을지호와 함께 창파령에 도착한 당가와 점창파 무인들에 의해 장내의 싸움이 어느 정도 수습된 다음이었다.

"어찌 된 것인가요? 공자님은 기마봉(騎馬峯) 쪽으로 점창파를 돕기 위해 가셨잖아요."

을지호의 품에서 빠져나온 사마유선이 쑥스러운 표정으로 물었다.

"이곳이 위험하다는 소식을 듣자마자 달려왔소."

아미파가 위기에 빠졌다는 전갈을 받은 후 황급히 창파령으로 달려왔다. 그리고 사마유선을 구하기 위해 혼신의 힘을 다해 움직였다.

최초 그를 막던 몇몇 사내는 어째서 자신의 가슴에 커다란 구멍이 만들어지는지 의식도 하지 못하고 죽임을 당했고, 사마유선에게 달려들던 서율은 분노한 을지호의 일수에 비명도 지르지 못하고 목숨을 잃고 말았다. 고수라면 나름대로 고수라고 할 수 있는 그를 찰나지간에 잠재운 무공은 다름 아닌 절대삼검의 제일초식 무심지검(無心之劍)이었다.

"저자는……."

사마유선이 목과 몸이 분리되어 쓰러져 있는 서율을 가리키며 말문을 흐렸다.

"원래는 사마 소저에게 맡겨야 했으나 시간이 없어서 대신 처리했소이다. 이해해 주시오. 하하, 사마 소저의 미모에 정신을 놓고 있어 처리하기가 무척이나 쉬웠소."

"그럴 리가요."

사마유선이 얼굴을 붉히며 고개를 흔들었다. 품에 안겨 있을 때는 몰랐지만 막상 마음이 진정되고 나니 그렇게 부끄러울 수가 없었다. 그녀는 을지호와 눈도 제대로 맞추지 못했다.

그쪽 방면으론 둔감하기가 이를 데 없는 을지호가 눈치챌 정도로 그녀는 당황하고 있었다. 일이 이쯤 되자 그로서도 민망함을 느끼지 않을 수 없었다.

"험험."

어색함을 달래기 위해 헛기침을 해보았으나 오히려 분위기만 더 이상해졌다.

사마유선이 고개를 푹 숙였다. 얼굴을 붉게 물들인 홍조가 목덜미까지 덮고 있었다.

'이거야 원.'

사마유선이 그 정도의 반응을 보일 줄 미처 생각하지 못한 을지호가 난감한 표정으로 서 있는 사이 장내를 정리한 당우곤이 다소 가쁜 숨을 내뱉으며 다가왔다.

"이곳은 대충 정리가 된 듯하네."

을지호가 반색을 하며 그의 말을 받았다.

"고생하셨습니다."

"고생은 무슨, 우리야 뭐 한 것이 있겠나. 후~ 아미파가 고생을 했지."

당우곤이 다소 안쓰러운 표정으로 말을 이었다.

그도 그럴 것이 아미파는 지난 며칠 사이에 본산의 제자들은 물론이고 혜정 신니를 따라 흑백대전에 참가했던 제자들마저 대부분이 목숨을 잃었다. 남은 사람이라야 혜정 신니와 일연 사태, 그리고 일연 사태와 동배분의 고수 두어 명과 열 명이 안 되어 보이는 제자들뿐이었다. 한마디로 멸문과 다름없는 극심한 피해를 당한 것이었다.

을지호와 당우곤이 마주 보며 한숨을 내쉴 때 생존한 제자들을 다독이던 혜정 신니가 다가왔다.

"두 분의 도움으로 목숨을 건질 수 있었습니다."

혜정 신니가 살짝 고개를 숙이며 사례를 표하자 당황한 을지호와 당우곤이 급히 허리를 꺾었다.

"당치도 않습니다. 조금만 빨리 왔더라면 피해를 줄일 수 있었을 것인데 이곳저곳 상황이 너무 좋지 않아서 시간이 조금 걸렸습니다. 그나마 이 친구가 아니었으면 제때에 도착하고도 힘든 싸움을 할 뻔했습니다."

당우곤의 말에 을지호는 당치 않다는 듯 표정으로 손을 내저었지만 혜정 신니는 이미 알고 있었다는 듯 고개를 끄덕였다.

포위망 한쪽을 완전히 정리하며 뛰어든 을지호가 아니었다면, 그의 손에 일연 사태를 핍박하던 무리들이 추풍낙엽처럼 쓰러지고 천리대의 단주 서율의 목이 떨어지지 않았다면 혈궁단의 지원이 있었더라도 당가와 점창파의 고수들만으론 이렇듯 빨리 적을 완벽하게 제압하지는 못했을 것이다.

"번번이 신세를 지는군요. 아미는 을지 대협의 은혜를 절대로 잊지 않을 것입니다."

혜정 신니는 더없이 정중한 태도로 거듭 고마움을 표시했다.

아미파를 유린했던 질풍대를 전멸시켜 대신 복수를 해준 것에 대한 인사도 제대로 하지 못했건만 또다시 구함을 받았으니 아미파는 을지호에게 잊으려야 잊을 수가 없을 정도로 큰 빚을 진 셈이었다.

"은혜라니요? 감당하기 어렵습니다. 의당 해야 할 일을 했을 뿐이지요. 그건 그렇고, 몸은 좀 어떠십니까?"

"기혈이 다소 뒤틀린 것을 제외하고는 괜찮아요. 오히려 대협의 몸이 걱정되는군요. 큰 부상을 입은 것 같은데……."

혜정 신니가 피로 물들 그의 옷을 보며 걱정스러워했다. 을지호가 쓴웃음을 지으며 고개를 흔들었다.

"감히 청하건대 그 대협이란 소리는 하지 말아주십시오. 어째 민망해서 얼굴을 들 수가 없습니다."

그의 말대로 민망해서 그런지 아니면 다른 이유에서인지 을지호의 얼굴은 붉게 물들어 있었다. 혜정 신니는 아무런 대답도 하지 않고 그저 빙그레 웃어 보였다.

"아무튼 견딜 만은 합니다. 그런데 놈들의 공격이 실로 매섭군요. 승부가 되지 않을 것 같아도 생사를 도외시하고 덤빕니다. 특히 회의(灰衣)의 노고수들은 온몸이 흉기인데다가 동귀어진을 마다하지 않고 덤벼드는 통에 무척 애를 먹었습니다. 함께 오던 점창의 하선(夏仙) 선배는 결국 놈들의 마수를 피하지 못하고 당하고 말았습니다."

"아미타불!"

혜정 신니가 안타까운 표정으로 불호를 외웠다.

혜정 신니 역시 그들에 대해 잘 알고 있었다. 깊은 내상도 그들의 합공에 당한 것이었고 아미파의 고수들 대다수가 회의인들이 펼치는 자살 공격에 당한 터였다.

"우리도 꽤 많은 이들이 당했지요. 인원은 얼마 되지 않지만 하나같이 괴이하고 악독한 무공을 펼쳐 상대하기가 여간 힘든 것이 아닙니다. 자신의 몸을 폭사시켜 상대와 함께 죽으려는 수법은 치가 떨릴 정도에요."

혜정 신니가 깊은 탄식을 내뱉으며 고개를 힘없이 흔들었다.

"전문적으로 그런 훈련을 받은 자들 같지는 않았습니다. 그들 대다수가 오랫동안 수련을 한 듯 무공에 연륜이 묻어 나왔습니다. 또한 은연중 공경을 받는 것 같기도 하고."

당우곤의 말에 그렇잖아도 어두운 혜정 신니의 안색에 더욱 그늘이 졌다.

"그러니 더 무서운 것이지요. 그만한 연륜과 무공을 지니고도 스스럼없이 목숨을 던져 목표를 제거하려 하는 모습이라니. 철혈마단이 얼마나 무서운 집단인지 알면 알수록 두려움이 몰려오는군요."

"그나저나 놈들이 또다시 몰려오기 전에 빨리 이곳을 벗어나야 할 것입니다."

"벗어나다니요? 하면 이곳을 포기한다는 것인가요?"

"예. 아무래도 그래야 할 것 같습니다. 더 이상 견디기가 힘듭니다."

혜정 신니의 눈이 의혹으로 물들었다.

"그게 무슨 말씀이신가요? 비록 도움을 받기는 했어도 우리는 이곳 창파령을 지켰어요. 앞으로도 끝까지 지켜낼 생각입니다. 어째서 이곳을 포기한다는 것이지요?"

창파령을 지키기 위해 희생된 제자가 얼마던가. 그들의 노고를 생각해서라도 순순히 포기할 수는 없었다. 창파령을 지켜낸다는 것, 어쩌면 그것은 이제 빈 껍데기만 남은 아미파가 지닌 마지막 자존심이나 마찬가지였다.

당우곤에게 해명을 요구하는 혜정 신니의 눈빛은 날카롭기 그지없었다.

갑작스레 돌변한 혜정 신니의 태도에 당황한 당우곤이 우물쭈물 제대로 대꾸를 못하자 을지호가 대신 나섰다.

"잠시 고정하시지요. 이곳 창파령을 지키기 위해 아미파의 제자들이 얼마나 많은 피와 땀을 흘렸는지 잘 알고 있습니다. 하나 사정이 여의치 않게 되었습니다."

"사정이 여의치 않다면……."

"조금 전에 운필봉(雲秘峯)이 무너졌습니다."

운필봉을 지키고 있는 곳은 청성파. 혜정 신니가 깜짝 놀라 되물었다.

"청성이 무너졌다는 말인가요?"

"그렇습니다. 하지만 힘에 밀려 무너진 것이 아닙니다."

"그건 또 무슨 말인가요?"

"적전분열(敵前分裂)이 생겨 제대로 싸워보지도 못했습니다."

"무슨 소린지……."

적전분열이라니! 적을 눈앞에 두고 같은 편끼리 틀어졌다는 말이 아닌가. 혜정 신니는 을지호의 말을 도통 이해할 수가 없었다.

무극지검(無極之劍)

무극지검(無極之劍)

 운필봉은 대파산에 펼치고 있는 방어선 중 가장 중요한 곳이었다. 해서 청성파를 비롯하여 광룡보(洸龍堡), 삼성관(三聖館), 무령방(武遑幇) 등 사천성에서 이름깨나 날린 문파들이 모조리 집결해 있었다. 그런데 무너졌다고 한다. 그것도 힘에 밀린 것이 아니고 자중지란(自中之亂)을 일으켜서.
 뭐란 말인가? 도대체 무슨 일이 있었기에 대적을 앞에 두고 자중지란을 일으켜 운필봉을 내주었단 말인가?
 혜정 신니의 얼굴은 풀리지 않을 의혹으로 가득 차 있었다. 그녀의 심정을 알기라도 하듯 을지호의 말이 계속 이어졌다.
 "운필봉의 중요성은 그들도 알고 우리도 알고 있습니다. 무척이나 치열한 싸움이 벌어졌지요. 하루에도 수십 명이 넘는 인원이 죽어나갔습니다. 실로 극심한 피해를 입었지요. 하나 모두들 죽기를 각오하고 싸운 덕에 철혈마단의 파상공세에서도 지금껏 버틸 수 있었습니다."

거기까지는 혜정 신니 또한 알고 있는 사실이었다. 그리고 그 싸움에서 을지호가 얼마나 대단한 활약을 했는지도 익히 들어 알고 있었다. 문제는 그 이후였다. 그녀가 듣고 싶은 것은 그토록 힘들게 운필봉을 지켜낸 이들이 대체 무슨 일로 자중지란을 일으켰느냐는 것이었다.

"놈들의 비열함이 하늘에 이르렀습니다. 처음 무작정 힘으로만 밀어붙이던 놈들이 작전을 달리한 것은 지난밤부터였습니다."

천천히 입을 여는 을지호의 음성이 살짝 떨렸다. 긴장이 되는지 혜정 신니가 침을 꿀꺽 삼켰다.

"놈들은 새벽의 은밀함을 틈타 기습을 했습니다. 물론 긴장을 늦추지 않고 있던 우리들의 역공에 철저하게 당하고 말았지요. 문제는 그들이 철혈마단의 무인들이 아니라는 데 있었습니다."

"하면?"

뭔가 짚이는 것이 있었는지 혜정 신니의 고운 아미가 파르르 떨렸다.

"그들은 철혈마단에게 점령당한 군소문파의 무인들이었습니다. 그리고 오늘 아침엔 그들과 더불어 무공도 모르는 노약자와 아녀자들을 앞세워 싸움을 걸어왔습니다."

"아미타불!"

무슨 일이 있어도 운필봉을 지켜야 했던 이들, 그리고 그들과 직, 간접적으로 관련이 있는 식솔들. 그중에는 친족도 있었고 친구도 있었다. 물러설 곳은 그 어디에도 없었다. 서로의 목에 검을 겨눈 채 분루를 삼켜야 했을 그 광경이 어떠했을지는 상상하지 않아도 알 수 있었다.

"결국 물러나면 인질들을 싸움에서 배제시키겠다는 말을 듣고는 후퇴를 결정했습니다."

"그 과정까지 꽤나 진통이 심했지요."

그곳의 싸움에 직접 참여했고, 또 일단 퇴각을 해야 한다고 주장했던 당우곤이 한마디 거들었다.

"어쨌든 조금 전부터 후퇴는 시작되었습니다. 운필봉은 물론이고 기마봉, 절운곡(切雲谷)에서도 병력을 물렸습니다."

"놈들이 선선히 보내주지는 않았을 텐데요?"

아무리 튼튼한 방벽이라도 조그만 틈새로 인하여 결국 무너지고 마는 법이다. 비록 패퇴한 것이 아니라 자의로 물러난 것이었지만 운필봉에서 벌어진 일이 대파산 전반에 걸쳐 진을 치고 있는 백도의 무인들에게 끼칠 영향은 보지 않아도 알 수 있었다. 병법에 이르기를 안전하게 물러나는 것보다 힘든 것은 없다고 하지 않던가.

"꽤나 치열한 싸움을 벌였고 많은 피해를 입었습니다만 대다수가 무사히 몸을 피해 집결지로 가고 있습니다. 이제 신니께서 결단을 내려주시면 여기 있는 모두가 무사히 빠져나갈 수 있을 겁니다."

"……."

혜정 신니는 금방 결정을 내리지 못했다. 순리상 당연히 퇴각을 결정하여 남은 제자들의 목숨을 구해야 했지만 자꾸만 미련이 남는 것은 창파령을 지키기 위해 흘린 피가 너무도 많기 때문이었다. 그러나 아무리 망설이고 숙고해도 결론은 하나뿐이었다.

"알겠습니다. 상황이 이리 되었는데 고집을 부려 우리를 구하고자 달려온 당가와 점창파의 제자들까지 위험에 빠뜨릴 수는 없지요. 물러서겠습니다."

"감사합니다, 신니."

혜정 신니가 행여나 고집을 피울까 은근히 걱정했던 당우곤이 안도의 한숨을 내쉬며 허리를 꺾었다. 그리곤 대충 주변 상황을 수습한 식솔들에게 명을 내렸다.

"집결지로 돌아간다. 놈들의 추격이 있을 것이니 한시도 긴장을 풀지 말거라!"

당가의 식솔들이 철수 준비를 하는 것을 보며 혜정 신니는 점창파의 도움을 받아 제자들의 가묘를 만들어주고 그 앞에서 눈물짓는 일연 사태에게 말했다.

"우리도 돌아가자꾸나."

"예, 사부님."

재빨리 눈물을 닦은 일연 사태가 애써 침착한 음성으로 대답을 했다.

당가의 무인들이 가장 앞서 철수하고 점창과 아미파의 제자들이 뒤를 이었다. 혈궁단이 그들을 호위하듯 후미에 처져 혹시 모를 공격에 대비했다. 하나 공격은 뒤가 아닌 앞에서부터 시작되었다.

"아악!"

앞서 걷던 당가의 식솔들 사이에서 난데없는 비명이 터져 나오고 주인을 잃은 머리 몇 개가 허공으로 치솟았다.

"웬 놈들이냐?"

당우곤이 당황하는 식솔들을 다독이며 재빨리 전열을 정비했다. 그리곤 정면의 적을 향해 크게 소리쳤다. 그러나 우문(愚問)일 뿐이었다. 대파산에서 그들을 공격할 자가 또 누가 있을까? 그것을 증명이라도 하듯 한껏 비웃음이 담긴 음성이 들려왔다.

"쥐새끼들처럼 잘도 도망가는구나!"

흉흉한 살기를 내뿜는 사내들을 가르며 나타나는 장년인. 그는 비상하는 백마(白馬)의 모양을 수놓은 흑갈색 무복을 입고 햇살보다 눈부신 금빛 장삼을 걸치고 있었다.

"철혈마단이냐?"

당우곤이 재차 물었다. 사내가 한심하다는 듯 대답했다.

"당연한 것을 자꾸만 묻는 것을 보니 바보가 아닌가? 철혈마단이 아니라면 그럼 우리가 누구라고 생각하는 것이냐?"

"음."

당우곤의 입에서 나지막한 침음성이 터져 나왔다. 예상 못한 것은 아니나 막상 철혈마단이라는 소리를 듣자 가슴이 철렁 내려앉았다. 어쩌면 이곳에서 뼈를 묻어야 할지도 모른다는 불안감도 엄습했다.

"흠, 생각보다 훨씬 빠르게 움직였군요. 몸을 뺄 여유는 있을 줄 알았는데."

어느새 다가온 을지호가 금빛 장삼의 사내와 그를 에워싸듯 보호하며 언제라도 공격할 준비가 되었다는 양 살기를 뿜어내고 있는 사내들을 보며 말했다.

"그러게 말일세. 이쪽 길목을 막고 나타난 것을 보니 기마봉 쪽에서 온 것 같은데……."

"기마봉은 아닙니다. 기마봉에 나타난 놈들은 가슴에 하나같이 은(銀)

무극지검(無極之劍) 95

자를 새겨 넣은 놈들이었습니다. 그리고 놈들을 지휘하는 자의 옷도 금빛이 아니라 은빛이었지요. 차림새를 보니 저자는 금기령주가 아닌가 싶습니다. 주변의 수하들은 당연히 금기령에 속한 자들일 것이고."

"아무튼 큰일이네. 그다지 차이는 없다지만 동기령보다는 은기령이, 은기령보다는 금기령에 속한 자들이 강하지 않았던가. 게다가 저렇든 인원이 많으니……."

언뜻 보기에도 주변을 포위하고 있는 이들의 수는 백여 명을 훌쩍 넘길 정도였다. 한데 을지호의 입에선 더욱 기막힌 말이 흘러나왔다.

"뒤에도 있습니다."

순간 당우곤의 고개가 엄청난 속도로 뒤로 향하고, 그는 사냥감을 궁지에 몰아넣은 들개 떼처럼 어슬렁거리며 다가오는 일단의 무리를 볼 수 있었다. 그들의 무복에 적혀 있는 글씨는 동(銅)이었다.

"동기령 놈들까지!"

당가와 점창의 인원과 온갖 격전으로 부상당하고 지친 아미파 제자들의 수를 합해봐야 간신히 오십을 넘을 정도였고 혈궁단의 인원까지 포함한다 해도 칠십이 되지 않는 인원이었다. 한데 적은 어림잡아도 이백이 넘는 수였다. 절대적으로 불리한 상황이었다. 아니, 전력 자체가 비교가 되지 않았다.

"이거야 원, 단단히 작심하고 나선 모양입니다."

고작 칠십 명, 그것도 당장에라도 쓰러질 것 같은 이들을 제외하면 오십도 되지 않는 소수 인원을 상대하고자 동원한 인원이 이백이라니! 어처구니가 없는지 을지호가 피식 웃음을 터뜨리며 고개를 흔들었다.

그때였다.

그를 유심히 살피고 있던, 아니, 그가 들고 있던 궁을 뚫어져라 쳐다보던 금빛 장삼의 사내가 입을 열었다.

"내 이름은 후설담(後洩啖)이다. 네놈이 삼시파천(三矢破天)이라는 놈이냐?"

"삼시파천?"

을지호가 뭔 소리냐는 표정으로 되물었다. 슬그머니 다가온 사마유선이 귓속말을 했다.

"공자님의 궁술 솜씨에 놀란 자들이 그렇게 부르는 것으로 알고 있어요."

삼시파천!

'세 개의 화살이면 하늘까지 부순다' 라는 실로 광오한 별호는 을지호가 아미파를 급습했던 질풍대를 전멸시키고 당가의 후미에서 그들을 쫓는 추격자들을 오로지 궁 하나로써 격퇴하며 보여준 무위에 감탄한 사람들이 만든 것이었다.

정작 당사자는 전혀 모르고 있었지만 삼시파천이라는 별호는 대파산을 넘어 전 중원에 퍼지고 있었다.

한데 재밌는 것은 그 별호의 진원지를 따지고 들어가자면 그에게서 도움을 받은 당가나 아미파 등에서 나온 것이 아니라 오히려 거의 일방적으로 당한 철혈마단의 무인들이 지어냈다는 것이었다.

'삼시파천? 훗, 나쁘지는 않은데.'

단어의 뜻은 둘째 치고 어감이 마음에 들었다. 해서 두어 번 조용히 읊조리고 있는데 그 짧은 시간을 기다리지 못한 후설담의 호통이 들려왔다.

"네놈이 삼시파천이라는 별호를 쓰는 애송이냐고 물었다!"
"대충 그런 것 같다."
오는 말이 좋지 않으니 가는 말이 고울 리 없다.
뉘 집 개가 짖느냐는 듯 툭 내던진 그의 말에 후설담의 얼굴이 순간적으로 오색 단풍으로 물들었다.
"같다? 터진 입이라고 잘도 지껄이는구나!"
"미친놈. 네놈은 반말을 해도 되고 나는 반말을 하지 말라는 법이라도 있더냐?"
싱글거리며 놀리는 을지호, 하지만 찬찬히 주변을 살피는 그의 내심은 그렇지 못했다.
'어쩐다?'
도무지 피할 길이 없었다. 좌우는 빽빽하게 늘어선 나무들 때문에 몸을 피하기가 여의치 않았고 앞뒤는 네 배가 넘는 적에 의해 차단이 된 상태였다. 결국 한쪽 길을 뚫지 않고는 전멸을 면치 못하는 상황.
'아무래도 이쪽인가?'
기왕 뚫어야 한다면 당연히 집결지로 통하는 길이었고, 그곳은 금기령의 무인들이 막고 있었다.
을지호의 시선이 후설담을 넘어 그의 주변에 포진하고 있는 사내들을 둘러보았다.
일부의 사내들은 검을, 일부의 사내들은 창을 들고 질서 정연하게 포진하고 있는 모습을 보고 있노라니 마치 입을 쩍 벌리고 먹잇감이 들어오기만을 기다리는 맹수의 모습을 보는 것 같았다. 하지만 살아서 돌아갈 수 있는 길은 오직 그곳뿐이었고 반드시 뚫어야만 했다. 무슨 수를 쓰더라도.

마음을 다잡은 을지호가 재빠르게 전음을 날리기 시작했다.

[지금부터 내 말을 잘 들으십시오.]

그의 전음에 혜정 신니와 당우곤, 사마유선이 흠칫 몸을 떨었다.

[살기 위해선 정면을 뚫어야 합니다. 일단 제가 앞장을 서서 길을 내겠습니다. 때를 놓치지 말고……]

그의 전음성은 빠르게 이어졌다.

"아직 멀었느냐?"

을지호와 당우곤 등이 전음을 주고받으며 뭔가 계책을 세우고 있다는 것을 파악하고는 있었으나 해볼 테면 해보라는 듯 태연자약하게 노려보던 후설담이 이죽거리며 물었다.

"기다리기가 몹시 지루하구나. 빨리 끝내라."

"끝났다면?"

"항복을 해도 죽고 하지 않아도 죽는다. 그래, 어찌 죽을 생각이냐?"

"당연히 싸워야지. 또 죽지는 않을 생각이다. 죽는 것은 오히려 네놈들이야."

후설담의 입가에 조소가 지어졌다.

"그게 잘될까?"

"못 믿겠으면 확인을 해보던가. 어때, 나와 일 대 일로 붙어보는 것이."

후설담은 을지호가 그런 제안을 할 줄은 몰랐다는 듯 잠시 당황하는 듯했다. 하나 곧 안색을 회복하고 코웃음을 쳤다.

"네놈 따위와 손을 섞을 만큼 심심하지 않다. 그렇게 보채지 않아도 네놈이 상대할 사람은 따로 있으니 걱정하지 마라. 옳지, 마침 저기 오시는구나."

후설담의 시선이 어깨를 넘어 뒤쪽으로 향하자 을지호의 고개도 반사적으로 그의 시선을 따라 움직였다. 그리고 그는 어기적거리며 걸어오는 다섯 명의 노인을 볼 수 있었다.

'위험하다.'

조금 전부터 느껴오던 이질적인 느낌, 그것이 어디서 연유됐는지 비로소 알게 된 그의 마음이 몹시 다급해졌다. 후설담은 기분 나쁠 정도로 존재감이 큰 노인들이 자신을 상대하기 위해 왔다고 했고 접근하기도 전에 전해오는 기세를 감안하면 그런 자신만만함이 이해도 갔다.

'만약 발목을 잡히기라도 한다면 도주는 무리다.'

노인들의 모습에 다급해진 을지호는 당우곤을 향해 즉시 전음을 보냈다.

[지금입니다!]

그의 전음이 끝나자마자 힘껏 고개를 끄덕인 당우곤이 품에서 주머니 세 개를 꺼내 어느새 칠 장 가까이 접근한 동기령의 무인들에게 뿌렸다.

독낭(毒囊)엔 치명적인 독은 아니어도 잠깐의 시간은 벌어줄 수 있을 만큼의 독분(毒粉)이 담겨져 있었다.

"독이다!"

"피해랏!"

허공에서 터진 독낭에 의해 주변은 삽시간에 독에 오염되었다. 다가오던 동기령의 무인들이 기겁하며 호흡을 멈추고 뒤로 물러섰다.

"발사!"

때를 같이하여 사마유선의 낭랑한 음성이 터져 나왔다. 그러자 맨 후미에서 서서 지금껏 동기령을 겨누고 있던 혈궁단이 반대로 궁을 돌려 전면을 막고 있는 금기령의 무인들을 향해 화살을 날리기 시작했다.

쐐애액!

날카로운 파공성과 함께 시위를 떠난 화살은 당가의 식솔들과 아미, 점창파 제자들의 몸을 교묘하게 피하며 날아갔다. 순식간에 그들과 금기령 사이는 온통 붉은 빛으로 덮여 버렸다.

핑!

나직한 파공성과 함께 후설담을 노리며 한 발의 무영시가 날아갔다. 동시에 몸을 움직인 을지호는 날아가는 화살에 올라타듯 몸을 띄워 붉은 빛에 모습을 감추고 금기령의 무인들에게 접근했다. 그의 손에는 어느새 시위를 제거한 궁이 들려 있었다.

혈궁단이 먼저 화살을 날렸지만 그들의 화살이 도착하기도 전에 들이닥친 무영시가 후설담의 목숨을 노렸다.

처음이라면 무척이나 당황했을 것이다. 어쩌면 감당하지 못하고 그대로 목숨을 잃었을지도 모르는 일이었다. 하나 고작 며칠 동안에 불과했으나 후설담은 무영시의 악명(惡名)을 귀에 못이 박히도록 들어왔다. 그는 추호의 방심도 하지 않고 더없이 신중한 모습이었다.

"하앗!"

전신의 감각을 극대화하여 눈에 보이지 않는 무영시의 기척을 잡아낸 후설담이 있는 힘껏 검을 휘둘렀다. 검끝에서 한줄기 빛이 피어올랐다.

무극지검(無極之劍) 101

꽈꽝!

무영시가 후설담이 발출한 검기에 의해 흔적도 없이 소멸했다. 간단한 충돌이었음에도 그 파장은 제법 컸다. 뒤따라 날아오던 몇몇 화살이 힘없이 튕겨져 나갔다. 그러나 그것은 극히 일부분일 뿐이었고 수십여 발의 화살은 후설담과 금기령의 무인들을 위협하기에 충분했다.

후설담의 얼굴이 일그러졌다.

화살의 기세가 녹록치 않았지만 까짓 마음만 먹으며 충분히 감당할 수 있었다. 하나 연이어 무영시가 날아온다면 그때는 방법이 없었다. 단 한 번의 충돌로도 손이 저려오는 무영시를 연달아 막는다는 것이 얼마나 미친 짓인지를 깨달은 것이다.

"막아랏!"

재빨리 몸을 뺀 후설담이 소리쳤다. 순간, 그의 앞에는 방패로 만든 견고한 담벼락이 만들어졌다.

탁탁탁.

방패에 막힌 화살이 떨어지는 소리가 요란했다. 더러는 박히기도 하고 방패와 방패 사이의 미약한 틈을 뚫고 들어가기도 했지만 그 위력은 현저히 떨어졌다. 그러나 그들이 진정 두려워해야 할 공격은 혈궁단의 화살이 아니라 전신의 내공을 끌어 모으며 뒤따라 달려오는 을지호의 공격이었다.

"타핫!"

아군에겐 더없이 청명한 구원의 소리요, 당하는 적에겐 악마의 외침과도 같은 기합성과 함께 땅에 끌릴 듯 말 듯 처져 있는 철궁의 끝에서 미세한 떨림이 시작되었다.

떨림이 끝나는 찰나 땅으로 향했던 철궁이 대각선으로 치켜 올려졌다.

파스스슷.

먹이를 노리며 달려드는 비사(飛蛇)의 꿈틀거림이 이러할까? 한 치 정도의 깊이로 땅을 가르며 일직선으로 날아가는 검기의 빠름과 날카로움은 뭐라 말로 표현할 수 없을 정도였다.

꽈지직!

가장 먼저 검기에 노출된 사내가 외마디 비명도 남기지 못하고 쓰러졌다. 그가 들고 있던 방패는 이미 수백 조각으로 나뉘어 흔적도 찾을 수 없었다.

"뭐, 뭐야!"

"무슨 일이냐?"

난데없는 굉음과 함께 쓰러지는 동료.

금기령의 무인들은 갑자기 벌어진 일에 경악을 금치 못했다. 하나 자신의 동료를 사자(死者)로 만든 것이 무엇인지 파악하기도 전에 밀어닥친 검기는 그들의 혼을 빼놓기에 충분했다.

검기의 폭풍이란 바로 이런 것이던가!

끊어질 듯하면서도 끊어지지 않고 처음의 공격과 연계하여 그 힘을 증대시켰다. 검기와 검기가 얽히고설켜 마치 구룡(九龍)이 승천(昇天)하듯 형용할 수 없는 장관을 만들어내더니 산더미 같은 파도가 일엽편주(一葉片舟)를 노리는 기세로 금기령의 무인들을 휩쓸고 지나갔다.

꽈꽈꽝!!

"크아악!"

"아악!"

천지를 뒤흔드는 굉음과 함께 끔찍한 비명성이 터져 나왔다. 혈궁단의 화살로부터 그들을 구했던 방패가 힘없이 박살나고 들고 있던 무기도 주인을 잃고 땅바닥에 나뒹굴었다.

검기에 직접적으로 노출된 이들은 열이면 열, 목숨을 잃거나 치명적인 부상을 당했다. 검기의 영향력 밖에 있던 이들은 육체적 부상보다는 정신적인 충격에 몸을 떨어야 했다.

고작 한 호흡 사이에 이어지는 공격으로 을지호는 이미 포위망을 뚫고 들어갔다. 그러나 안정적인 퇴로를 확보한 상태는 아니었다. 만약 시간을 조금이라도 끌게 된다면 뒤는 물론이고 양쪽에서 합공을 당하게 될 터, 그는 적들이 정신을 수습하지 못하는 사이 확실하게 포위망을 뚫어야 한다는 생각에 재차 궁을 휘둘렀다.

"타핫!"

을지호는 아예 작심을 했다는 듯 추호의 인정도 없이 손을 썼다. 그의 손에서 곧게 펴진 철궁이 춤을 추고 뭉뚝한 철궁의 끝에선 희뿌연 검기가 끊임없이 발출되었다.

그것에 맞서던 방패가 어찌 되었는지 직접 목도한 후설담이 목이 터져라 소리쳤다.

"피, 피해랏!"

금기령의 무인들에게 금기령주의 음성은 생명줄이나 다름없었다. 그렇잖아도 두려움에 떨고 있던 그들은 노도와 같이 밀려오는 검기의 해일을 피해 좌우로 흩어졌다. 그렇지만 모든 이가 피할 수는 없었다.

"크아악!!"

또다시 터지는 비명성.

땅바닥을 구르고 나무 뒤로 숨으며 필사적으로 움직였으나 미처 피하지 못하고 허무히 목숨을 잃은 이들만 해도 대여섯 명이 넘었다. 그것이 자신의 비명이 될 수도 있었다는 것을 생각했는지 저마다 두 눈을 질끈 감았다.

연속적인 공격이 끝난 직후, 을지호는 적들에 의해 가려졌던 반대편의 길을 볼 수 있었다.

마침내 길이 열렸다.

하늘을 가리고 있는 묵운(墨雲)을 뚫고 내비치는 한줄기 햇살과 같은, 그와 바로 뒤에서 따라오는 이들의 오직 하나뿐인 생명선.

그러나 완벽한 것은 아니었다.

그가 발출한 검기를 감당하면서도 굳건히 서 있는 자들이 있었다. 금기령 내에서도 가장 뛰어난 이들로 이루어진 낭아대(狼牙隊)가 길의 마지막을 막고 있었다.

금기령을 이루고 있는 천리대, 혈루대(血淚隊), 참인대(斬人隊) 등의 인원은 각 칠십이었으나 낭아대의 인원은 고작 이십오 명에 불과했다. 하지만 그들의 힘은 금기령이 지닌 전력의 삼분지 이를 넘어설 정도로 막강했다.

"우리가 마지막이다!"

낭아대의 대주 고혈랑(孤血狼)이 삼 척의 낭아봉(狼牙棒)을 치켜들며 소리쳤다.

막을 수 없다는 것은 그도 알고 있었다.

고작 몇 번의 호흡이 지났을 뿐인데도 목숨을 잃은 자가 삼십 명을 웃돌고 있었다. 보기만 해도 오금이 저려오는 검기의 바다는 사십 평생 단 한 번도 본 적 없는 두렵고도 황홀한 광경이었고 철판을 덧댄 방패로는 몸을 보호할 수 없다는 것도 똑똑히 보았다. 그렇다고 꼬리를 말고 도망칠 수는 없었다. 낭아대마저 힘없이 무너져 내린다면 포위망이 뚫리는 것은 물론이고 금기령, 나아가 위대한 철혈마단이 고작 한 사람을 막지 못했다는 비웃음을 당할 수도 있었다.

'반 각, 아니, 촌각(寸刻)만 버티면 된다!'

고혈랑은 필사적으로 대항하는 점창파의 무인들을 격살하며 단숨에 거리를 좁혀 달려오는 다섯 명의 노인을 보면서 살며시 입술을 깨물었다.

"아악!"

누군가의 입에서 비명이 터져 나왔다. 분명 적은 아니었다.

'어느새 따라붙었군.'

을지호는 뒤쪽에서 들려오는 비명 소리를 들으며 인상을 찌푸렸다. 당우곤이 던진 독낭은 다른 이들의 발길은 잠시 지체시킬 수는 있을지 몰라도 그 노인들의 발걸음을 막지는 못한 듯했다. 또한 잠시 두려움에 떨며 길을 내주기는 했으나 곧 정신을 수습한 금기령의 무인들도 좌우에서 공격을 해오고 있었다.

'이곳만 벗어나면 된다.'

일단 포위망을 벗어나면 급격히 좁아지는 지형을 이용해 충분히 시간을 끌 수 있었다.

문제는 전면을 가로막고 있는 일단의 무리들이었다. 최대한 빨리 뚫고 나가야 하는데 풍겨오는 기세가 예사롭지 않았다. 하나같이 죽음을 각오했는지 그들은 방패도 집어 던지고 오직 무기만을 든 채 살기를 뿜어대고 있었다.

그렇다고 뚫지 못할 것은 아니었다. 다만 시간이 문제였다. 아무리 생각해도 약간의 시간은 지체될 것 같았다. 그렇다면 지금까지의 노력은 물거품이 되고 만다.

'무리일까? 그래도 어쩔 수 없지.'

결국 방법은 하나뿐이었다.

그가 지금껏 사용한 무공은 구양풍으로부터 전수받은 파검삼식(破劍三式)이었다.

파검삼식은 구양풍이 달마삼검을 꺾기 위해 수십 년간 고심해서 만든 무공으로써 천하에서 그 적을 찾아볼 수 없는 최고의 무공이었다. 하지만 아무래도 환검(幻劍)의 묘리를 이용해서인지 파괴력만큼은 그가 지금 사용하기로 결정한 무공에 비해 다소 손색이 있었다.

달려가는 속도에 더해 을지호의 몸이 허공으로 치솟았다. 더불어 철궁이 하늘 높이 치솟았다.

"죽음으로 막는다!"

자기 자신과 수하들에게 다짐이라도 해두려는 듯 소리친 고혈랑의 전신에서 거센 투지의 불길이 활활 타올랐다.

"모든 만물(萬物)의 생명력과 힘은 유(有)에서 나오고, 유는 무(無)에서 시작될지니……."

검과 혼연일체(渾然一體)가 된 을지호의 입에서 꿈결과도 같은 음성이 터져 나오고, 순간 그를 중심으로 하는 엄청난 강기의 소용돌이가 주변을 휩쓸기 시작했다.

하늘 높이 올려졌던 철궁이 점점 밑으로 내려왔다. 그의 주위를 감싸던 기운은 더욱더 용솟음쳤다.

도대체 무슨 일이 벌어지려 함인가!

낭아봉을 꼬나 쥔 고혈랑의 눈에 공포가 어리고 그를 따라 죽기를 각오했던 낭아대의 대원들도 엉거주춤한 자세로 곧 들이닥칠 미증유의 재앙을 두려워했다.

"피, 피해!"

후설담이 목이 터져라 소리쳤다. 하지만 고혈랑은 고개를 흔들었다.

"죽음으로, 죽음으로 막을 것입니다!"

"미, 미친!!"

너무 무모했다. 이런 기운을 감당할 사람은 오직 뒤쪽에서 달려오는 오대봉공뿐이었다.

바로 그때였다.

꽈꽈꽈꽈꽝!

갑자기 들려오는 엄청난 소리에 후설담의 몸이 그대로 굳어버렸다.

전해져 오는 것은 소리만이 아니었다.

천지를 뒤흔드는 폭음(爆音)과 함께 느껴지는 것은 인간의 몸으론 도저히 감당키 어려운 살인적인 강기(罡氣), 그리고 그 대부분이 낭아대를 향해 폭사되고 있었다.

"저, 저럴 수가!"

믿을 수가 없었다. 인간의 몸으로 어찌 저런 힘을 뿜어낸단 말인가.

가장 먼저 강기에 부딪친 고혈랑이 비명도 지르지 못하고 쓰러졌다. 그의 명령이 있었음에도 결국 두려움에 굴복한 낭아대의 대원들이 미친 듯이 도망쳤으나 사방 십여 장을 초토화시키는 강기의 소용돌이를 벗어날 순 없었다.

잠시 후 창파령, 아니, 대파산을 울리던 굉음이 잦아들고 끝을 모르고 치솟던 먼지와 파편들도 하나둘씩 자리를 찾아 내려섰다.

"아!"

누군가의 입에서 두려움과 공포, 경악, 놀라움, 감탄을 넘어선 뭔가 다른 의미의 묵직한 탄성이 터져 나왔다. 탄성은 이곳저곳에서 동시다발적으로 터져 나왔다.

멀쩡한 것은 하나도 없었다.

조그만 바위, 잡초들은 물론이고 웬만한 수령의 나무는 그 흔적도 찾아볼 수 없었다. 오직 대파산과 그 역사를 같이한 몇몇 아름드리 나무들만이 뿌리째 뽑혀 볼썽사나운 모습을 드러낼 뿐이었다.

상황이 이러할진대 약해 빠진 인간이 어찌 견딜 것인가.

을지호의 앞을 막아섰던 낭아대의 대원들 중 생존자는 없었다. 그들은 노도와 같이 덮쳐 온 강기의 폭풍을 피하지 못하고 갈가리 찢긴 모습으로 아무렇게나 널려 있었다. 눈길조차 줄 수 없을 정도로 처참하게 망가진 그들의 주검에선 생전의 모습이라곤 조금도 찾아볼 수 없었다.

그 중심에 우두커니 서서 몸을 돌리고 있는 을지호가 있었다.

그 누구도 입을 열지 못했다. 무슨 말을 하고 행동을 해야 할지 아무도 몰랐다. 어떠한 움직임도 없었다. 마치 시간이 멈추기라도 한 듯 모든 것이 정지되어 있었다.

질식할 것만 같은 침묵을 깨뜨린 사람은 사마유선이었다.

"서두르세요."

촌각을 다투는 찰나에 멍청히 서 있다니, 실수도 그런 실수가 없었다. 지금과 같은 기회를 만들고자 을지호가 얼마나 애를 썼던가? 그녀의 말에 퍼뜩 정신을 차린 당우곤은 스스로를 자책할 시간도 없이 황급히 소리치며 몸을 날렸다.

"모두들 앞으로!"

충격이 너무 컸던가? 적들이 포위망을 뚫고 도주를 하는데도 후설담은 아무런 행동도 취하지 못했다.

"뭣들 하느냐, 쫓아라!"

황급히 달려온 오대봉공이 버럭 호통을 쳤다. 뇌리를 뒤흔드는 호통에 겨우 정신을 수습한 후설담은 아차 싶었다. 포위망이 뚫린 것도 모자라 도주하는 자들을 그냥 보고 있었으니 책임을 면하기 어려울 터였다. 그는 힘없이 소리쳤다.

"쪼, 쫓아라!"

하지만 너무 늦고 말았다. 당가의 식솔들과 점창, 아미파의 제자들, 그리고 혈궁단의 단원들은 이미 완벽하게 포위망을 벗어난 상태였다.

"가요!"

맨 뒤에서 수하들을 보호하며 내달리던 사마유선이 을지호의 팔을 낚아채며 소리쳤다.

"……."

을지호는 아무런 대답도 하지 않았다.

'응?'

뭔가가 이상했다. 대답이 없는 것도 그랬고 몸도 경직되어 있었다.

사마유선이 재빨리 몸을 틀어 을지호를 살폈다.

을지호는 두 눈을 꼭 감고 고통스런 표정을 짓고 있었다.

절대삼검, 그중에서도 마지막 초식인 무극지검(無極之劍)은 그 위력만큼이나 막대한 내공이 필요했다. 웬만한 내공으론 감히 펼칠 수도 없고 또한 사용한다 하더라도 내공이 바닥나 기운을 잃기 일쑤였다.

그 옛날 중원을 평정한 조부 을지소문도 초창기엔 고작 한두 번 사용하고 녹초가 될 만큼 무극지검이 원하는 내공은 상상을 초월했다. 물론 그때의 을지소문과 지금의 을지호를 비교하는 것은 무리였다. 제대로 소화를 시키지는 못했어도 을지호의 몸에는 구양풍과 고조부가 남긴 엄청난 내력이 잠재해 있었기 때문이다. 하지만 문제는 그의 몸이 최상이 아니라는 데 있었다.

지난 며칠 동안 대파산에서 벌어진 싸움에서 가장 바삐 움직인 사람은 단연 을지호였다. 객관적인 전력이 열세인데다가 싸움이 치열했던 만큼 그의 힘을 필요로 하는 곳이 많았다.

그는 단 하루도 편히 쉬지 못하고 이 산 저 산을 넘나들며 위기에 빠진 아군을 도왔다. 사마유선과 혈궁단이 최선을 다해 도왔어도 분명 한계가 있었다. 그만큼 몸에 피로는 쌓여갔다.

그런데다가 반나절 전, 그는 절운곡에 갇힌 아군을 구출하다가 가볍다고만은 할 수 없는 부상도 입었다. 몸을 돌보지 않는 자살 공격으로 혜정 신니에게 부상을 입히고 아미파의 많은 고수들을 불귀의 객으로 만들었던 회의 노고수들, 그들의 예상치 못한 기습 공격에 당한 것이었다.

피곤에 지친 몸으로 부상까지 당하고 또한 절대삼검에 비해 결코 아래가 아닌 파검삼식을 구사하느라 몸에 무리가 온 상황에서 펼친 무극지검. 물론 예상대로 포위망을 뚫을 수는 있었다. 하나 몸이 버티지 못했다.

무극지검을 끝까지 펼치기도 전에 힘겹게 이어오던 진기가 끊기고 전신의 기혈이 들끓었다.

기경팔맥(奇經八脈)을 도도히 흐르던 기운이 방향을 잃고 각 세맥(細脈)과 요혈(要穴)들을 들쑤시고 다니며 미친 듯 질주했다. 아무도 눈치 채지 못했지만 이미 상당한 양의 울혈(鬱血)도 토해냈다. 절대적인 위력이 오히려 역린이 되어 그를 곤란케 하고 있는 것이었다.

제 41 장

생사기로(生死岐路)

생사기로(生死岐路)

"괘, 괜찮아요?"

행여나 적이 들을까 최대한 조용히, 그러나 걱정스레 묻는 그녀의 음성은 무척이나 떨렸다.

힘겹게 눈을 뜬 을지호가 엷은 미소를 지으며 고개를 끄덕였다.

"괜찮소."

"부상이 심해 보여요."

"아직까지는 버틸 만하오. 다른 사람들은 어찌 되었소?"

바로 옆을 통과했는데도 모른다는 것은 그만큼 부상이 심하다는 소리. 사마유선의 얼굴이 안타까움으로 물들었다.

"다 피했어요."

"다행이오. 사마 소저도 어서 피하시오."

"예? 공자님은요?"

"난 가지 않소."

"무슨 소리를 하는 거지요?"

을지호는 아무런 대답을 하지 않고 몸을 돌렸다.

"설마 또 싸우려는 건가요?"

사마유선이 그의 팔목을 낚아채며 물었다.

"저들을 막지 못하면 다 죽소."

을지호가 다섯 명의 노인을 가리키며 말했다.

"당신이 먼저 죽을 수도 있어요."

"내 몸은 그리 약하지 않소."

하나 사마유선은 단호히 고개를 흔들었다.

"안 돼요. 평소라면 모를까 지금은 무리예요. 부상당한 몸으로 누구를 상대하겠다는 거예요."

일신에 지닌 무공도 약하지 않았지만 패천궁에서 숱한 고수들과 생활을 해온 사마유선의 안목은 남달랐다. 그녀는 오대봉공의 무공이 패천궁의 노고수들에 못지않다는 것을 느끼고 있었다.

"피해야 돼요."

그녀가 간절히 부탁했다. 그렇지만 이미 결심을 굳힌 을지호는 고집을 꺾지 않았다.

그사이 그들에게 접근하던 몇몇이 아무렇게나 휘두른 철궁에 힘없이 나가떨어졌다. 그 모습을 본 오대봉공은 공연한 피해만 누적될 것을 염려하여 즉시 공격을 중지시켰다.

천천히 다가오는 오대봉공을 보며 을지호의 얼굴이 살짝 굳어졌다.

시간이 얼마 없었다.

"저들이 강하다는 것은 나도 알고 있소. 또 내 부상이 작지 않다는 것도. 그러나 이 정도에 꺾일 내가 아니라오. 그러니 걱정 말고 피하시오."

"아니요, 당신이 남는다면 저도 남겠어요."

죽는 길이었다. 남는다면 십중팔구 목숨을 보존키 어려웠다. 그런데도 그녀는 남겠다고 하였다. 그것의 의미가 무엇이겠는가?

을지호의 눈동자가 거칠게 흔들렸다.

"같이… 죽겠다는 것이오?"

"걱정하지 말라는 사람이 어째서 죽음을 말하나요? 홀로 싸우는 것보다는 살 가능성이 더 높잖아요. 그리고 당신이 죽으면 저들에 의해 어차피 나도 죽어요."

"……."

"함께 싸우던가 아니면 도망쳐요."

"훗, 도망치기는 너무 늦은 것 같소."

피식 웃음을 터뜨린 을지호가 좌우로 시선을 던지며 말했다. 그의 시선을 따라 고개를 돌리던 사마유선도 빙긋이 웃었다.

"그렇군요. 결국 함께 싸워야겠네요."

어느새 접근한 오대봉공을 보면서도 그녀는 두려운 표정이 아니었다. 다만 그의 팔목을 살며시 잡았던 손에 힘이 들어갈 뿐이었다.

바로 그때였다.

을지호가 몸을 휙 돌려 그녀를 바라보았다.

갑작스런 행동에 깜짝 놀란 그녀의 눈이 토끼처럼 커졌다. 몸과 몸이 밀착되고 얼굴과 얼굴 사이는 채 한 뼘이 되지 않았다. 그의 거친 숨결을 느낀 얼굴이 삽시간에 붉어졌다.

"사마… 아니, 그대가 있으면 그대 걱정에 마음껏 싸우지 못하오. 정신이 분산되어 오히려 더 위험해질 뿐. 먼저 가서 기다리시오. 곧 뒤따르겠소."

"하, 하지만……."

황급히 말을 끝맺은 그는 울먹이며 고개를 흔드는 사마유선의 시선을 외면하고 그녀의 손과 허리를 잡아 힘껏 던졌다. 사마유선의 몸은 그녀 자신의 의지와는 상관없이 십여 장이나 날아가 지면에 사뿐히 안착했다.

그렇다고 포기할 그녀가 아니었다.

재빨리 중심을 잡은 사마유선이 멀리서라도 돕겠다는 듯 시위를 당겼다.

하나 미처 반이나 당겼을까? 그녀는 시위를 풀고 힘없이 고개를 떨구고 말았다. 묵묵히 쳐다보는 을지호의 눈빛을 마주한 까닭이었다. 어째서 자신의 진심을 몰라주느냐는 의미가 담긴 처연한 눈빛을.

'정녕…….'

더 이상 고집을 피운다면 그의 말대로 오히려 싸움에 방해만 될 것이었다. 물러나는 것이 오히려 돕는 길이리라.

"꼭… 돌아오셔야 돼요!"

사마유선이 입술을 깨물고 소리쳤다. 그리곤 몸을 돌려 달리기 시작했다. 그녀의 몸이 움직일 때마다 맑은 눈물이 점점이 뿌려졌다.

그녀의 뒷모습을 물끄러미 바라보던 을지호가 조용히 속삭였다.

"반드시 살아 돌아가겠소. 약속하오."

바람결을 타고 전해지길 바라는가. 그녀에게 한 말 치고는 너무나 작았다.

"네가 그 유명한 삼시파천 을지호로구나. 나는 귀곡도(鬼哭刀) 낙청(駱靑)이다."

가장 나이가 들어 보이는 노인이 말했다.

"기다리게 해서 미안하오. 그리고 고맙소."

아무런 제지도 없이 사마유선을 보내준 것에 대한 인사라면 인사였다. 그러나 낙청은 고개를 흔들었다.

"미안할 것도 고마울 것도 없다. 네가 진다면 어차피 죽을 아이다, 물론 다른 녀석들도 함께."

"특히 우리를 상대로 잔머리를 쓴 놈들은 더욱 살려둘 수 없지. 모조리 대갈통을 박살 내주마. 우선 네놈의 머리 속이 어떻게 생겼는지 알아본 다음에."

잔머리라면 아마도 당우곤이 독을 쓴 것을 말함이리라. 나름대로 청수한 모습의 낙청과는 달리 진득한 살기를 뿜어내고 있는 독두옹(禿頭翁) 태세적(邰勢寂)은 무척이나 호전적인 모습이었다.

을지호는 별다른 대꾸를 하지 않고 자신을 포위하고 있는 나머지 사람들의 면면을 자세히 살폈다.

뚱뚱한 노인이 히죽거리고 있었고 쌍둥이 노인이 비릿한 웃음을 지으며 노려보고 있었다.

그들은 마불(魔佛)과 음양쌍귀(陰陽雙鬼)라 불리는 뇌격(雷擊), 뇌온(雷溫) 형제로 철혈마단에서도 잔인하기로 유명한 인물들이었다.

조금 전 을지호의 놀라운 무공을 보았음에도 그들은 하나같이 여유로움과 자신감에 차 있는 모습들이었다. 그도 그럴 것이 그들은 강자들만 득실거린다는 철혈마단에서도 열 손가락 안에 드는 고수들이었다. 그만한 자신감은 일부러 보이는 것이 아니라 자연스레 몸에 밴 것이었다. 또한 을지호가 상당한 부상을 입고 있는 것도 그런 자신감에 일조를 했다.

"쯧쯧, 네가 실수만 하지 않았다면 조금 더 그럴듯한 곳에서 만나 죽도록 싸웠을 것을."

흑도에 악인만 있는 것이 아니듯 잔인하게만 보이는 철혈마단에도 낙청과 같은 인물이 있었다. 성격이야 괴팍하고 다른 이들처럼 잔인할지 몰라도 그는 부상당한 상대와 싸우고 싶은 마음이 그다지 없는 듯했다.

"실수를 하도 많이 해서 구체적으로 어떤 실수를 했는지 모르겠소."

"철사담(鐵獅膽)이라는 아이를 아느냐?"

"모르오."

"기마봉에서 만나지 않았더냐?"

"기마봉에서 철혈마단과 싸운 것은 맞지만 누구를 말하는지는 모르겠소."

"금빛 갑주(甲胄)를 걸치고 있었다."

"아, 그 녀석 말이구려."

을지호가 그제야 생각났다는 듯 고개를 끄덕였다.

"어처구니없는 놈이었소. 괴상한 차림새 하며 그다지 뛰어날 것 없는 무공 실력을 지니고도 무슨 배짱으로 그리 날뛰는 것인지. 결국 눈에 화살 하나를 장식하고서야 물러났소."

낙청이 쓴웃음을 지었다.

"그가 바로 단주의 손자다."

"아하!"

비로소 그때의 의문을 해결한 을지호가 황당한 표정으로 고개를 살래살래 내저었다.

"그래서 그토록 기세등등하게 날뛰던 놈들이 서둘러 물러났군."

"네가 그렇게 만든 것이라 들었다."

"누가 그런 말을 했소?"

"철사담 본인이. 아니냐?"

"내가 손을 썼으면 지금껏 살아 있지도 못하오."

을지호가 너털웃음을 터뜨리며 말하자 낙청은 그럴 줄 알았다는 듯 수긍하는 모습이었다.

"역시, 삼시파천이란 명성을 얻는 자가 실수할 리 없다고 생각했다. 하지만 우리는 단주의 명을 받은 사람들. 어디 실력이나 한번 보자꾸나."

그의 시선이 태세적을 향했다.

"타핫!!"

기다렸다는 듯 우렁찬 함성과 함께 무섭도록 예리한 태세적의 공격이 시작되었다.

날카로운 낫을 쇠사슬에 연결하여 무기로 쓰는 그는 살짝 몸을 숙이며 팔을 휘둘렀다. 그러자 천 일을 갈아 날을 세운 낫이 땅바닥을 스치듯 미끄러지며 발목을 노려왔다. 그 기세가 얼마나 빠르고 강맹했는지

생사기로(生死岐路) 121

미처 이르지 않았는데도 을지호는 그 예기(銳氣)에 살이 저미는 고통을 느꼈다.

을지호는 침착히 철궁을 들어 낫을 찍어 눌렀다. 조금이라도 늦거나 빠르면 발목이 어찌 될 것인지는 보지 않아도 뻔한 일이었건만 추호의 머뭇거림도 없었다.

바로 그때 태세적의 손목이 살짝 튕겨지고 발목을 노리며 날아들던 낫이 갑자기 위로 솟구쳤다. 낫이 노리는 것은 철궁을 잡고 있는 팔이었다. 하지만 이미 예상이라도 했다는 듯 을지호는 재빨리 철궁을 비틀어 낫을 막고 그 탄력을 이용해 뒤쪽에서 접근해 오는 마불에게 발길질을 했다.

"헛!"

그런 반격을 예상치 못한 마불이 헛바람을 내뱉으며 뒷걸음질쳤다. 하나 그 와중에도 목에 걸고 있던 염주(念珠)를 암기 삼아 뿌리는 것을 잊지 않았다.

파파팍!

허공에 뿌려진 염주 하나하나가 가공할 암기가 되어 팔방(八方)을 점하며 들이닥쳤다. 때를 같이하여 잠시 방향을 잃었던 태세적의 낫이 기묘하게 흔들리며 날아오고 음양쌍귀 형제의 강맹한 장력(掌力)도 힘을 보탰다.

위기였다.

'제발 버텨주기를.'

피하는 것은 늦었다고 생각한 을지호가 가슴 어귀로 철궁을 끌어당겼다. 그리고 느릿느릿 회전을 시켰다.

철궁에서 기묘한 빛이 일렁였다.

그것은 철궁을 휘감고, 철궁을 움켜쥐고 있는 그의 팔과 몸을 휘감았다.

힘이 드는지 이를 악물고 있는 그의 코에선 검붉은 피가 흘러내렸다. 입가에도 선혈이 비쳤다.

그의 몸이 철궁에서 일어난 기세에 동화되는 순간 그를 향하던 공격이 일시에 들이닥쳤다.

꽈꽈꽈꽝!

그렇지 않아도 폐허로 변한 주변에 또다시 일진광풍(一陣狂風)이 몰아쳤다. 미친 듯이 하늘로 치솟는 흙먼지로 인해 주변은 아무것도 보이지 않았다.

스스슷.

공기를 가르는 나직한 소성이 들린 것은 먼지가 미처 가라앉기도 전이었다.

"위험하네!!"

안력(眼力)을 돋우어 상황을 살피던 낙청이 마불의 위기를 보며 기겁해 소리쳤다.

마불도 상황이 위급함을 알고는 있었다. 문제는 알고서도 피하지 못한다는 것.

"크으윽!"

마불의 입에서 가래 끓는 소리가 나며 비대한 몸이 허무하게 무너졌다.

"이놈!"

생사기로(生死岐路) 123

지금껏 수수방관하던 낙청이 노기탱천하여 거무튀튀한 도를 휘둘렀다.

파파팟—

예리한 기운이 먼지를 가르며 마불의 심장을 반으로 가른 을지호를 노리며 날아갔다.

그 어떤 공격도 통하지 않는다는 최고의 수비 초식 무애지검(無愛之劍)으로 오대봉공의 합공을 막고 출행랑과 더불어 가공할 쾌검인 무심지검을 사용하여 마불을 단숨에 잠재운 을지호는 있는 힘껏 허공으로 몸을 띄웠다.

한줄기 검기가 그의 발끝을 스치며 지나갔다.

하지만 뒤쪽에서 접근한, 아무런 소리도 없고 살기도 느껴지지 않는, 게다가 절묘하게 때를 맞춰 날아든 장력까지 피할 수는 없었다.

"크으윽!"

허공에서 장력에 적중당한 을지호가 검붉은 피를 토해내며 고통의 신음성을 내뱉었다. 균형을 잃은 몸은 날개 잃은 새인 양 바닥으로 추락했다.

이 참에 아예 끝장을 내겠다는 듯 공격에 성공한 음양쌍귀와 태세적이 득달같이 달려들었다. 멀리서 그 모양을 보던 철혈마단의 무인들이 함성을 지르며 날뛰었다.

땅바닥에 추락하기 직전 철궁을 땅에 대고 몸을 한 바퀴 돌려 착지를 한 을지호는 떨어지는 힘을 이용해 곧게 펴진 철궁을 휘며 친친 감아두었던 시위를 재빨리 풀어 연결했다.

'젠장.'

더 이상 버틸 힘이 없었다. 간신히 제어했던 기혈이 날뛰기 시작한 지는 이미 오래고 정신마저 혼미해졌다. 궁을 잡은 손과 시위를 당기는 손끝이 덜덜 떨렸다. 옆구리에 적중한 장력에 의해 적어도 대여섯 대의 갈비뼈가 부러진 듯했다. 그중 한 대가 폐를 찔렀는지 숨조차 쉬기 어려웠다.

그러나 아직 끝난 것은 아니었다.

'이대로 끝낼 수는 없지.'

을지호는 혀를 깨물어 자꾸만 약해지는 정신을 일깨우고 한 줌도 남지 않는 내공을 이용해 무위공(無爲功)을 운기하기 시작했다. 하지만 천하에 짝을 찾을 수 없는 절세의 신공 무위공이라도 그 짧은 시간에 내상을 치유하고 내공을 회복시킬 수는 없었다. 다만 그가 원한 것은 무위공을 이용해 몸 안에 내재된 선천진기를 끄집어내려는 것이었다. 그것은 어느 정도 성과를 거두었다.

을지호는 전신에 힘이 충만해지는 것을 느끼며 끝까지 시위를 당겼다. 그의 전신에서 일어난 불꽃이 철궁과 그의 몸을 화염으로 뒤덮었다.

언젠가 오룡지회에서 보여준 적이 있는 모습. 그런데 뭔가가 달랐다. 그때는 활활 타오르는 화살이 형상화가 되어 나타났지만 지금은 그렇지 못했다.

핑.

날카로운 소리와 함께 당겨졌던 시위가 제자리를 찾고 네 발의 무영시가 각 목표물을 향해 날아갔다. 한데 묘한 것이 방향이 전혀 엉뚱하다는 것이었다. 어느 것은 하늘로 치솟고 어느 것은 땅바닥을 기듯이 날아갔다.

그렇지만 을지호가 누구던가! 궁귀의 후예요 삼시파천이라 명성을 날리고 있는 궁술의 귀재(鬼才)였다.

그를 공격하던 이들은 조금도 방심하지 않고 침착히 화살, 아니, 화살이라 여겨지는 기운에 대비했다. 그들의 예상대로 엉뚱한 곳을 향하던 화살은 갑자기 방향을 틀었다.

"잔재주 따위는 통하지 않는다!"

탁한 음성으로 호통을 친 태세적이 낫을 휘둘러 무영시를 막아냈다. 낙청은 물론이고 음양쌍귀도 비교적 손쉽게 무영시를 막았다.

'응?'

뭔가가 이상했다.

을지호가 아무리 부상을 당했다 하더라도 무영시였다. 귀에 못이 막히도록 들었던 무영시의 위력을 생각했을 때 너무나 쉽게 막힌 감이 있었다.

'서, 설마!'

이상한 낌새를 눈치챈 낙청이 황급히 을지호를 살폈다. 그리고 그는 상대의 진짜 공격을 볼 수 있었다.

활활 타오르는 하나의 화살.

화살에 불이 붙은 것인지 아니면 불꽃이 화살을 만든 것인지 모르겠지만 시위를 떠난 화살은 순식간에 수십, 수백의 잔상(殘像)을 만들며 날아들었다.

그중 진짜는 단 넷.

"이, 이게 뭐야!"

태세적이 기겁하며 낫을 휘두르고 음양쌍귀 역시 미친 듯이 장력을 날리며 화살의 위협에서 벗어나고자 하였다. 낙청만이 정중동(靜中動)의 자세로 도를 치켜세우며 수많은 잔상에서 진정한 화살을 찾고자 애썼다.

"윽!"

바람 빠지는 소리와 함께 태세적의 입에서 외마디 비명이 터져 나왔다. 그는 주먹 하나가 들어갈 정도로 구멍이 뚫린 허벅지를 바라보며 그 자리에서 주저앉고 말았다. 그나마도 재빨리 몸을 틀었기에 망정이지 하마터면 단전(丹田)에 적중당할 뻔한 상황이었다.

"위, 위험!"

"크헉!"

음양쌍귀의 입에서도 황급한 외침과 함께 비명성이 흘러나왔다. 형인 뇌격이 반쯤 으깨진 어깨를 부여잡고 비틀거렸다. 그러나 동생인 뇌온은 화살을 피하지 못했다. 그의 왼쪽 가슴을 파고든 화살은 그의 생명을 찰나지간에 빼앗아 가버렸다.

거기까지였다. 온 세상을 불꽃으로 뒤덮으려는 듯 무시무시한 기세로 날아들던 화살의 잔상은 뇌온의 죽음과 함께 씻은 듯이 사라졌다. 아직도 여파가 남았는지 주변은 뿌연 먼지로 인해 한 치 앞도 보이지 않았지만 충돌의 결과는 확연했다.

을지호가 준비한 최후의 한 수로 인해 태세적과 뇌격이 꽤나 심각한 부상을 당했고 뇌온이 목숨을 잃었다. 그나마 낙청만이 그의 공격을 피했는데 그 역시 쉽지는 않았는지 그 짧은 시간에도 등에서 식은땀을 흘리고 있었다.

반면에 선천진기까지 끌어올려 공격을 했던 을지호의 모습은 아무 곳에도 없었다. 시야를 가로막았던 먼지들이 사그라들었음에도 그의 모습은 발견되지 않았다. 그런데 묵묵히 고개를 들어 맞은편 숲을 바라보는 낙청의 눈빛이 실로 예사롭지 않았다.

'놈, 과연 대단했다. 하나 살아나지는 못할 것이다.'

사마유선은 정신없이 내달렸다.

길도 아닌 곳을 헤치며 달리느라 나뭇가지가 얼굴을 할퀴고 덩굴이 발목을 잡았어도 그녀는 신경 쓰지 않았다. 오로지 앞만 보고 달렸다.

"하아, 하아."

숨소리는 거칠었다.

"괜찮을 거예요. 조금만 더 가면 쉴 수 있어요. 버틸 수 있죠?"

대답을 듣고자 한 것은 아니었다. 지금껏 신음 소리 한 번 내뱉지 않았으니까. 그럼에도 아무런 대꾸가 없자 그녀는 치미는 불안감에 어쩔 줄을 몰라 했다.

당장에라도 걸음을 멈추고 싶었다. 하지만 언제 추격자들에게 꼬리를 밟힐지 몰랐다. 충분히 따돌린 듯한 느낌이 들었으나 안심할 단계는 아니었다.

그녀는 애써 불안감을 잊으려는 듯 고개를 세차게 흔들었다.

'힘을 내요. 절대로, 절대로 죽으면 안 돼요.'

눈물로 얼룩진 그녀의 눈가가 또다시 축축하게 젖어들었다.

선천진기까지 짜낸 공격으로 오대봉공을 물리칠 수는 있었으나 을지호가 입은 타격은 상상을 초월했다.

음양쌍귀의 장력에 갈비뼈가 부러지고 오장육부가 뒤틀렸다. 양쪽 허벅지를 훑고 지나간 낙청의 검기로 인해 하마터면 다리를 잃을 뻔했다.

그것만이 아니었다.

도주하라는 을지호의 말에도 차마 혼자 떠나지 못하고 되돌아온 사마유선이 정신을 잃고 비틀거리는 그의 신형을 업고 달리기 시작할 때 낙청의 손을 떠난 단검이 먼지를 뚫고 엄청난 속도로 날아들었다. 앞만 보고 달리느라 정신이 없었던 사마유선은 단검이 날아온다는 것을 미처 알아채지 못했다.

절체절명의 순간에 을지호를 구해준 것은 다름 아닌 철왕이었다.

단검이 을지호의 등에 막 꽂히려는 찰나 주인의 위기를 눈치채고 날아온 철왕이 날개를 활짝 펴서 단검을 가로막았다. 하지만 제아무리 철왕의 몸이 단단하여도 낙청 정도의 고수가 한껏 힘을 실어 던진 단검을 완벽하게 쳐낼 수는 없었다.

단숨에 날개를 찢어발긴 단검이 을지호의 등을 꿰뚫었다. 그러나 애초 심장을 노렸던 단검은 심장을 살짝 빗겨나 왼쪽 어깻죽지와 심장 사이의 좁은 틈에 깊숙이 박혔다. 철왕의 필사적인 날갯짓에 단검의 방향이 살짝 틀어진 것이었다.

철왕의 입에서 터진 울부짖음을 듣고서야 상황을 파악한 사마유선은 치미는 눈물을 억지로 참으며 힘없이 땅에 처박힌 철왕을 품에 안았다. 그리고 을지호의 등에 박힌 단검을 뺄 생각도 하지 못하고 도주를 시작했다.

그렇게 도망치기를 꼬박 이틀.

휴식은 고사하고 물조차 제대로 마시지 못한 상태로 전력을 다해 도망치고 있던 그녀는 탈진하기 일보 직전의 상태였다.

모든 것을 포기한 채 털썩 주저앉아 달콤한 휴식을 맛보고 싶은 유혹이 절로 치솟을 정도로 너무나 힘들었다. 하나 그럴 수가 없었다. 지금 그녀에겐 목숨을 버려서라도 지켜야 할 존재가 있었기 때문이다.

'여기만 벗어나면 된다.'

운무에 싸여 신령스런 기운을 품고 있는 봉우리가 그녀의 가슴에 한 줄기 희망을 심어주었다.

지금 그녀가 넘고 있는 봉우리는 대파산맥의 마지막 자락이라 할 수 있는 무산(巫山), 그리고 무산을 넘으면 바로 장강이었다.

* * *

산이라 부르기도 민망한 야트막한 언덕을 바삐 넘는 세 명의 사내가 있었다. 문사풍의 중년 사내와 그를 호위하듯 양 옆에서 걷는 두 명의 청년.

그다지 먼 길을 떠나는 것은 아닌지 등에 매달린 봇짐은 단출했는데, 그들은 다름 아닌 온설화와의 비밀스런 만남을 끝내고 세가로 돌아가는 제갈은 일행이었다.

"휴~ 어디 아무 데서나 조금 쉬었다 가자꾸나."

패천궁의 강남 총타에서 떠나온 지도 벌써 두 시진이 지났다. 그동안 한 번의 휴식도 갖지 못했던 제갈은이 다소 가쁜 숨을 몰아쉬며 말했다.

"예, 숙부님."

그렇잖아도 숙부의 호흡이 거칠어진다고 여긴 제갈소우(諸葛蕭玗)가 재빨리 대답을 하고는 장정 열댓 명은 충분히 쉬어갈 만큼 넉넉한 그늘을 만들고 있는 소나무로 제갈은을 안내했다. 그사이 봇짐을 푼 제갈촌(諸葛忖)이 간단한 요깃거리와 물을 풀어놓았다.

"드시지요."

"고맙구나."

타는 듯한 갈증에 목말랐던 제갈은은 사양하지 않았다.

"나 때문에 너희들만 고생이다. 쯧쯧, 혼자 와도 되는 길을 형님의 고집 때문에……."

물주머니 하나를 단숨에 비워 버린 제갈은이 멋쩍은 미소를 띠며 말했다.

애당초 그는 홀로 온설화를 만나고자 하였다. 하나 때가 어느 때인가? 며칠 전만 해도 흑백대전이 한참이었고 지금은 사천이 준동하여 어수선하기 그지없는 무림이었다.

하늘이 두 쪽 나도 허락할 수 없다고 방방 뛴 제갈융은 반드시 온설화를 만나야 한다는 제갈은의 말에 스무 명의 호위 무사를 데려간다는 조건으로 마지못해 허락을 하였다. 결국엔 제갈소우와 제갈촌으로 줄어들기는 하였지만.

"아닙니다, 숙부님. 오히려 영광입니다."

제갈소우와 제갈촌은 약속이라도 한 듯 고개를 흔들며 대답했다. 제갈가의 청년들에게 무성 제갈능과 문성 제갈은은 가히 우상과도 같은, 그저 가까이 모시는 것만으로도 전신이 떨리고 가슴이 벅차오르는 그런 존재였다.

"이런, 어른을 놀리면 못 쓰는 법이다. 아무튼 갈 길이 멀구나. 그만 일어나자."

"조금 더 쉬시는 것이······."

제갈촌이 제갈은이 건네는 물주머니를 받으며 말했다.

"아니다. 이렇게 시간을 지체할 여유가 없다. 촌각을 다투는 일이야."

순간, 제갈소우와 제갈촌은 두 눈을 동그랗게 뜨며 서로의 얼굴을 마주 보았다.

그들이 생각하는 평소의 제갈은은 하늘이 무너져도 '허허' 웃고 말 인물이었다. 한데 두 시진을 달려와 고작 반 각도 쉬지 못하고 길을 재촉하고 있었다. 더구나 촌각을 다투는 일이라고 했다. 제갈은이 촌각을 다투어야 할 일이라면 그것은 곧 하늘이 무너지는 것보다 더한 일이 벌어지고 있음을 의미하는 것이었다.

"알겠습니다."

힘주어 대답한 제갈소우가 앞장을 서고 제갈은이 그 뒤를 따랐다. 재빨리 봇짐을 꾸린 제갈촌도 황급히 자리를 뜨려고 했다.

바로 그때, 그들이 지나온 길을 따라 누군가가 달려오고 있었다.

제갈촌이 재빨리 검을 꺼내 들고, 걸음을 멈춘 제갈소우도 잔뜩 긴장한 표정으로 제갈은의 곁을 지키고 있었다. 만약을 대비해 오른손은 이미 검의 손잡이에 놓여 있었다.

"잠시 길을 멈추게나!"

단숨에 거리를 좁힌 반백의 노인이 소리쳤다. 꽤나 오랫동안 달려왔는지 옷에선 먼지가 풀풀 풍겼는데 그와는 대조적으로 이마엔 땀방울 하나 보이지 않았다.

"아니, 선배께서 무슨 일이기에 이리 급히 달려오셨습니까?"

그가 누구인지 알아본 제갈은이 다소 의아한 표정으로 물었다.

"군사가 못다 한 말이 있다 하여 그 말을 전하러 왔네."

"아, 그렇군요. 한데 무슨 말씀이기에 다른 사람도 아니고 선배께서 직접 달려오신 겁니까?"

제갈은이 아는 한 노인은 고작 심부름 따위나 할 인물이 아니었다. 패천궁의 호법이란 지위는 그렇게 낮지 않았다. 그럼에도 이렇듯 손수 달려왔다는 것은 그만큼 중한 소식이라는 의미. 공손히 묻는 질문에 절로 긴장감이 깃들었다.

"내용은 나도 모르네. 다만 중요한 것이라면 서찰을 전해주더군. 아무도 모르게 전해주어야 한다면서."

제갈은의 안색이 급변했다.

노인조차 모르게 전할 소식이 대체 뭐란 말인가. 단언컨대 오직 중천에 대한 일 뿐이리라!

노인이 단단히 밀봉이 된 봉투를 내밀었다.

제갈은이 황급히 손을 내밀었다. 하나 그보다는 제갈촌의 움직임이 더 빨랐다.

"제가 전해 드리겠습니다."

제갈은을 호위하는 입장에서 본능적으로 한 행동이었으나 어찌 보면 굉장히 무례한 행동이었다.

그것을 대변이라도 하듯 노인의 짙은 눈썹이 하나로 모아졌다.

"네가 나설 자리가 아닌 것 같구나."

제갈은이 눈짓을 하며 입을 열었다.

"하지만……."

제갈촌은 난처한 표정으로 고개를 돌리며 엉거주춤 서 있었다.

바로 그 순간이었다.

제갈소우의 입에서 경악성이 터져 나왔다.

"위험해!!"

그러나 그의 경고는 늦은 감이 있었다. 그의 음성이 끝나기도 전 섬전과도 같은 노인의 우수가 제갈촌의 목을 틀어쥐었다.

"크으윽!"

목을 제압당한 제갈촌은 전신의 힘이 삽시간에 빠져나가는 것을 느꼈다. 노인의 손을 벗어나기 위해 발버둥을 쳐보기는 했지만 그의 노력은 어린아이의 몸짓만도 못했다.

"손을 놓아랏!"

시퍼렇게 날이 선 검을 휘두르며 달려온 제갈소우가 노인의 손을 향해 가공할 기세로 검을 내려쳤다. 하나 노인이 슬쩍 손을 잡아당기자 검의 동선엔 목표로 한 노인의 손은 사라지고 되려 제갈촌의 머리가 노출되었다.

"젠장!"

기겁한 제갈소우가 검을 거둬들이자 당연히 그럴 줄 알았다는 듯 음산한 미소를 지은 노인이 뒷걸음질치는 그를 향해 좌수를 슬며시 뻗어 한줄기 음유(陰柔)한 장력을 발출했다.

"컥!"

별것 아닌 것 같은 단순한 동작에 어찌나 빠르고 은밀하며 강맹한 힘이 실려 있는지 장력에 가슴을 격타당한 제갈소우는 허공으로 한 장 높이나 튀어 오르며 피를 토했다.

"소우야!"

재빨리 달려간 제갈은이 그의 신형을 안아 들었다.

"위, 위험하… 웩!"

제갈소우가 또다시 피를 토했다. 검붉은 피와 함께 섞여 나온 살점들은 틀림없이 잘게 부서진 내장 조각들. 회생 가능성은 전혀 없었다.

"소우야! 힘을 내거라. 정신 차려!"

제갈은이 안타깝게 소리쳤다. 그러나 힘없이 눈을 감은 제갈소우는 더 이상 숙부의 말을 들을 수가 없었다.

그것만이 아니었다.

뚜둑.

절로 소름을 돋게 만드는 기분 나쁜 소리가 들렸다.

제갈소우의 죽음에 망연자실하고 있던 제갈은은 귓가로 파고드는 파열음에 본능적으로 고개를 돌렸다.

'아, 안 돼.'

그의 눈에 들어온 것은 목뼈가 부러져 축 늘어진 제갈촌의 모습과 양손을 툭툭 털며 사이한 미소를 짓는 노인의 모습이었다.

"너… 마저."

얼마나 놀라고 고통스러웠으면 눈도 감지 못했을까? 부릅뜬 눈에서 조카의 슬픔과 분노를 읽은 제갈은은 더 이상 볼 수가 없어 눈을 감고 말았다.

생사기로(生死岐路) 135

양쪽 눈꼬리에서 굵은 물줄기가 흘러내렸다.

"먼저 가서 기다릴 것이니 너무 애통해하지는 마라."

"……."

아무런 대꾸도 없이 굳게 눈을 감고 있는 제갈은을 보며 노인은 그가 목숨을 포기했다고 여겼다.

"고통없이 보내주마."

그러나 그는 미처 한 발을 내딛기도 전에 걸음을 멈추었다. 천천히 눈을 뜬 제갈은과 두 눈이 마주쳤기 때문이었다.

"중천이오?"

조금 전까지 슬픔에 잠겼던 사람의 입에서 나온 것이라고는 결코 믿을 수 없는, 너무도 담담하여 오히려 부담스러운 음성에 노인은 자신도 모르게 위축감을 느꼈다.

무엇이듯 한쪽 방면에 일가를 이룬 사람에게선 뭔가 알 수 없는 힘이 있는 법. 비록 무공 쪽은 문외한이지만 학문에서만큼은 짝을 찾을 수 없을 정도로 큰 성취를 이룬 제갈은의 기도는 일대종사에 못지않았다.

'과연, 문성이란 말이지.'

손가락 하나만 까딱해도 목숨을 거둘 수 있는 상대에게 위축되다니 지나가는 개가 웃을 일이었다. 하나 노인은 조카들의 죽음을 보았고 또 자신의 죽음을 목전에 앞두고서도 그토록 태연하게 묻는 제갈은에게 감탄을 금하지 못했다.

"어찌 알았느냐? 군사의 명일 수도 있거늘."

"간단한 이치. 패천궁, 아니, 내가 아는 온 군사는 이따위 치졸한 짓을 할 사람이 아니오. 궁주가 명을 내렸다고 해도 목숨을 걸고 막을 사람이고."

"그도 그렇구나."

"그나저나 지금의 위치까지 오르려면 꽤나 고생을 했을 터. 너무 쉽게 정체를 드러낸 것 아니오? 내가 죽은 것을 알면 온 군사가 직접 조사를 할 것이고 당신의 정체가 드러나는 것은 시간문제일 텐데."

노인의 입에서 짧은 한숨이 흘러나왔다.

"어쩔 수 없는 노릇이지. 너희들이 너무 깊숙한 곳까지 접근했다."

"세상에 영원한 비밀은 없소. 도대체 그 비밀이 언제까지 지속되리라 보았소?"

"언젠가는 다들 알게 되겠지만 아직은 아니다."

노인은 표정 하나 변하지 않고 간단하게 대답했다.

"내가 죽음으로써 의심은 확신으로 굳어질 것이오."

"과연 그럴까? 그때쯤이면 모든 것이 끝날 것이다."

"……."

제갈은 말없이 노인을 노려보았다. 그리곤 멍한 눈으로 하늘을 올려다보았다.

'허허, 참으로 어처구니없는 일이로구나. 수백 년을 음지에서 살아온 이들이 아니더냐. 패천궁이 아니라 더한 문파에도 간세가 있을 수 있음을 생각했어야 했다. 최소한의 주의는 했어야 했거늘. 제갈은아, 제갈은아! 너의 자만이 조카들의 죽음을 불렀구나. 아니, 어쩌면 오대세가가 뿌리째 흔들릴 수 있음이니. 죽음보다 귀중한 정보를 전하지 못하다니 이를 어이한단 말이냐!'

제갈은의 입에서 깊은 탄식성이 흘러나왔다.

"조카들이 기다린다."

더 이상 대화를 나누는 것이 무의미하다고 여겼는지 노인이 손을 뻗었다.

피할 수만 있다면, 일말의 가능성이라도 있다면 백 번이고 천 번이고 움직였겠지만 그가 노인의 손속을 피한다는 것은 장강에 빠진 바늘을 찾는 것보다 더 힘든 일이었다.

'신이여.'

목덜미에 서늘한 기운을 느끼며 제갈은은 입술을 지그시 깨물었다.

제 42장

소림사(少林寺)

소림사(少林寺)

산동성 태안의 황보세가.

주변을 아우르는 담벼락만 하더라도 팔 리요, 평소 상주하는 인원만 육백이 넘는 대무가(大武家)엔 팽팽한 긴장감이 흐르고 있었다. 활짝 열려 있던 정문도 굳게 닫혀 있었고 그 앞을 지키는 무인들도 평소보다 서너 배는 증가한 듯했다.

그리고 집의전엔 황보세가는 물론이고 팽가, 당가, 악가의 가주와 종남파와 화산파 등 아직 도착하지 않은 소림과 개방의 무인들을 제외하고 북천의 남하를 막기 위해 모인 여러 문파의 수뇌들이 한데 모여 긴장의 원인을 해결하기 위해 숙의(熟議)에 숙의를 거듭하고 있었다.

"아직도 움직이지 않고 있다는 말이냐?"

중앙에 앉아 있는 황보장이 물었다.

"예, 아버님. 비성(肥城)에서 좀처럼 움직이지 않고 있습니다."

"흠, 벌써 이틀째인데… 혹 우리가 놓치고 있는 움직임이라도 있는 것은 아니더냐?"

거듭되는 물음에 황보윤이 공손히 대답했다.

"그렇지 않습니다. 만약을 대비해 비성뿐만 아니라 인근 지역까지 샅샅이 살피고 있습니다. 놈들은 당성무관(當城武館)을 점령한 이후 일체의 활동을 멈추었습니다."

"뭔가 꿍꿍이속이 있지 않겠습니까?"

사천 본가에 닥친 비극을 듣고도 직접 움직이지 않은 채 당무흔을 대신 보내고 황보세가로 달려온 당욱이 잔뜩 인상을 찌푸리며 물었다. 충분히 그럴 수 있다는 듯 고개를 끄덕이는 황보윤의 안색도 그다지 밝지는 않았다.

"분명 뭔가가 있겠지요. 하나 지금까지는 아무런 움직임도 보이지 않고 있으니……."

"차라리 선공을 하는 것이 어떻겠습니까?"

보다 못한 팽무쌍이 물었다. 일전, 동방성과의 싸움에서 큰 부상을 당한 그는 아직도 회복을 하지 못했는지 안색이 창백했다.

"그것은 좋지 않다. 함정을 파고 기다릴 수도 있어. 어쩌면 놈들이 바라는 것이 그것인지도 모르고."

팽가의 전대 가주 팽만호가 고개를 흔들었다.

북천의 위세가 아무리 하늘을 찌른다 하여도 세가를 버리고 몸을 피한 것은 굴욕적인 일이 아닐 수 없었다. 식솔들과 함께 황보세가로 몸을 피한 그는 며칠 만에 십 년은 더 늙은 듯했다.

팽무쌍이 입을 다물고 물러나자 종남파의 장문인 오상이 벌떡 몸을 일으켰다.

"그렇지만 언제까지 기다릴 수만은 없지 않습니까? 놈들에게 당한 문파와 크고 작은 무관들이 벌써 백여 곳에 이르고 자칫 이런 식으로 싸움이 고착되다 보면 하북을 놈들에게 넘겨줄 수도 있습니다. 장강 이남을 패천궁에게 넘겨준 것처럼."

오상의 지적에 모두들 입을 다물었다. 그의 말에 이어 화산파의 제자들을 이끌고 달려온 곽화월이 의견에 힘을 실었다.

"오 장문인의 말씀에 일리가 있습니다. 아무런 대책도 없이 이렇듯 대치만 하고 있다간 놈들이 원하는 대로 계속 끌려만 다닐 것 같습니다."

"하면 어찌하면 좋겠소이까?"

황보장이 정중히 되물었다.

"선공이 최선일 것입니다."

분명 곽화월에게 한 질문이었지만 대답은 오상에게서 들려왔다. 하지만 오상의 급한 성정을 익히 알고 있는 그들은 그것을 문제 삼지 않았다.

"함정일 수도 있다고 말씀드렸소이다."

"함정이라면 그때 가서 적절히 대처하면 된다고 봅니다. 일단 부딪쳐는 봐야 하지 않겠습니까?"

오상은 선공의 주장을 굽히지 않았다.

갑론을박(甲論乙駁)은 이후에도 한참을 계속되었다.

조금 더 신중하자는 의견과 더 이상 기다려서는 안 된다는 의견이 팽팽히 맞섰다. 그러나 결론은 나지 않았다. 결국 선공이냐 아니냐의 문제는 소림과 개방의 무인들이 도착한 이후 다시 논의하기로 결정하였다.

"어떤 식으로 결론이 지어졌습니까?"
"별거없었다. 서로 떠들어대기만 했지 제대로 의견을 모은 것은 아무것도 없었어. 그건 그렇고… 흠."

건성건성 대답을 하며 서찰을 읽는 중년인의 입에서 나직한 한숨이 흘러나왔다. 약간의 안도감과 더불어 감탄이 뒤섞인 탄성이 뒤를 이었다.

"어느 정도 쫓아올 것이라 예상은 했지만 과연 제갈세가라 해야 하는가?"
"설마… 발각된 것입니까?"

서찰의 내용을 아직 모르고 있는 듯 사부 신도의 명으로 문주의 곁을 지키고 있는 부설이 깜짝 놀라 물었다.

"일단 급한 불은 끈 듯하구나. 하지만 우리의 정체가 드러나는 것은 기정사실이다. 패천궁 어린아이의 능력도 생각 외로 뛰어난 듯하고."

지금껏 온설화의 능력을 과소평가하고 있던 그가 쓴웃음을 지으며 서찰을 건넸다.

찬찬히 서찰을 살피던 부설의 안색이 시시각각으로 변했다.

거기엔 제갈은과 온설화가 은밀히 나눈 말이 너무도 자세하게 적혀 있었다.

"이것이 사실이라면 큰일이 아닙니까? 살인멸구(殺人滅口)를 했다지만 제갈은이 알고 있다는 것은 제갈세가가 모든 조사를 마쳤다는 것과 같습니다."

"아직은 아니다. 의심은 하고 있으나 확신은 하지 못하고 있어. 제갈세가나 패천궁 모두."

"시간문제일 뿐입니다. 특단을 내리실 때가 된 것 같습니다."

"특단이라……."

문주는 활화산같이 타오르는 부설의 눈빛을 슬쩍 외면한 채 모락모락 피어나는 용정차(龍井茶)의 향을 음미했다.

"좋은 향이야. 너도 한잔하거라."

"괜찮습니다."

"사양 말고 들어. 혼자 음미하기엔 아까운 향이다."

"가, 감사합니다."

엉거주춤 찻잔을 받아 든 부설은 용정차를 마치 술잔 비우듯 단숨에 입 안으로 털어 넣었다. 뭔가 기묘한 향이 목구멍을 타고 올라왔지만 그는 향 따위를 음미할 여유를 갖지 못했다.

"쯧쯧, 서둘기는… 누가 보면 죄짓고 쫓기는 놈인 줄 알겠다."

"죄, 죄송합니다."

"어떻게 마시든 네 자유니까 죄송할 것은 없고. 그나저나 시작했을까?"

질문을 던지는 문주의 눈빛이 반짝 빛났다.

"무슨 말씀이신지?"

부설이 질문의 의도를 모르겠다는 듯 공손히 되물었다. 그러자 문주는 빙글빙글 돌리던 찻잔을 내려놓고는 상체를 약간 뒤로 뉘었다.

"북천 말이다."

그제야 질문의 요지를 이해한 부설이 상기된 표정으로 대답했다.

"사부의 계산대로라면 곧 시작될 것입니다. 어쩌면 벌써 시작되었는지도 모르지요."

"무너지겠지?"

"무너집니다. 제아무리 소림사라 하더라도 한빙곡의 거센 힘은 버틸 수가 없습니다."

부설이 단언하듯 대답했다.

"그래도 소림이다. 그 저력을 알 수 없는 소림."

"소림의 정신적 버팀목이라 할 수 있는 수호신승이 존재하지 않는 한, 또 황보세가를 돕기 위해 정예가 빠진 이상 한빙곡과 흑룡문의 힘을 감당하지는 못합니다."

부설의 말에는 막힘이 없었다. 그의 말을 듣고 있노라면 소림이 벌써 무너져 북천에 무릎을 꿇은 듯한 느낌이 들었다. 그러나 소림이 한빙곡을 막지 못한다는 것은 문주 또한 알고 있었다.

"시선을 이곳으로 돌리고 소림을 친다. 따지고 보면 꽤나 괜찮은 판단이었어. 결국 선수를 친 셈인데……."

북천이 무엇 때문에 서둘러 소림사를 치는지는 생각하지 않아도 알 수 있었다.

그는 지그시 눈을 감고 주먹을 쥐어 턱을 괴었다. 이마에 주름살이 패이고 굵은 눈썹이 꿈틀거렸다.

북천에 선수를 빼앗겼다는 생각에서인지 다소 불쾌한 표정이었지만 부설은 다른 의미에서 잔뜩 긴장을 하고 있었다. 문주가 그런 표정을 지을 때마다 어떤 큰 결정을 내린다는 것을 알고 있었기 때문이다.

약 반 각의 시간이 흐르고 감겼던 문주의 눈이 살짝 떠졌다. 벌떡 일어난 부설이 하명을 기다렸다.

신도가 보내온 서찰에 힐끗 시선을 던진 문주가 말했다.

"제갈세가와 패천궁이 눈치를 챘다고 하니 더 이상 기다리는 것도 무리겠다. 어차피 우리의 실력을 보여줄 때도 된 것 같고. 그래, 준비는 끝냈느냐?"

"이곳에 칠십, 그리고 은밀히 몸을 숨긴 정예 삼백이 문주의 명을 기다리고 있습니다."

"예비 병력은?"

"사부의 전언에 따르면 만반의 준비를 갖추고 문주님의 명만을 기다리신다 합니다."

문주가 만족한 듯 고개를 끄덕였다.

"좋아. 한 치의 소홀함도 없어야 할 것이다."

"명심하겠습니다. 하면 공격의 때는 언제입니까?"

긴장에서 오는 떨림인지 아니면 마침내 웅지를 펴고 비상을 하게 되었다는 흥분 때문인지 질문을 하는 부설의 음성이 격하게 떨렸다.

"네 말대로 소림은 얼마 버티지 못한다. 그리고 소림이 지닌 위상과 상징성을 감안한다면 이들이 어찌 행동할지는 뻔한 일. 아직까지 행동을 결정하지 못하고 갑론을박하고 있으나 모르긴 몰라도 그 즉시 소림을 구하기 위해 움직일 것이다."

"이곳도 포기하지는 않을 것입니다."

"그렇겠지. 하나 소림을 구하겠다고 마음먹는 순간 이곳의 전력은 최소 반으로 줄어든다."

"그때 치는 겁니까?"

황급히 되묻는 부설. 문주는 의미심장한 미소를 지으며 고개를 흔들었다.

"그 정도 병력이면 대치하고 있는 북천의 인원들로도 충분히 상대할 수 있다. 또한 떠나기 전 우리가 살짝 도움을 준다면 더욱 쉬운 싸움이 되겠지."

"하오면?"

"우리는 소림을 구하기 위해 떠나는 정예를 친다. 싸움은… 그래, 한빙곡주에게 응원을 나오라고 하려면 개봉 정도가 좋겠군. 이 참에 개방까지 쓸어버리면 될 테니까. 비성에 웅크리고 있는 자들에게도 적당히 시간을 맞춰 공격하라고 해. 다짜고짜 쳐들어오지 말고. 일단 그렇게 알고 준비를 갖춰라."

"존명!"

허리를 구십 도로 꺾으며 대답한 부설이 몸을 돌려 방을 나서자 문주는 빈 찻잔에 약간은 미지근해진 용정차를 따랐다. 뜨거운 열기는 없었으나 향은 여전했다.

"후후, 이제 소림이 무너졌다는 소식만 기다리면 되는 것인가? 그나저나 아쉽군. 수호신승과의 멋진 재대결을 기대했는데 아직도 상처를 치유하지 못한 듯하니."

* * *

약사전(藥師殿).

 소실산(少室山) 북쪽 기슭에 위치한 소림사와는 달리 맞은편 태실산(太室山)의 중턱에 한가로이 자리한 이곳은 불쌍한 중생을 병과 재난으로부터 구해준다는 약사여래(藥師如來)를 모신 곳이었다. 같은 의미로 약사전은 소림사 승려의 모든 건강을 책임지는 중요한 장소였다.

 환자들을 수용할 수 있는 십여 개의 병사(病舍)엔 몸이 불편한 환자들 몇몇이 있었지만 다들 가벼운 병증을 지니고 있음인지 누구 하나 어두운 기색이 없었다. 또한 먼지 한 점 없이 깨끗하게 정리된 빈 병사에서 약초 구별법을 배우는 어린 동자승과 그들을 지도하는 중년 스님의 웃음이 약사전을 환하게 밝히고 있었다.

 하지만 양(陽)이 있으면 음(陰)이 있고 밝음[明]이 있으면 어둠[暗]이 있는 법.

 약사전 내 가장 조용하고 깊은, 약사전주가 거주하는 불심각(佛心閣) 바로 옆 병사엔 깊은 수심이 내려앉아 있었다.

 "후~ 아직도 차도가 없으신 겝니까?"

 숨을 쉬고 있는 것인지 의심이 갈 정도로 미약하게 가슴을 들썩이고 있는 환자를 보며 소림 방장 공선 대사(空宣大師)의 안색은 깊은 안타까움과 걱정으로 물들어 있었다.

 약사전주 공양(空煬)이 고개를 흔들었다.

 "그렇지는 않네. 뚜렷한 회복세는 아니지만 조금씩, 아주 조금씩 차도가 보이는 것 같네."

 일순 약사전에 모인 이들의 얼굴에 희색이 돌았다.

 "그것이 사실입니까?"

지객원의 원주 공은(竺恩)이 기쁜 표정으로 되물었다.

"그럼 내가 방장 사제 앞에서 농이라도 한다는 것이냐?"

기본적으로 의원이 지녀야 하는 것은 따뜻한 마음과 환자와 보호자를 안심시키고 믿음을 줄 수 있는 부드러운 태도이다. 그런데 약사전주 공양은 인자해 보이는 얼굴과는 전혀 딴판으로 말투가 차갑기 그지없었다. 하지만 수십 년간 함께 보내온 공선이나 공은 등에게 그런 차가운 말투나 쌀쌀맞은 태도는 전혀 문제될 것이 없었다.

"그럼 언제쯤 완전히 회복하실 수 있는지요?"

공은과 마찬가지로 기쁨을 감추지 못한 공선 대사가 물었다.

"그것은 나도 장담 못하네. 솔직히 이만큼이나 차도가 있으신 것도 신승께서 스스로 치유하신 것이지 내가 한 것은 아무것도 없었네. 그냥 곁을 지켜 드렸을 뿐."

자신의 실력이 부족하여 신승을 구하지 못했다는 자괴감 때문일까? 공양의 얼굴에서 씁쓸함이 묻어 나왔다. 하지만 그가 수호신승을 구하기 위해 어느 정도의 노력을 기울였는지 모르는 사람은 아무도 없었다.

정확히 삼 년 하고도 육 개월 전, 소림에는 그야말로 청천벽력(靑天霹靂)과도 같은 날벼락이 떨어졌다.

산책을 하러 산에 오른 수호신승(守護神僧)이 말 그대로 시체가 되어 돌아온 것이다. 만약 오랜 시간이 되었음에도 돌아오지 않는 그를 찾기 위해 제자들이 산에 오르지 않았다면 그대로 목숨을 잃을 뻔한 위험천만의 순간이었다. 그러나 이후의 상황도 그다지 좋지는 않았다.

제자들의 등에 실려 약사전으로 온 수호신승의 상세를 살핀 공양은 한참 동안 멍하니 하늘을 바라보았다.

전신에 무수히 많은 검상은 치료할 수 있었다. 몸 이곳저곳에 입은 골절상(骨折傷)도 문제될 것은 없었다. 시간이 걸리겠지만 완치가 가능했다.

심각한 것은 내상이었다. 오장육부가 제자리를 이탈했고 기경팔맥(奇經八脈)이 큰 손상을 입어 구심점을 잃은 진기가 마구 요동쳤다. 거기에 극독에 중독된 현상도 있었으니 엎친 데 덮친 격이었다. 불행 중 다행이랄까? 단전에서 일어난 웅혼(雄渾)한 기운이 심맥(心脈)을 보호하며 필사적으로 대항하고 있었기에 망정이지 그렇지 않았다면 수호신승의 목숨은 이미 끊어졌을 것이다.

수호신승의 상태를 전해 들은 많은 고승(高僧)들이 자신들의 내공으로 내상을 치유하겠다고 나섰으나 공양은 허락되지 않았다. 수호신승의 몸은 외부에서 들어간 힘과 내부에서 일어난 힘이 너무도 절묘하게 균형을 이루고 있는 상태였다.

그들의 힘으로 외부의 힘을 몰아내면 다행이겠으나 오히려 팽팽한 힘의 균형을 깨뜨리고 말 뿐이라면 어떤 결과를 가져올지 장담할 수 없었기 때문이다.

그나마 소환단(小丸丹) 몇 알을 사용할 수 있었던 것이 다행이라면 다행이었다. 그것도 극도의 주의를 요하는 일이었지만.

공양은 우선 외부에 드러난 상처를 치유하는 것에 전념했다. 부러진 뼈에 호랑이 뼈를 정제해 만든 접골제(接骨劑)를 바르고 독상으로 부패하기 시작한 상처도 약사전에 대대로 내려오는 소림비방(少林秘方)을 이용해 깨끗하게 치유했다. 그러나 내상은 감히 손댈 엄두를 내지 못했다.

그렇게 삼 년여의 시간이 흐른 것이다.

"아미타불! 미약하나마 차도가 있다면 그만한 다행이 없겠지요. 사형께서 애를 많이 쓰셨습니다."

"좀 전에도 말했듯이 내가 한 것은 아무것도 없었네. 신승께서 스스로 치유하신 걸세."

끝까지 자신의 공을 내세우지 않는 고집불통 사형을 보며 공선 대사의 입가에 잔잔히 미소가 맺혔다.

"그나저나 방장의 안색이 말이 아니네. 무림에 닥친 우환이 그만큼 크다는 것이겠지?"

"아미타불! 그렇습니다."

"후~ 대환단(大丸丹)만 빨리 만들 수 있어도 신승께 크나큰 도움이 될 것이고 무림의 우환도 덜 수 있을 터인데. 힘들게 재료를 모으고 연단(鍊丹)을 한다 해도 앞으로도 최소한 몇 년은 더 걸릴 터이니……."

사실 수호신승의 내상을 치료할 수 있는 방법이 아에 없는 것은 아니었다.

가장 좋은 방법은 수호신승의 몸 안에서 팽팽히 대치하고 있는 기운을 압도할 만한 고수가 진기를 불어넣어 팽팽하게 대치하는 기운을 억제하고 진기를 자연스럽게 이끌어 내상을 치료하는 것이었다. 하지만 대대로 선대가 후대에게 내공을 전수하는 방식으로 이어져 온 수호신승은 천하에 짝을 찾을 수 없는 내공을 지니고 있었다. 그에 버금가는 내공을 찾기도 힘들뿐더러 대치하고 있는 기운까지 아우르려면 실로 엄청난 내공이 필요했다.

또한 그만한 힘을 몸이 견디어 내려면 최소한의 기운은 지니고 있어야 했다. 극도로 약해진 몸은 대해처럼 쏟아져 들어오는 기운을 감당하지 못하고 자멸하고 말 것이 분명한 터, 약의 힘을 빌려 약해진 몸을 회복시키고 강맹한 기운을 이겨낼 힘을 북돋게 해야 했다.

하나 웬만한 약으로는 그만한 힘을 감당할 수 없었다. 있다면 오직 대환단뿐이었다. 문제는 소림사에 단 하나의 대환단도 남아 있지 않다는 데 있었다.

첫 번째 조건이라 할 수 있는 내공 문제는 노승들이 격체전공을 이용하면 극복이 가능했다. 그러나 대환단만큼은 그 어느 것으로도 대체가 불가능했다. 오직 만드는 방법뿐이었다.

공양은 그날부터 대환단을 만드는 조제법을 알기 위해 오천 권도 넘는 약사전의 의약서(醫藥書)를 일일이 독파했다. 그것도 부족해 장경각까지 이 잡듯이 뒤진 끝에 하나의 실마리를 잡을 수 있었다. 그리고 그것에 의지해 지금까지도 대환단 제조에 심혈을 기울이고 있었다. 아직까지 이렇다 할 성과는 없었지만.

공양의 초조한 마음을 충분히 이해하고 있던 공선 대사가 담담한 어조로 입을 열었다.

"너무 조급해하지 마십시오. 소환단만 하더라도 얻기가 극히 힘들거늘 하물며 대환단입니다. 언제가 사부님께서 말씀하시길, 처음 일곱 알의 대환단을 얻기 위해 공들인 시간이 무려 삼십 년이라 하셨습니다. 서두른다고 될 일이 아니지요."

"그건 그렇네만……."

"사형께선 반드시 대환단을 만들어내실 것입니다. 그것을 복용하시고 신승께서도 자리를 털고 쾌차하시겠지요. 소승은 그리 믿고 있습니다."

"후~ 방장 사제가 이토록 믿어주니 부끄러우면서도 한편으로는 힘이 나는군. 알았네. 내 미력하나마 더욱 노력을 하겠네."

"너무 무리는 하지 마십시오. 지금처럼만 해주시면 됩니다. 그건 그렇고……."

입가에 미소를 짓던 공선 대사가 고개를 돌려 금강당(金剛堂)의 당주 공능(空陵)에게 시선을 주었다.

"내 잠시 잊고 있었네. 그래, 나한당주(羅漢堂主)에게서 연락이 왔는가?"

"예, 지난밤 양산(梁山)에 머물렀다고 하니까 지금쯤 거의 도착했을 겁니다."

공능이 공손히 대답했다.

"허, 벌써 그렇게나 움직였단 말인가? 나한당주가 꽤나 서두른 모양이네."

공은이 탄성을 내뱉자 곁에 있던 계율원주(戒律院主)가 빙그레 웃음 지었다.

"급한 성격이 어디 가겠습니까? 그 사부에 그 제자겠지요. 아니 그런가?"

계율원주의 짓궂은 물음에 공능의 낯빛이 다소 붉게 물들었다.

"사안이 급하니 어쩔 수 없었을 것입니다."

"아무리 급한 일이라도 천하의 나한당주가 아니면 그렇게 빨리 움직일 수는 없었을 것이네. 그리고 보면 그를 보낸 것은 참으로 잘한 일입니다, 방장 사형."

계속되는 계율원주의 농에 방장인 공선 대사의 입가에 엷은 미소가 지어졌다. 하나 그것도 잠시뿐이었다.

"서둘러 도착한 것은 다행한 일이나 한편으론 걱정이네. 얼마나 많은 제자들이 피를 흘리게 될지. 또 무림에 몰아치는 이 겁난(劫亂)이 언제쯤이나 끝날 것인지."

"아미타불!"

모두들 숙연히 불호를 외웠다.

"그럼 말씀들 나누게나."

좌중의 대화가 무림의 중대사로 넘어가자 공양은 자신이 상관할 바가 아니라는 생각에서인지 방문을 나섰다. 그의 뒷모습을 살피던 공선 대사가 다시 입을 열었다.

"정도맹 쪽에선 연락이 왔는가?"

"예. 공각 사형이 매일같이 연락을 보내오고 있습니다."

"그래, 전황이 어떻다고 하던가?"

공은 대사의 얼굴이 살짝 어두워졌다.

"그다지 좋지는 않아 보입니다. 서천의 동진을 막기 위해 대파산에서 치열한 싸움을 벌이고는 있으나 밀리는 기색이 역력하답니다. 시신을 실은 수레가 하루에도 수십 번씩 오간다 하였습니다."

"아미타불!"

공선 대사가 안타까운 표정으로 불호를 외웠다.

"무당과 정도맹에선 어찌하고 있다던가? 아직도 움직이지 않는다 하던가?"

조금 전까지 농을 하던 계율원주의 음성이 싸늘했다. 그는 중천을 핑계로 움직이지 않는 무당과 정도맹을 이해하지 못했다.

"예, 아직 별다른 움직임이 없다고 합니다."

"흥, 발등에 불이 떨어져야 움직일 심사인 모양이군. 뭔가 다른 뜻이 있지 않고서야……."

"그만 하게, 공문(空門). 말이 너무 지나치군. 그들도 나름대로 고충이 있겠지."

보리원(菩提院)의 원주 공청(空靑)이 차분한 어조로 공문을 말렸다.

"하지만……."

뭐라 반박하려는 공문. 하나 그의 음성은 난데없이 들려오는 소음에 막혀 멈춰졌다.

쿵쿵쿵!

천장에서 먼지가 떨어질 정도로 요란스레 달려오는 발소리에 공선과 공청을 제외한 모든 이의 안색이 찌푸려졌다.

쾅!

문짝이 떨어져 나갈 듯 좌우로 열리고 모습을 드러낸 사람은 스물한두 살이나 먹었을 것 같은 청년승이었다.

"사조(師祖)님!"

청년승이 공능을 향해 소리쳤다.

"정인(正忍), 네 이놈! 여기가 어디라고 이리도 함부로 소란을 피운단 말이냐!"

그렇지 않아도 이런 소란을 떠는 사람이 누군지 알면 단단히 버릇을 고쳐 주겠다고 마음먹고 있던 공능은 그 주인공이 자신의 직계 시손(師孫)이자 불같이 화를 냈다.

"따라 나오너라!"

당장 밖으로 끌어내려는 듯 벌떡 몸을 일으키는 공능, 그의 허리춤을 붙잡는 손이 있었다.

"잠깐 기다리게나."

다름 아닌 약사전, 그것도 수호신승이 누워 있는 곳이었다. 나이 어린 제자들은 아예 접근조차 할 수 없었고 수염이 허옇게 물든 노승도 발소리를 죽이고 숨소리조차 함부로 내뱉지 못하는 곳. 그럼에도 이토록 급히 달려온 것이라면 분명 뭔 일이 터져도 터진 것이리라.

"무슨 일이냐?"

공은 대사가 황급히 물었다.

"저, 적이……."

어찌나 급히 달려왔는지 정인은 숨조차 제대로 쉬지 못하고 있었다. 그러나 간신히 내뱉은 그의 한마디에 좌중의 공기는 차갑게 가라앉았다.

"적이라니! 적이 쳐들어왔다는 말이냐?"

정인의 양 어깨를 잡은 공능이 되물었다.

"그, 그렇습니다. 산문을 지키고 있던 사제들에게서 연락이 왔습니다."

"누가? 얼마나 많은 이들이 몰려왔단 말이냐? 그들을 막기 위해 누가 갔느냐?"

공능의 질문이 빠르게 이어졌다. 그러나 정인이 대답할 수 있는 것은 하나뿐이었다.

"이, 일단 반야당의 사형제들이 막고 있습니다. 정운(正雲)이 금강당(金剛堂)의 사숙(師叔)들에게 연락을 취하러 갔고 저는 이곳으로 달려왔습니다."

"누구인지는 모르느냐?"

공선 대사가 차분하게 물었다.

"그, 그것은 모르겠습니다."

"가보면 알겠지. 그래, 애썼구나."

여전히 숨을 헐떡이는 정인의 어깨를 살며시 짚어준 공선 대사가 방문을 나서자 수호신승의 상세를 살피기 위해 약사전에 모였던 소림의 주요 인사들도 황급히 뒤를 따랐다.

한빙곡과 흑룡문의 전격적인 기습. 미리 알리지 않고 공격을 했으니 기습은 기습이되 당당하게 정면으로 치고 들어갔고 또 대응할 만한 충분한 시간적 여유를 두고 본격적인 진격을 시작했으니 딱히 기습이라고도 할 수는 없었다. 아무튼 정확히 일각 전부터 벌어진 싸움은 벌써 꽤나 많은 사상자를 내고 있었다.

삼십도 넘는 흑룡문의 문도가 산문과 가장 가까이에 있던 호문각(護門閣)을 공격하며 목숨을 잃었고 호문각을 지키던 소림의 제자 열셋이 전멸을 당했다.

호문각을 무너뜨린 흑룡문을 막아선 이들은 소식을 듣고 급히 달려온 반야당의 제자들이었다.

소림에는 크게 세 단계에 걸쳐 무공을 가르쳤는데, 보통 반야당에서 나한당, 금강당순이었다.

반야당은 어느 정도 기초적인 수련을 끝낸 어린 제자들과 속가의 제자들이 한데 어울려 무공을 배우는 곳이었다.

　배분상 사숙뻘인 금강당의 고수들이 주로 가르쳤는데 그곳에선 소림칠십이절예(少林七十二絶藝) 중에서 철비공(鐵扉功)과 옥대공(玉帶功) 등 소림 제자라면 누구나 익혀야 하는 가장 기본적인 여섯 종의 절예를 사사받을 수 있었다.

　이곳에서 실력을 인정받으면 나한당으로 올라가 본격적인 무공을 배우게 되는데, 소림칠십이절예 중 서른두 가지를 선별하여 배울 수 있었으며 또한 이십 년에 한 번씩 열리는 나한동(羅漢洞)에 도전할 수 있는 권리를 얻었다.

　금강당은 나한동을 통과하고서야 비로소 올라갈 수 있는 곳으로 나한동을 통과해 금강당으로 오르는 사람은 한 번에 고작 열 명 안팎에 불과할 정도였다.

　금강당에선 칠십이절예 중 방장만 익힐 수 있는 일지선공(一指禪功)을 비롯하여 금기시되는 몇 가지 무공을 제외하고는 모두 익힐 수 있는 권리가 주어졌다.

　그러나 대다수의 제자들은 자신에게 맞는 무공 몇 가지만을 중점적으로 익혔다. 한 가지 무공에만 빠져들어도 그 끝을 보기엔 요원한 일이었기 때문이다.

　어쨌든 적의 출현을 연락받고 급히 달려온 반야당의 제자들은 당주 명언(明焉)의 지휘를 받으며 선봉으로 나선 흑룡문의 문도들과 치열한 싸움을 벌였다.

　흑룡문주 반포는 고작 열 몇 명밖에 안 되는 인원을 제거하는 데 그 배가 넘는 수하들이 목숨을 잃은 것에 화가 난 데다가 반야당의 무승들에게 길이 막히자 분기탱천하여 체면도 잊고 본격적으로 싸움에 나섰다.

"항복한 이들의 목숨을 빼앗지는 마라. 부상당한 이들 또한 저항하지 않는다면 가급적 해치지 말고."

백학(白鶴)이 수놓아진 섭선을 휘두르며 느긋하게 전황을 살피는 위지요에게선 소림이라는 거인을 공격한다는 긴장감은 조금도 없는 듯 보였다.

"필요없는 살생은 하지 말라고 이미 명을 내려두었습니다."

그의 곁을 그림자처럼 수행하는 완함(阮咸)이 대답했다.

"흑룡문은?"

"단단히 주의를 주었습니다, 장담은 못하겠습니다만."

"하긴, 싸움이라면 물불을 가리지 않는 탁탑천왕 그 친구에게까지 그러라는 것은 무리겠지."

위지요는 이해한다는 듯 피식 웃음을 터뜨렸다. 그리곤 미친 듯이 움직이며 주먹을 휘두르고 있는 탁탑천왕 반포에게 시선을 주었다.

"뭣들 하느냐! 이런 애송이들을 상대로 머뭇거려서야 흑룡문의 제자라고 할 수 있겠느냐! 싸워라! 전진해라! 소림의 땡중들에게 너희들의 힘을 보여줘라!"

"훗, 역시 무리야."

북천에서 일대 고수로 추앙받는 반포의 손속을 감당할 수 있는 사람은 없다고 해도 과언이 아니었다. 특히 금강석(金剛石)과도 같이 단단한 두 주먹으로 펼치는 천왕팔권(天王八拳)의 위력은 그에게 탁탑천왕이라는 별호를 안겨줄 만큼 가히 독보적이었다.

반야당의 당주인 명언이 그저 아무렇게나 휘두르는 것 같은 주먹에 치명적인 부상을 당하며 쓰러지고 그를 구하기 위해 달려들던 속가제자 넷이 피분수를 뿜어내며 쓰러졌다. 순간 그때까지 잘 버티던 반야당의 제자들이 급격히 흔들리며 순식간에 무너지기 시작했다.

애당초 소림에서 가장 무공이 약한 그들이었다. 지금까지 버틴 것도 기적이나 다름없었다.

백 명 가까이 되는 인원 중 칠 할이 넘는 이들이 삽시간에 도륙을 당하고 생존한 사람은 고작 이삼십에 불과했다. 그나마 본산에 남아 있던 나한당의 나한들과 금강당의 고수들이 나타나지 않았다면, 그리고 사대금강(四大金剛)이라 불리는 명종(明踪)과 명단(明旦)이 반포를 막지 않았다면 전멸을 면치 못했을 것이다.

비록 인원은 얼마 되지 않았지만 나한당과 금강당의 고수들은 소림의 무공을 계승하는 진정한 고수들. 세 배가 넘는 흑룡문도들을 상대로 조금도 물러서지 않고 오히려 압도하며 몰아붙였다. 한빙곡에서 일부의 병력이나마 지원하지 않았다면 처음 기세를 올렸던 흑룡문은 낭패를 면치 못했을 것이다.

고작 팔십여 명에 불과한 인원을 상대하면서 흑룡문과 한빙곡이 동원한 인원은 무려 삼백에 가까웠다. 하나 그만한 이들을 동원하고도 싸움을 끝내지 못했다.

그렇게 반 각이란 시간이 더 흘렀다.

제43장

소림지루(少林之淚)

소림지루(少林之淚)

"흠, 이제는 나타날 때가 되었는데."

사대금강을 맞이하여 한 치의 물러섬도 없이 치열하게 싸우는 반포의 가공할 무위를 잠시 감상하던 위지요가 고개를 갸웃거리며 중얼거렸다.

싸움이 시작된 지도 제법 시간이 흘렀다.

곳곳에서 고수들이 쏟아져 나오고 치열한 싸움이 계속되었지만 정작 소림사의 핵심 인물들은 아직 그 모습을 보이지 않았다.

한데 그의 말이 끝나기도 전, 약사전에서 달려온 공선 대사 일행이 모습을 드러냈다.

"아미타불!"

공선 대사의 기가 한껏 실린 사자후(獅子吼)가 좌중으로 퍼져 나가고 그토록 치열하고 처절하며 살기등등했던 전장에 일순간 침묵이 찾아들었다.

'왔군.'

불호에 담긴 힘만으로도 이미 추측하기 어려운 힘이 느껴졌다. 그만한 인물이라면 애써 알려고 하지 않아도 뻔한 일. 천천히 몸을 돌리는 위지요의 눈동자가 살짝 흔들렸다.

"아미타불! 아미타불!"

이곳저곳에서 터져 나오는 고통의 신음성과 산사(山寺)를 뒤덮은 역한 피비린내가 날카로운 비수가 되어 가슴을 난도질했다. 천천히 전장을 가로지르며 걷는 공선 대사는 눈앞에 드러난 참혹한 상황에 연신 불호를 외웠다.

"아미타불!"

걸음을 멈춘 공선 대사의 입에서 안타까움과 괴로움, 연민, 슬픔, 분노 등 온갖 감정이 뒤섞인 불호성이 터져 나왔다.

그의 시선은 가장 먼저 흑룡문을 막아섰다가 대다수가 목숨을 잃은 반야당 제자들의 주검에 고정되어 있었다.

치열한 싸움 중이었기에 미처 수습되지 못하고 아무렇게나 널브러져 있는 반야당 제자들의 주검은 차마 볼 수 없을 정도로 훼손되어 있었다. 상처 부위는 흙과 피가 뒤엉켜 더러웠고 피 묻은 승복(僧服) 위로 온갖 발자국이 뒤덮여 있었다.

공선 대사의 심사를 짐작한 것일까? 담담한 눈으로 그의 모습을 지켜보던 위지요가 입을 열었다.

"싸울 때 싸우더라도 우선은 먼저 떠난 이들의 주검을 수습하기로 하지요."

위지요는 대답을 기다리지도 않고 눈짓을 했다.

그의 눈짓을 받은 완함이 재빨리 명을 내렸고 한빙곡과 흑룡문의 제자들이 동료들의 시신을 수습했다. 상대가 그리 나오는데 소림이라고 가만히 있을 수는 없었다. 그들 역시 몸이 성한 반야당과 나한당 제자들을 중심으로 사형제들의 시신을 거두었다.

'젠장, 이게 무슨 장난질인가! 어차피 죽은 놈들이고 또 죽어나갈 놈들인데!'

한참 흥이 오른 마당에 싸움을 멈추게 된 반포는 다소 못마땅한 표정이었다. 다만 수습되는 시신들 중 삼분지 이가 흑룡문의 제자인데다가 또 북천의 우두머리인 위지요가 하는 일에 전격적으로 제동을 걸 수는 없었기에 잠자코 지켜볼 뿐이었다.

어느 정도 장내가 정리가 되었다고 판단한 위지요가 포권하며 살짝 허리를 숙였다.

"소생은 위지요라고 합니다."

상대가 예의를 차리는데 화를 낼 수는 없는 일. 공선도 합장을 하며 인사했다.

"아미타불! 소승은 공선이라 합니다."

"하하, 인불(人佛)이라 추앙받으시는 공선 대사셨군요. 이렇게 만나 뵙게 되어 영광입니다."

호탕하게 웃은 위지요가 다시 허리를 숙였다.

칭찬을 받아서 싫은 사람이 누가 있을까? 그러나 의도를 알 수 없는 칭찬은 오히려 부담스러운 법. 하물며 소림을 공격하는 적의 수장 입에서 나오는 칭찬이었다.

공선 대사는 별다른 대꾸 없이 살짝 굳은 얼굴로 위지요와 그의 주변에 포진되어 있는 인물들을 살폈다.

'내자불선(來者不善)이라. 이들의 기세가 흉험하기 그지없으니 위기를 벗어나기가 쉽지 않겠구나.'

공선 대사는 소림이라는 이름 앞에서도 전혀 주눅 들지 않고 당당한 위지요와 그를 따르는 수하들을 보며 가슴이 답답했다.

언뜻 보기에도 족히 사오백은 되어 보이는 인원이었다. 나한당의 제자들이 있었다면 모를까 그들이 본산을 떠나고 반야당의 어린 제자들마저 대다수가 목숨을 잃은 지금 소림의 인원은 백 명이 채 되지 않았다.

물론 소림에 적을 두고 있는 인원을 모두 합한다면 사백은 능히 육박했다. 하지만 그들 대부분은 무공보다는 불경(佛經)을 연구하고 수행에 정진하는 학승(學僧)으로 이런 상황에선 도움이 되지 못했다.

"그래, 소림과는 무슨 원한이 있어 이런 일을 벌이신 것이오?"

차갑게 묻는 공선 대사의 안색엔 은은한 노기가 피어올랐다.

"하하, 딱히 원한이 있어서 그런 것은 아닙니다. 다만 큰일을 도모함에 있어 소림의 양해를 구하고자 하여 온 것입니다."

위지요는 여전히 밝은 얼굴로 대답을 했다. 그러자 옆에서 듣고 있던 공능이 버럭 소리를 질렀다.

"양해를 구한다는 자들이 이토록 잔인한 살수를 펼친단 말인가! 그래, 보아하니 사천혈맹이라는 놈들이구나! 중천이냐?"

"흠, 설법(說法)이 아니라 욕이라… 꽤나 입이 걸걸한 스님이시구려.

아무튼 중천은 아니오."

오는 말이 고와야 가는 말도 고운 법. 위지요의 말투는 공선 대사를 상대할 때와는 분위기 자체가 달랐다.

"사천혈맹이 아니란 말이냐?"

위지요의 입가에 싸늘한 미소가 맺혔다.

"중천이 아니라고 했지 사천혈맹이 아니라고는 하지 않았소. 우리는 북쪽에서 왔소."

"북천!"

"아미타불!"

도대체 누가 있어 소림을 치려는 대범함을 보일 수 있단 말인가! 있다면 오직 패천궁과 근자에 모습을 드러낸 사천혈맹뿐. 어느 정도 예상했다지만 막상 소림을 침범한 이들이 북천임이 드러나자 누구 하나 놀라지 않는 사람이 없었다.

그러나 침착히 위지요를 응시하던 공은과 공선 대사는 위지요의 말 속에 담긴 뜻을 알고는 기겁하지 않을 수 없었다.

공은이 나직이 탄성을 내질렀다.

"성동격서(聲東擊西)!"

황보세가를 치는 듯 위협을 가하여 그쪽으로 병력이 모이게 한 후 소림을 치니 이것이 성동격서.

공선 대사가 힘없이 고개를 끄덕였다.

"조호이산(調虎移山)의 계."

산에서 호랑이를 쫓아낸다. 곧 소림의 제자들을 황보세가로 보내도록 유인하여 소림의 전력을 약하게 만들었음을 의미했다.

"하하, 그렇게 거창하게 말할 것은 아닙니다. 다만 일을 성사시키기 위해선 다른 곳보다는 소림을 우선적으로 도모해야겠기에 조금 바삐 달려왔을 뿐이지요."

"소림을 도모한다?"

차갑게 되묻는 공능의 말에는 불제자라 하기엔 민망할 정도의 살기가 묻어 나왔다.

"소림을 넘지 않고는 무림을 넘볼 수 없는 노릇."

위지요의 전신에서 절대자의 기도가 피어올랐다.

"저희가 잠시 동안 소림을 맡도록 하겠습니다."

한마디로 항복하라는 말이었다.

선언하듯 내뱉는 그의 말엔 자신감이 넘쳤다. 동시에 몸에서 뿜어져 나온 무서운 기운이 공선 대사를 압박했다.

"아미타불!"

소림을 이끄는 공선 대사는 결코 만만한 인물이 아니었다. 간단히 합장하는 것으로 압박해 들어오는 기운을 소멸시킨 후 조용히 대꾸했다.

"소림은 쉬운 곳이 아니라오."

그의 한마디엔 뭐라 할 수 없는 묵직한 힘이 있었다. 금방 표정을 고친 위지요가 말했다.

"쉽다고는 하지 않았습니다. 그렇다고 불가능한 것도 아니지요. 대사께서도 아시잖습니까?"

그것은 반론의 여지가 없는 사실이었다.

정확히 삼십육 명의 나한과 스물한 명의 금강, 그리고 숭산의 이곳저곳에 흩어져 홀로 수련 중이던 제자들이 속속 도착하고 보리원의 노고수들도 황급히 달려왔지만 상대적으로 턱없이 부족한 인원이었다.

그렇다고 약한 모습을 보일 수는 없었다.

"소림은 그 어떠한 위협에도 굴복하지 않소."

위지요는 추호의 흔들림도 없이 대답하는 공선 대사의 모습에서 소림의 저력을 느낄 수 있었다. 하지만 넘어야 할 산이었다.

"흠, 가급적 피를 보고 싶지는 않았는데 유감스럽게도 아직까지는 서로 간의 의견이 좁혀지지 않는군요. 대화는 잠시 후에 계속하도록 하지요. 충분한 조건을 만든 후에."

빙긋이 웃은 그가 몸을 돌렸다. 그리곤 고개를 끄덕였다.

동시에 터지는 함성.

"쳐랏!"

"와아아!!"

공격을 허락하는 눈빛을 본 반포가 기다렸다는 듯 뛰쳐나가고 흑룡문의 문도들이 그 뒤를 이었다.

몸을 돌려 걷던 위지요가 완함을 불렀다.

"완함."

"예, 곡주님."

"입이 지저분한 땡중이 고승의 허울을 뒤집어쓰고 있다."

공능을 말함인가?

"보았습니다."

비릿한 살소를 보인 완함이 슬며시 고개를 돌려 공능을 찾으며 대답

소림지루(少林之淚) 171

했다.

"버릇을 고쳐 놓아라."

"존명!"

공능이 막말을 늘어놓을 때부터 이미 그러한 명이 떨어지리라 예상하고 있던 완함이 순식간에 전장으로 뛰어들었다.

"청아야."

"예, 아버님."

"소림이 전력으로 부딪쳐 오는 한 우리도 모든 힘을 동원해야 할 것이다. 그렇지 않다면 낭패를 볼 수 있어. 설풍단(雪風團)은 물론이고 송림(松林)의 영감들도 한가로이 놀지 말라고 전해라."

"송림의 어르신들까지 말입니까?"

설풍단이라면 충분히 이해할 수 있었다.

직접 싸운 것은 아니나 조금 전 금강당과 나한당의 고수들이 얼마나 막강한 실력을 지니고 있는지 똑똑히 보았다. 특히 몇 명 안 되는 금강당의 고수들은 어째서 소림이 태산북두(泰山北斗)인지 뼈저리게 느끼게 해줄 정도로 대단했다. 그렇지만 송림의 어른들까지 나설 정도는 아닌 것 같았다.

"왜, 내 말이 이상하더냐?"

"소림이 강한 것은 알고 있습니다. 그러나 흑룡문과 설풍단이면 충분하지 않겠습니까?"

설풍단을 언급하는 위지청의 음성은 자부심이 가득했다.

그들은 한빙곡이 작심하여 키워낸 최고의 정예들로 어려서부터 온갖 영약과 비급을 지급받고 혹독한 수련에 단련된 자들이었다. 개개인의 무공이 이미 일류를 넘어섰고 특출한 능력을 보이는 몇몇은 일파의 어른들과 비교해도 조금의 손색도 없을 정도로 대단했다.

위지청의 명에 의해 위지요를 그림자처럼 수행하는 한빙오영이 대표적이었는데 위지요조차 그들 다섯의 합공이면 감당할 수 있을지 걱정이라고 칭찬할 정도였다. 어느 정도 과장 섞인 말이기도 하였으나 설풍단원의 능력을 단적으로 보여주는 예라 할 수 있었다.

그런 설풍단을 이끄는 사람이 바로 위지청이었다.

설풍단의 대원들은 곡주인 위지요가 아닌 자신들과 함께 고된 훈련을 이겨내고 지금껏 생사고락(生死苦樂)을 함께한 단주 위지청에게 절대적인 복종을 하였다. 그들은 또한 홀로 유랑을 떠난 위지황에게도 위지청 못지않은 지지를 보냈는데 위지황이야말로 북천, 아니, 설풍단이 배출한 최고의 고수이자 최고의 동료요, 그들의 우상이었기 때문이다.

아무튼 설풍단 백 명이면 못할 것이 없다고 여기는 위지청으로선 송림의 어른들까지 동원하라는 부친의 말을 이해할 수가 없었다.

그런 아들의 불만을 알기라도 하는 듯 차분히 전장을 살피던 위지요의 입에서 담담한 음성이 흘러나왔다.

"인원으로만 싸움을 하는 것은 아니다. 설풍단의 능력을 내 모르는 바는 아니나 소림이란 산의 골은 넓고도 깊구나. 하니 시키는 대로 하여라."

"알겠습니다."

다소 의구심이 들기는 했으나 거듭 당부하는 부친의 명령을 어길 수는 없었다.

위지청은 설풍단의 부단주이자 친우인 장방형(張倣形)에게 자신의 명이 떨어지면 언제라도 공격할 수 있도록 준비를 갖추라 당부하고는 한가로이 뒤따라오는 송림의 어른들에게 부친의 명을 전하기 위해 직접 달려갔다.

촌각의 시간이 흐르고 그는 스무 명 가까이 되는 노인들을 대동하고 싸움터에 모습을 드러냈다.

"어르신들을 모셔왔습니다. 한데 싸움이……."

전장으로 시선을 돌린 위지청은 믿을 수 없다는 듯 중얼거렸다. 싸움의 양상이 자신의 생각과는 전혀 다른 방향으로 흐르는 것이 아닌가.

압도적으로 몰아붙일 것이라 예상했던 그는 어느 한쪽이 우위라고 말할 수 없을 정도로 팽팽하게 진행되는 것을 보면서 깜짝 놀라지 않을 수 없었다.

"내가 말하지 않았더냐? 소림은 강하다고."

위지요는 당연한 결과라는 듯 말했지만 위지청은 아무런 대꾸도 할 수 없었다. 그저 놀란 눈으로 치열하게 전개되는 싸움을 지켜볼 뿐이었다.

"물러서지 마라! 공격, 공격하란 말이닷!"

반포가 점점 밀려나는 수하들을 보며 거칠게 소리쳤다. 하지만 그 역시 상황은 좋지 않았다. 조금 전 그를 막아섰던 사대금강에 막혀 또다시 힘겨운 싸움을 하고 있었기 때문이다.

"아미타불! 악도들에게 소림의 힘을 보여주어라!"

반포의 호통을 듣기라도 한 것일까?

좌측의 나한진을 진두지휘하는 공은의 입에서 제자들을 독려하는 음성이 터져 나왔다. 그의 음성에 발맞춰 나한들의 손에 들린 계도(戒刀)가 더욱 빠르게 움직이기 시작했다.

수적으로 크게 열세였던 소림은 나한진(羅漢陣)으로써 적을 상대했는데 중앙에 나한당의 제자들이 두 개의 십팔나한진(十八羅漢陣)을 펼치고 금강당의 제자들이 좌우에서 밀려드는 적을 상대했다.

평소 사용하던 단곤(短棍)이나 봉(棒)을 버리고 계도를 든 그들에게선 부처님을 모시는 불자임을 무색케 하는 살기가 뻗어 나오고 있었다.

아마도 수없이 많은 사형제들을 잃은 상황에서 자신들마저 무너진다면 소림의 명예가 땅에 떨어지는 것은 물론이요, 무림의 정기가 무너질지도 모른다는 위기감이 작용했기 때문이리라.

"크아악!"

그렇잖아도 정신없이 변화하는 나한진에 어찌 대응해야 할지 갈피를 잡지 못한 이들의 입에서 처절한 비명성이 터져 나오고 순식간에 십여 명도 넘는 인원이 목숨을 잃고 쓰러졌다. 하지만 물러서는 사람은 아무도 없었다. 흑룡문과 한빙곡의 무인들은 동료들의 시신을 밟으며 끝도 없이 나한진을 공격했다.

그렇게 잠시도 쉬지 않고 밀려드는 적에겐 아무리 신묘한 나한진이라도 중과부적(衆寡不敵). 결국 진을 구성하고 있던 나한 중 한 명이 큰 부상을 입고 말았다. 동료들에 비해 다소 무공이 짧았던 그가 진의 변화를 미처 따라가지 못했기 때문이었다.

그로 인해 한 치의 빈틈도 용납하지 않았던 나한진에 잠깐의 틈이 생기고 말았다. 비록 공은의 부름을 받고 다급히 달려온 금강당 제자의 합류로 진이 와해되지는 않았으나 나한진이 결코 넘을 수 없는 벽이 아니라는 것이 증명된 셈이었다.

"저들도 지쳤다! 두려워하지 말고 진격해라!"

나한진이 흔들리는 것을 집적 목격한 수뇌 중 한 명의 입에서 명령이 떨어지고 흑룡문을 돕기 위해 나선 한빙곡의 무인들이 더욱 거칠게 달려들었다.

하지만 잠시 흔들리기는 했어도 열여덟 명이 한 조가 되어 이루는 십팔나한진은 결코 만만치 않았다.

"원진(圓陣)!"

공은의 외침과 더불어 공세에서 수세로 진세가 변하고 그것이 자신들로 인해 위축된 것이라 여긴 한빙곡의 제자들은 더욱 기세를 올리며 진의 영향권 속으로 뛰어들었다.

"멍청한!"

적의 움직임이 속임수라는 것을 간파한 위지청이 자신도 모르게 욕설을 내뱉었다.

그의 말을 증명이라도 하듯 진의 영향권 내로 뛰어들었던 한빙곡의 무인들은 수세에서 갑자기 공세로 돌변한 나한진에 갇혀 아무것도 하지 못한 채 일방적으로 학살을 당하기 시작했다.

동에 번쩍 서에 번쩍 하는 나한들, 서로 간에 일정한 거리를 유지하며 종횡(縱橫)으로 움직이는 그들은 가히 폭풍과도 같은 힘으로 한빙곡의 무인들과 흑룡문도들을 쓸어갔다.

"사, 살려줘!"

"으악!!"

막힘이 없었다.

공은과 공문 대사의 주재 하에 오랫동안 호흡을 맞춰온 나한들이 하나가 되어 펼치는 십팔나한진의 위력 앞에 한빙곡과 흑룡문의 무인들은 바람 앞의 촛불이었다. 그들은 어찌 대응해야 할지 그 방법을 찾지 못하고 우왕좌왕했다.

거기에 일당백의 실력을 보여주고 있는 금강당의 고수들, 또한 소림의 위기를 알고 나타난 보리원의 노승들은 비록 그 수는 얼마 되지 않아도 선발로 나선 한빙곡과 흑룡문의 기세를 압도하고도 남음이 있었다.

시간이 지날수록 피해는 기하급수적으로 커지고 사기는 땅에 떨어졌다.

"흠, 역시 소림이군. 대단해."

다소 무거운 표정으로 전황을 살피는 위지요의 등 뒤에서 들려오는 청수한 음성. 고개를 돌린 위지요가 인상을 찌푸렸다.

"뻔히 알면서 이렇게 굼뜨게 행동하면 어찌합니까?"

"이놈아! 어디 너도 한번 나이를 먹어봐라. 빠릿빠릿하게 움직일 수 있나."

천하를 노리는 북천의 천주에게 누가 감히 이놈 저놈 할 수 있을까?

하나 부친인 위지요의 의제(義弟)이자 어려서부터 그에게 무공을 가르쳐 온 우문걸(宇文傑)은 능히 그리고도 남음이 있었다.

"도와주랴?"

우문걸이 음흉한 미소를 지으며 물었다.

위지요가 대답하기도 전에 앞으로의 상황이 어찌 돌아갈지 뻔히 알고 있던 위지청이 쓴웃음을 지으며 입을 열었다.

"설풍단을 움직이겠습니다. 나한진을 맡지요."

위지요로부터 그렇게 하라는 눈짓을 받은 위지청이 사라지자 그가 예상했던 대로 위지요와 우문걸 사이에선 요상한 흥정이 시작되었다.

그리고 천하의 명주(名酒)라 일컬어지는 소흥(紹興) 가반주(加飯酒), 그중에서도 이제는 제조법조차 제대로 전해지지 않는 봉래춘(蓬萊春)을 구해주는 것으로 흥정은 끝을 맺었다.

"녀석이 나한진을 뚫는다고 했으니 우리는 저들을 맡으면 되는 것이냐?"

지금껏 농을 하며 떠들던 우문걸이 입가에 지은 미소를 지우지 않고 금강당의 제자들을 가리키며 물었다.

"그쪽은 아닙니다."

위지요가 고개를 흔들었다.

"어째서?"

"금방 무너질 듯해도 흑룡문엔 아직 충분한 여력이 있습니다. 직접적인 명령이 떨어지지 않는 한 문주가 저리 힘든 싸움을 해도 움직이지 않는 괴팍한 자들 말입니다."

"흑면살귀(黑面殺鬼)들 말이구나. 웃기는 놈들이야. 뭐 가릴 게 있다고 귀신탈을 쓰고 있는지."

"그래도 실력은 있는 자들입니다."

정확히 삼십 명. 하나같이 시꺼먼 귀면으로 얼굴을 가린 사내들을 보며 입을 열던 위지요는 미동도 없이 전장을 주시하던 그들이 서서히 움직이는 것을 보며 피식 웃음을 터뜨렸다.

"이제 움직이는 것을 보니 사대금강은 탁탑천왕에게도 힘에 부치는 모양입니다."

"탁탑이고 나발이고 그런 건 알고 싶지 않다. 그래, 우리는 누구를 상대하면 좋겠느냐?"

"저들입니다."

위지요가 손가락을 치켜들었다.

손가락을 따라 시선을 옮기던 우문걸이 고개를 끄덕였다.

"참으로 적당한 상대로구나."

그의 얼굴에 처음으로 긴장의 빛이 흘렀다.

위지요가 지적한 상대는 바로 소림 방장 공선 대사를 비롯한 보리원의 고승들. 송림이 북천의 진정한 힘이라면 소림의 힘은 바로 보리원의 고승들이라 할 수 있기 때문이었다.

'젠장, 입만 요란한 땡중인 줄 알았더니 이런 실력을 지니고 있을 줄이야……'

어깨를 들썩이며 힘겹게 숨을 고르는 완함은 이 장 정도 떨어진 곳에서 그와 마찬가지로 거친 숨을 내뱉으며 차분히 노려보는 공능의 모습에 혀를 내둘렀다.

그와 손속을 나눈 지 벌써 이각여. 알고 있는 모든 무공과 경험을 동원하여 전력으로 맞부딪쳤지만 어찌 된 일인지 상대는 꿈쩍도 하지 않았다.

공능의 무공은 눈이 휘둥그레질 정도로 위압적이지 않았고 날카롭지도 않았으며 그다지 빠르지도 않았다.

처음 공격했을 때만 해도 짧으면 십여 수, 길어야 이십여 수면 충분히 제압하리라 여겼다. 하나 거센 비바람이 몰아쳐도 굳건히 버텨내는 잡초처럼 공능은 모든 공격을 완벽에 가깝도록 막아냈다.

일각이 넘는 시간 동안 그가 성공한 공격은 어깨와 팔뚝에 약간의 검상을 남긴 것이 전부였다. 그것도 자신의 가슴 한곳에 커다란 손자국을 만들면서.

'징그러운 땡초 같으니!'

솔직한 마음으론 당장에라도 싸움을 멈추고 싶었다. 이상하게 전의가 불타오르지 않는 데다가 아무리 공격을 해도 쉽사리 이길 것 같지 않기 때문이다. 그러나 위지요로부터 직접 명령을 들은 이상 반드시 끝장을 봐야 했다.

"그래, 어디 한번 해보자구!"

기합을 넣으며 재차 기운을 끌어 모으는 완함의 눈에서 시퍼런 불길이 일었다.

지그시 뜬 눈으로 그를 응시하던 공능이 합장을 풀고 양손에 기를 끌어 모았다. 지금껏 완함을 괴롭힌 천불장(千佛掌)의 은은한 기운이 손끝에서 피어올랐다.

"타핫!"

힘찬 기합성과 함께 완함의 검이 공능에게 쇄도했다.

공능은 빙글빙글 손을 돌리며 손끝에서 흘러나오는 기운으로 검의 방향을 바꾸었다.

'빌어먹을!'

재차 검을 휘둘러 검기를 내뿜어보았지만 순식간에 수십, 수백으로 늘어난 수영(手影)이 거대한 장막을 치며 힘을 해소시켰다.

'괴물 같은 중늙은이 같으니!!'

완함의 얼굴이 일그러졌다.

조금 전과 똑같은 양상이었다. 혼신의 힘을 다한 검은 마치 귀신에라도 홀린 듯 상대의 맨손에 이끌려 번번이 목표를 빗나갔고 회심의 일격 또한 허무하게 막히고 말았다. 이쯤 되면 체념이고 뭐고 아무것도 생각할 수가 없었다.

"으아아아!!"

미친 듯이 달려드는 완함. 그의 모습에선 이미 날카로운 면은 찾아볼 수 없었다.

"아미타불!"

크게 불호성을 내뱉은 공능이 유연한 눈으로 그의 움직임을 파악하며 손을 뻗었다.

공능은 때로는 부드럽게 상대의 예봉을 피하고 때로는 강맹하게 손을 놀렸다. 그의 움직임에 막혀 완함의 검은 점점 그 날카로움을 잃는가 싶더니 어느 순간 움직임이 멈춰 버렸다. 공능이 칠십이절예 중 하나인 금강수(金剛手)의 기운을 일으켜 검을 낚아챈 까닭이었다.

"뭐, 뭐야!"

당황한 완함이 미처 대처하지 못하는 순간, 금강석처럼 단단하게 변한 공능의 손이 검을 내려쳤다.

땅!

완함은 처음부터 금이라도 난 듯 너무나도 쉽게 부러지는 검을 멍청한 눈으로 바라보았다. 그리고 그가 정신을 차렸을 땐 공능의 장력이 그의 가슴속을 파고들고 있었다.

깜짝 놀라기는 했으나 걱정은 하지 않았다.

천만다행으로 위기를 보고 도와주는 사람이 있었고 공능은 그의 옆구리를 치고 들어오는 공격을 막아내기 위해서 장력을 거둘 것이다. 문제는 벌써부터 느껴지는 위지요의 따가운 눈초리였다.

'젠장, 죽었군.'

훌쩍 뒤로 물러나는 완함의 얼굴이 일그러졌다. 살아도 산 느낌이 아니었다.

* * *

"아이구야! 힘들다, 힘들어. 어차피 오늘내일 도착할 것도 아닌데 조금 쉬었다 가죠."

아침부터 꽤나 오랫동안 걸음을 걸어서 그런지 죽을상을 한 뇌전이 바닥에 주저앉았다.

"쯧쯧, 그러기에 자빠져 누워 있으라 했잖아. 그 몸으로 움직이는 것은 아직 무리라고. 누가 고집 피우래! 어서 일어나!"

해웅이 무지막지한 손으로 귀를 잡아끌며 소리쳤다.

"젠장, 너무 그러지 마세요. 그렇잖아도 힘들어 죽겠는데. 엄청 후회하고 있다고요."

재빨리 팔을 뿌리치며 한 걸음 물러난 뇌전이 볼멘소리를 했다.
웃으면서 둘을 지켜보던 강유가 앞서 걷고 있는 남궁민에게 다가갔다.

"잠시 쉬는 것이 좋을 듯합니다. 말을 안 해서 그렇지 다들 꽤나 힘들어합니다."

남궁민이 힐끗 고개를 돌렸다.

강유의 말대로였다.

천뢰대와 몇몇을 제외하고는 힘든 표정이 역력했다. 특히 부상 정도가 심했던 천도문과 연능천 등의 안색은 말이 아니었다.

"조금만 더 걷지요. 어차피 요기도 해야 할 터이니. 가까운 객점이나 주루가 보이면 그곳에서 휴식을 취하는 것이 좋겠네요."

아무것도 없는 산길에서 쉬는 것도 좋은 생각은 아니었다. 남궁민의 말에 일리가 있다고 생각한 강유가 고개를 끄덕였다.

"알겠습니다. 그리고……."

다른 할 말이라도 있는지 강유가 남궁민의 안색을 살폈다.

"다른 할 말이라도 있나요?"

그녀가 눈빛을 반짝이며 물었다.

"험, 다른 것이 아니라 저 친구 말입니다."

순간, 그녀의 얼굴이 한기와 홍조(紅潮)가 동시에 어우러지는 기이한 표정으로 변했다.

"아마 끝까지 따라올 요량인 것 같습니다만 차라리……."

"차라리라니요?"

질문을 던지는 남궁민의 어조가 실로 날카롭다. 그러나 아예 작심을 한 듯 크게 심호흡을 한 강유는 물러서지 않고 대꾸했다.

"그가 무림과는 다소 거리가 있는 상계(商界) 사람이기는 하나 그에게 무공을 사사해 준 어른이 백도의 어른이라 했으니 친구나 마찬가지입니다. 그리고 몸은 저렇게 약해 보여도 제법 실력이 있습니다. 특히 그를 수행하는 자의 무공은 장난이 아닙니다. 최소한 저와는 동수(同手)라 생각됩니다."

"설마요? 그렇게 보이지는 않았는데."

남궁민이 두 눈을 크게 뜨며 물었다.

강유와 동수라면 남궁세가에선 그를 상대할 사람이 그녀뿐이라는 소리가 아닌가.

"은연중 시험을 해봤는데 틀림없습니다. 함께한다면 큰 도움이 될 것입니다."

"그래도……."

거듭되는 강유의 말에도 남궁민은 그다지 탐탁지 않은 표정이었다.

"중요한 것은……."

잠시 말을 끊은 강유는 남궁민과 저 멀리 뒤따라오는 두 명의 사내를 번갈아 응시하면서 말을 이었다.

"누가 뭐라 해도 그는 끝까지 쫓아올 것이라는 겁니다. 물론 우리가 그에게 따라오라 마라 할 권리도 없지요."

"하하, 맞습니다. 꽤나 믿음직한 친구입니다. 덩치에 비해 술도 잘 마시고. 헛!"

입을 열던 해웅은 날카롭게 치켜뜨는 그녀의 시선에 깜짝 놀라며 입을 틀어막았다.

"벌써부터 술을 나눠 마실 정도로 친분이 생긴 모양이군요."

"그, 그게 아니라……."

"강 호법도 마셨나요?"

물론이었다. 지난밤에도 주거니 받거니 두 동이의 술을 비웠으니까. 하나 지금 시인을 했다간 될 일도 안 될 터였다.

"그런 일은 없습니다."

말을 하면서 해웅을 노려보는 강유는 쓸데없이 입을 놀리지 말라는 듯 두 눈을 부라렸다.

"홍, 과연 그럴까요?"

남궁민은 믿지 못하겠다는 듯 콧방귀를 뀌며 고개를 돌려 약 삼십여 장 뒤에서 어기적거리며 걸어오는 사내를 바라보았다.

이리저리 고개를 돌려가며 주변을 살피는 것이 영락없는 철부지 애송이였다.

"고향이 산동이라 했던가요?"

"예, 위해(威海) 어디라고 들었습니다."

"흠."

남궁민은 정확히 나흘 전 머물던 객점에서 식사를 하던 중 점잔을 빼며 접근했던 그를 잠시 떠올렸다.

강호초출(江湖初出)이라고, 대화하는 것을 엿들었는지 명성이 자자한 남궁세가를 만나게 되어 반갑다고 인사하던 청년. 가주를 만나서 인사해야 한다고 호들갑을 떨다가 정작 자신이 가주임을 밝히자 어쩔 줄을 몰라 하며 안색을 붉히더니 이후, 시간만 나면 접근해 입을 헤벌리고 몽롱한 눈으로 쳐다보는 백면서생.

'이름이······.'
 남궁민이 초승달 모양처럼 아름다운 아미를 살짝 찌푸리며 생각에 잠겼다.
 '위황··· 그래, 위황이라고 했었지.'

     *   *   *

 싸움은 점점 막바지로 치닫고 있었다.
 팽팽했던 싸움은 위지청과 설풍단, 그리고 탁탑천왕 반포의 명을 받은 흑면살귀들이 본격적으로 움직이면서 점차 북천의 우위로 돌아섰다. 특히 소림의 가장 중요한 전력이라 할 수 있는 보리원의 고수들이 송림의 고수들과 한 치의 양보도 없는 치열한 싸움을 벌이느라 묶이면서 전세는 급격히 기울기 시작했다.
 "와아아!"
 엄청난 함성이 터져 나왔다.
 설풍단에 의해 마침내 좌측의 나한진이 무너지는 소리였다.
 진의 약점을 집요하게 파고들던 장방형이 힘든 기색이 역력한 한 제자에게 회심의 일격을 날렸고, 그는 장방형의 공격을 감당하지 못하고 쓰러졌다.
 계속 몰아쳐 오는 적을 상대하느라 가뜩이나 지친 상태에다가 하나가 되어 움직여야 할 진에 약점마저 생기자 결국 몇 배가 넘는 적을 상대하면서도 그토록 굳건히 버텨내던 십팔나한진은 더 이상 견디지 못하고 무너지고 말았다.

진이 무너지자 뿔뿔이 흩어진 나한들은 곧 성난 설풍단원들의 공격에 하나둘 목숨을 잃거나 포로가 되고 말았다.

"애썼다."

"휴~ 말도 마라. 나한진… 소문으로만 들었지 정말 지독하다. 다시는 상대하고 싶지 않아."

위지청의 격려에 장방형은 고개를 절레절레 흔들며 대꾸했다.

"그러게. 너무 많은 피해를 입었어."

"열둘이 죽었다."

"아니, 스물일곱이야."

위지청은 무슨 소리냐는 장방형의 시선에 거의 무너지고 있는 우측의 나한진을 가리켰다.

그쪽에서 나한진을 공략하고 있던 설풍단원도 열다섯이나 목숨을 잃었다는 말이었다.

"젠장, 지칠 대로 지친 상대와 싸우면서 이런 한심한 꼴이라니. 지나가는 개가 웃겠다."

"그래도 저쪽보다는 상황이 나아."

쓴웃음을 지은 위지청이 금강당의 제자들과 치열하다 못해 처절한 싸움을 벌이고 있는 흑면살귀를 가리켰다.

삼십 명이나 되었던 인원 중 살아남은 사람은 고작 일곱 정도였고 그나마 멀쩡한 사람은 단 두 명에 불과했다. 그에 반해 크고 작은 부상을 당했지만 금강당의 제자들은 반수가 넘는 인원이 살아서 움직이고 있었다.

"장난 아닌데. 흑면살귀라면 제법 실력있는 자들이잖아."

소림지루(少林之淚) 187

"흑룡문에서 고르고 고른 정예들이야. 솔직히 설풍단에서도 저들을 이길 수 있는 사람은 이십도 안 될걸."

"그런 놈들을 거의 전멸에 가깝도록 작살을 내고도 반수가 훨씬 넘게 살아남았단 말이야? 그것도 수적으로도 열세인 상황에서? 이거야 원, 나한진하고 싸운 것을 다행이라고 해야겠구만."

위지청은 다소 과장된 몸짓으로 엄살을 피우는 장방형에게 어깨를 들썩이며 말했다.

"이제는 우리가 상대할 차례다."

"흑룡문에서 알아서 하겠지."

관심없다는 태도였다.

"흑룡문주의 체면을 봐서라도 몰살당하는 것은 막아줘야 돼."

"피해가 커질 텐데?"

장방형의 얼굴이 심각해졌다.

나한진을 무너뜨리는 데 꽤나 많은 동료들이 목숨을 잃었다. 몇 남지 않았지만 금강당의 제자들은 어쩌면 그보다 많은 희생을 요구할지도 몰랐다.

"다 나설 것은 없어. 저들도 꽤나 지쳤을 테니까 나하고 너, 그리고 위에서 스무 명 정도면 되지 않을까?"

"충분하겠지. 음, 위에서 스무 명이라… 하긴, 그게 쓸데없는 피해를 막는 방법이긴 하다."

위에서 스무 명이면 개개인의 실력이 흑면살귀를 능가하고 남음이 있었다. 멀쩡한 몸이라면 모를까 피로와 부상에 지친 상대라면 큰 피해 없이 굴복시킬 수 있었다.

"빨리 움직여야겠다. 그 사이 다 당하고 말겠어!"

또다시 피를 뿌리며 쓰러지는 흑면살귀를 보며 위지청이 소리쳤다.

"당하든지 말든지."

장방형이 시큰둥하게 대꾸했다.

"장난치지 말고 서둘러서 따라와. 먼저 갈 테니까."

위지청은 그의 대답도 기다리지 않고 상대로 점찍은 금강당의 제자를 향해 몸을 날렸다.

"젠장, 급하기는."

몇몇 설풍단원에게 눈짓을 보내곤 그를 따라 움직이는 장방형의 얼굴은 잔뜩 찌푸려져 있었다.

"졌소."

고개를 떨구는 우문걸의 입에서 허탈하기 그지없는 음성이 흘러나왔다.

"아미타불! 소승이 운이 좋았습니다."

공선 대사가 가쁜 숨을 진정시키며 대답했다.

"아니오, 그것을 어찌 운이라 하겠소? 분명한 실력이었소."

우문걸은 세 조각으로 나뉘어 나뒹구는 검을 살피며 또다시 한숨을 내쉬었다.

"내 지금껏 이토록 위력적인 지공(指功)은 경험해 보지 못했소. 검을 박살 내고도 여력이 남아 이만한 상처를 입히다니. 대사의 공력이 조금만 더 깊었다면 이렇듯 마주 보고 있지도 못할 터. 손속에 인정을 두어서 고맙소."

"아미타불!"

공선 대사의 안색이 살짝 붉어졌다.

곳곳에서 제자들의 비명성이 들리고 죽고 죽이는 상황에서 어찌 손속에 인정을 둘까. 우문걸을 상대했던 그의 마음속에는 오로지 눈앞의 적을 빨리 쓰러뜨리고자 하는 살심뿐이었다.

"실례가 되지 않는다면 어떤 무공인지 알 수 있겠소?"

"일지선공이라 합니다."

"일지선공이라… 들어본 적이 있는 것 같소."

소림이 자랑하는 칠십이절예 중에 일지선공이라는 무공이 있다는 것을 기억해 낸 우문걸이 고개를 끄덕였다. 하나 그것이 방장에게만 전수되는 것임을 그는 알지 못했다.

"어쨌든 패자는 말이 없는 법. 노부는 이대로 물러나겠소. 보내주시겠소?"

"……."

눈앞의 상대는 보리원의 고수들을 상대하고자 고수들을 이끌고 싸움에 참여한 자였다. 모르긴 몰라도 북천에서도 꽤나 높은 신분을 지닌 자가 분명할 터였다.

'그를 사로잡으면 어떨까?' 하는 마음이 잠시 들었다. 하지만 그를 사로잡거나 쓰러뜨린다고 하여 끝날 싸움이 아니었다. 북천의 진정한 우두머리는 그가 아니라 멀리서 싸움을 지켜보는 위지요였기 때문이다.

또한 상대에겐 아직 여력이 있어 보였다. 스스로 물러난다는 사람을

군이 상대하느라 시간을 빼앗기느니 차라리 다른 사람을 상대하는 것이 나을 듯했다.

"아미타불!"

잠시 생각에 잠겼던 공선 대사가 가벼운 불호성과 함께 몸을 돌렸다. 그리곤 송림의 다른 고수를 찾아 걸음을 움직였다.

"크헉!"

공선 대사의 등을 무심히 쳐다보던 우문걸이 검붉은 피를 토해내며 휘청거렸다.

겉으로는 멀쩡해 보였고 공선 대사 정도의 고수가 눈치를 못 채고 그냥 물러날 정도로 당당하게 행동했지만 사실 그가 입은 내상은 목숨을 걱정할 정도로 치명적이었다.

방어막을 뚫고 들어온 공력이 그의 오장육부를 뒤흔들었고 손가락 끝에서 흘러나온 한줄기 기운이 예리한 칼이 되어 근육을 자르고 뼈를 부숴 버렸다. 그럼에도 태연히 대화를 나누었던 것은 적에게 비참한 꼴을 보이지 않겠다는 그의 마지막 자존심의 발로였다.

"괜찮으십니까?"

어느새 다가온 한빙오영이 우문걸을 부축했다.

우문걸은 그들의 도움을 거절하지 않았다.

"부끄러운 모습을 보였구나."

입을 여는 것은 패배의 아픔을 감내하고 있는 존장에 대한 예의가 아니란 생각에 한빙오영은 모두 다 입을 다물고 있었다.

"허! 인품만 훌륭한 줄 알았더니 무공 또한 대단하군. 과연 소림을 이끌 만한 인물이야, 공선 대사는."

공선 대사와 우문걸의 싸움을 주의 깊게 살펴보다 우문걸의 패배를 직감하고 한빙오영을 급파했던 위지요는 자존심이 강하기로 견줄 사람이 없다는 우문걸이 스스로 패배를 자인하고 그것도 부족해 한빙오영에게 꼼짝없이 업혀오는 것을 보며 고개를 절레절레 흔들었다.

"그래도 끝난 싸움 아닙니까?"

명령을 수행하기는커녕 공능의 손속에 하마터면 비명횡사(非命橫死)할 뻔한 완함이 가슴의 상처를 어루만지면 입을 열었다.

위지요는 아무런 대꾸도 없이 그저 한심해 죽겠다는 듯한 시선으로 완함을 노려보았다.

그의 입에서 짧은 한숨이 흘러나왔다.

"따라와."

"예? 어, 어디를?"

한바탕 호통이 터질 것이라 예상했던 완함이 놀란 눈으로 되물었다.

"어디긴, 이쯤 되었으면 싸움을 끝내야 할 것 아냐."

신경질적으로 대답한 위지요는 멍청히 쳐다보는 완함을 뒤로하고 성큼성큼 걸음을 옮겼다.

'헛!'

우문걸을 쓰러뜨리고 또 다른 상대를 찾아 몰아붙이고 있던 공선 대사는 난데없이 밀려드는 살기에 기겁하며 몸을 틀었다. 찰나의 시간만 더 있었더라도 비틀거리는 상대에게 결정타를 가할 수 있었겠지만 그랬다간 자신도 무사하지 못할 것. 그는 아쉬운 마음을 애써 접고 뒷걸음질쳤다. 그리곤 자신에게 살기를 뿜어낸 상대를 찾아 고개를 돌렸다.

"아미타불! 위 시주였구려."

상대가 위지요라는 것을 발견한 공선 대사의 안색이 긴장으로 물들었다.

"싸우고자 하는 것이 아니니 그렇게 긴장하실 것 없습니다. 모두 멈춰라!"

그의 호통 소리에 금강당의 제자들을 몰아치던 설풍단이 물러나고 보리원의 고수들과 힘겨운 싸움을 하는 송림의 고수들도 싸움을 멈추었다.

단 한 마디로 싸움을 중지시킨 위지요가 부드러운 미소를 지으며 말했다.

"이쯤에서 끝내는 것이 어떻겠습니까?"

"……."

나름대로 열심히 싸웠음에도 소림이 밀리고 있다는 것은 부인할 수 없는 사실이었다. 위지요가 도대체 어떤 의미를 가지고 그런 말을 하는지 알 수 없었던 공선 대사는 그저 아무런 말도 없이 위지요를 노려보았다.

"소림의 힘은 충분히 보았습니다. 꽤나 많은 전력이 빠졌는데도 '과연 소림이다!' 라는 소리가 절로 나올 정도로 대단했습니다. 하지만 이 이상은 무리가 아니겠습니까?"

"아미타불! 아직 끝난 것이 아니라오."

공선 대사가 애써 반박을 했다. 그러나 그의 음성은 공허하기 짝이 없었다.

"나한진이 무너졌습니다. 그리고 나머지 인원도 모두 제압당했습니다."

"아미타불!"

공선 대사의 얼굴이 참담하게 일그러졌다.

"아직 우리들이 남았다!"

완함을 격퇴하고 송림의 고수와 치열한 접전을 펼친 공능이 앞으로 나서며 소리쳤다. 그러자 위지요가 슬며시 완함을 노려보았다.

'빌어먹을 땡중 같으니!'

눈길의 의미를 알고 있던 완함이 입술을 깨물며 고개를 떨구었다. 공능만큼은 무슨 일이 있더라도 박살 내버리겠다는 굳은 다짐과 함께.

"쯧쯧쯧."

그가 무슨 생각을 하고 있는지 뻔히 내다본 위지요가 한심스런 표정으로 혀를 차고는 공능에게 시선을 던지며 입을 열었다.

"물론 알고 있소. 뭐라 말할 수 없을 정도로 대단하였소."

위지요의 말은 빈말이 아니었다. 그는 진실로 감탄하고 있었다. 송림의 고수들이 어느 정도의 실력을 지니고 있는지 익히 알고 있었던 그는 그들이 소림의 고승들과 충분히 겨룰 수 있으리라 여겼다. 하나 그것이 얼마나 큰 오산이었는지 많은 시간이 흐르지 않아도 알 수 있었다.

수는 비슷했다. 아니, 어떻게 보면 송림에 속한 고수들이 몇 명 더 많았다. 하지만 결과를 놓고 보자면 참패나 다름없었다.

송림의 수장인 우문걸이 공선 대사에게 치명적인 부상을 당했고 삼분지 일이 넘는 인원이 목숨을 잃었다. 물론 그들이 승리하는 경우도 있었으나 입은 피해에 비하면 내세울 가치도 없는 수준이었다.

위지요가 서둘러 싸움을 멈추고자 하는 이유 중엔 이미 끝난 싸움에 구태여 피를 보고 싶지 않은 마음도 있었지만, 사실은 더 이상 송림의 고수들을 잃고 싶지 않은 마음 때문이었다.

"그러나 얼마나 더 버틸 수 있겠소?"

"감히!"

발끈하려던 공능은 쉽게 대답을 할 수 없었다.

나한진이 무너지고 금강당의 제자들 중 태반이 죽거나 큰 부상을 당했다. 애당초 무공이 약한 반야당의 제자들은 나한진이 무너지는 시점에서 모조리 제압을 당했다. 남은 사람은 사대금강과 보리원의 고수들뿐이었는데 그들 역시 당장에라도 주저앉아 쉬고 싶을 만큼 지친 상태였다. 문제는 그만한 싸움을 치르고도 상대는 아직도 상당한 전력을 갖추고 있다는 점이었다.

공능이 입을 다물자 살짝 냉소를 지은 위지요는 공선 대사에게 공손한 어투로 말을 이었다.

"싸움이 계속된다면 저들의 목숨을 장담할 수 없습니다."

"아미타불!"

부상을 당하거나 사로잡힌 제자들의 목숨이 위태로울 수 있다는 말에 공선 대사의 눈이 절로 감겼다.

"그리고 나머지 사람들의 목숨도 안전하지는 못할 것입니다."

말의 의미가 섬뜩했다.

계속해서 대항을 한다면 무승뿐만 아니라 학승까지 피해를 볼 수 있다는 의미.

순간, 공선 대사의 눈이 번쩍 떠졌다.

치미는 분노를 감당하지 못한 듯 단전까지 늘어진 수염이 마구 흩날렸다.

"무공을 모르는 불제자까지 살상하겠다는 말이오!!"

위지요는 자신을 향해 쏟아져 오는 기운을 피하지 않았다.

"그들 역시 소림의 제자들입니다."

"아미타불!!"

비로소 말뜻을 이해한 다른 고승들이 분노의 불호성을 터뜨리고 당장에라도 공격할 듯 자세를 잡았다. 그러자 송림의 노고수들을 비롯하여 설풍단의 무인들이 위지요를 감싸듯 보호하며 그들을 포위해 버렸다.

"말귀를 못 알아듣는 인간들과는 대화가 되지 않습니다. 차라리 모조리 도륙을 내버리지요!"

사대금강에 막혀 지금껏 고전을 한 반포가 씩씩거리며 소리쳤다. 그의 시선은 지금도 오로지 사대금강에게 꽂혀 있었다.

그의 말을 간단히 무시한 위지요가 재차 물었다.

"제가 소림을 배려할 수 있는 것은 여기까지입니다. 항복하시겠습니까? 아니면……."

공선 대사의 체면을 생각해서인지 위지요는 말꼬리를 흐렸다. 하나 그 뒷말을 모르는 사람은 아무도 없었다.

'아미타불! 정녕, 정녕, 이대로 끝나는 것인가!'

공선 대사는 참담한 마음을 가눌 길이 없었다.

소림이 언제 이와 같은 대접을 받은 적이 있던가?

과거 패천궁에게 잠시 패배감을 맛본 적이 있으나 이렇듯 무참하지는 않았다.

"우리가… 소림이 어찌하길 바라시오?"

선택의 여지가 없었다. 공선 대사가 힘없이 물었다.

"방장 사형!!"

"방장!"

공능을 비롯하여 보리원의 고승들이 깜짝 놀라 소리쳤으나 공선 대사는 묵묵히 고개를 흔들었다.

"늙은 우리들이야 목숨을 버린들 아깝겠나? 하나 어린 제자들을 생각해야 하네. 또한 두려움에 떨고 있을 다른 제자들도."

공선 대사의 음성은 듣는 것만으로도 가슴이 찢어질 만큼 크나큰 좌절과 절망을 담고 있었다.

'치욕을 당하느니 죽음을 택해야 한다' 고 주장하고 싶었으나 공능은 그 말을 차마 입 밖으로 낼 수 없었다. 가늘게 떨리는 공선 대사의 어깨를 보면서 그의 심정을 조금이나마 이해했기 때문이었다.

어느 정도 의견이 통일되었다고 판단한 위지요가 반색하며 입을 열었다.

"몇 가지 일에만 협조해 주시면 됩니다. 그뿐입니다."

분명 쉽지 않은 일일 것이다.

"말해 보시오."

"우선 이곳을 우리 북천의 임시 거처로 삼을 것입니다. 가급적 불편을 드리지 않도록 외원(外院)에서 머물도록 하겠습니다."

공선 대사는 계속하라는 듯 침묵을 지켰다.

"오늘 이후 소림의 제자는 일체의 활동을 금할 것입니다. 오직 절 안에서만 생활을 해야 할 것이고 무림의 일엔 관여해서는 안 됩니다. 또한……."

가장 핵심적인 말을 해야 하는 순간이기에 위지요는 잠시 숨을 골랐다.

"무공을 익혔든 그렇지 않든 간에 소림의 모든 제자들은 하루에 한 번씩 군자산(君子散)을 복용해야 합니다. 단 한 사람도 빠져서는 안 될 것이며 해독을 하려 하거나 거짓으로 복용을 해도 안 됩니다. 또한 절대로 탈출을 기도해서는 안 됩니다. 만일 이러한 일이 발생할 경우 약속하건대 반드시 그만한 대가를 치르게 될 것입니다."

"아미타불!"

모두의 입에서 참담한 불호성이 터져 나왔다.

군자산이 무엇이던가? 독은 독이되 인체에 큰 해가 되지 않는, 오직 내공만을 흩트려 무공을 사용하지 못하게 하는 독이었다. 그것을 매일같이 복용하고 일체의 활동을 금지한다는 것, 한마디로 감옥에 갇힌 죄수처럼 꼼짝 말라는 소리였다.

"다 끝났소?"

애써 태연한 표정을 지은 공선 대사가 물었다.

"그렇습니다. 이상만 지켜주시면 어떠한 일이 있더라도 소림에 피해가 가는 일은 없을 것입니다. 받아들이시겠습니까?"

"이미 받아들일 수밖에 없지 않소."

"감사합니다, 대사."

위지요는 승자의 웃음 대신 허리를 꺾어 인사를 했다. 그로선 나름대로 예를 표한 것이지만 그것이 더 굴욕감을 주었다.

"감사라… 패한 자에게 하는 위로의 말로는 그다지 어울리지 않는 것 같소."

공선 대사는 허탈한 웃음을 지으며 몸을 돌렸다. 그리곤 사대금강 중 으뜸인 명종을 불렀다.

"명종아."

"예, 사부님."

눈물을 흘렸는가? 두 눈을 붉게 물들인 명종이 다가와 무릎을 꿇었다.

"들었느냐?"

"예, 사부님."

"사부는 천년소림에 참으로 씻을 수 없는 대죄를 지었구나."

"사부님의 잘못이 아닙니다."

공선 대사는 처연한 미소를 띠며 고개를 흔들었다.

"아니다. 이 모든 것이 방장인 내가 어리석어 벌어진 일. 어찌 변명을 하겠느냐? 못난 사부는 그 책임을 지고 싶구나."

"사부님!"

처연한 공선 대사의 음성에 뭔가 불안감을 느낀 명종이 황급히 고개를 쳐들었다.

공선 대사는 명종의 시선을 외면하고 참담한 눈물을 흘리고 있는 사형제와 제자들을 향해 입을 열었다.

소림지루(少林之淚) 199

"계율원주는 잠시 후 녹옥불장(綠玉佛杖)을 그에게 전하게."

방장의 신물인 녹옥불장을 전하라는 것은 곧 방장의 지위를 명종에게 넘긴다는 것을 의미했다.

"아미타불!"

이미 명종을 부를 때부터 그와 같은 일을 예상한 계율원주는 불호로써 대답을 했다.

"제, 제자는, 제자는 실로 감당하기 힘듭니다."

명종이 고개를 흔들며 사양했다.

"내 너를 믿고 있음이니 거절하지 말고 따르도록 하여라."

"사부님!"

공선 대사가 흐느끼는 명종의 어깨를 가볍게 두드려 주었다.

"소림을 부탁하마."

참으로 듬직한 제자였다. 어느새 중년을 훌쩍 넘긴 나이가 되었지만 지금도 눈망울을 굴리던 동자승 때의 모습이 남아 있었다. 아울러 그 때의 선한 마음까지도.

"아미타불! 네게 참으로 힘든 짐을 지게 만들었구나. 그래도 명종아, 이 못난 사부에게 약속 하나만 해주겠느냐?"

명종이 고개를 쳐들었다.

"다시는, 다시는 소림이 오늘과 같은 치욕을 당하지 않도록 만들겠다는 약속말이다."

"약속드리겠습니다. 반드시 그리 만들 것입니다."

"아미타불! 고맙구나. 참으로 고맙구나."

십육 년 동안 소림을 이끌었던 공선 대사는 명종의 피맺힌 절규를 들으며 걸음을 옮겼다.
 패배를 당한 적은 있어도 지금껏 단 한 번도 무너지지 않았던 소림의 정기(正氣)가 유린당하는 순간이었다.

제 44 장

암중모색(暗中摸索)

암중모색(暗中摸索)

꽝!

그렇잖아도 약해 보이는 문이 요란한 소리와 함께 박살나듯 활짝 열렸다.

"공자님! 공자님!"

문을 열고 들어선 비무영이 위지황의 어깨를 마구 흔들었다.

"아, 뭐야아~"

눈도 뜨지 못하고 신경질을 내는 위지황, 배배 꼬인 몸은 여전히 이불을 감아 품고 있었다.

"그만 일어나세요! 지금 잠을 잘 때가 아닙니다."

"시끄럿! 잘 때야."

간단히 대꾸한 위지황은 잠을 방해하지 말라는 듯 주먹 쥔 손을 휘휘 내저었다. 방해하면 가만두지 않겠다는 경고였다.

"그렇다면 할 수 없지요."

태연스레 대꾸한 비무영은 조심조심 침상으로 다가갔다. 그리고는 위지황이 끌어안고 있는 이불을 냅다 잡아당겼다.

"아이쿠야!"

이불과 함께 침상 아래로 굴러 떨어진 위지황의 입에서 비명성이 터져 나왔다.

제법 충격이 있는지 그는 일어설 생각도 하지 않았다.

"……."

잠시 멍한 얼굴로 있던 위지황은 모든 상황 파악이 끝나자 비로소 어이없는 웃음을 흘렸다.

"지금 나하고 해보자는 거냐?"

"그럴 리가 있습니까?"

비무영이 재빨리 손사래를 쳤다.

"아니면 뭐야? 내가 새벽잠이 많다는 것은 하늘이 알고 땅이 안다!"

"새벽이 아니라 아침잠이겠지요."

비무영이 천연덕스럽게 대답했다.

"그러게 제 말을 들었으면 이런 일은 없잖습니까?"

"시끄러! 너는 지금 네가 얼마나 끔찍한 짓을 했는지 알지 못하지?"

"예?"

"꿈이, 그 꿈이 어떤 꿈이었는데……."

그때까지 바닥에 누워 있던 위지황이 치를 떨며 일어났다.

눈에선 시뻘건 불꽃이 이글이글 타올랐다.

평소라면 이미 십 리 밖으로 도망갔을 비무영이었지만 오늘만큼은 그러지 않았다.

"지금 그게 중요한 게 아닙니다."

"그럼, 뭐가 중요한데?"

어디 한번 대꾸해 보라는 듯 주먹을 치켜드는 기세가 살벌하기 그지없었다.

"좋은 소식입니다. 그것도 최고로요."

"좋은 소식?"

치켜든 손이 슬그머니 내려왔다.

"호, 혹시 남궁 가주께서 나의 마음을 받아주시겠다는……."

"……."

한껏 기대감에 조심스레 입을 연 위지황은 끝까지 말을 잇지 못했다.

"그게 아니면 뭔데?"

위지황이 신경질적으로 물었다.

"그저 남궁 소저 생각뿐입니까?"

"네놈도 사랑에 빠져 봐라, 똑같을 테니까."

"사랑이라니요? 도대체 얼마나 봤다고 사랑 타령입니까, 사랑 타령이!"

비무영은 어처구니없다는 표정으로 고개를 절레절레 흔들고 말았다. 하지만 위지황은 그런 반응엔 신경도 쓰지 않았다.

"사랑이라는 건 말이다, 살짝 스쳐 지나가는 인연만으로도 시작되는 거다. 눈 한 번 마주쳤는데도 영혼까지 빼앗길 수 있는, 그녀의 말 한

암중모색(暗中摸索) 207

마디, 손짓, 눈짓 하나에 울고 웃게 되는 것이 바로 사랑이지. 난 그런 사랑에 빠졌어."

사랑에 빠진 날을 상상하는가?

침상에 털썩 주저앉는 위지황의 표정이 몽롱하게 변했다.

복귀하자는 비무영의 말을 무시하고 동정호를 향해 남하를 하던 위지황이 조그만 마을의 이름도 없는 주점에서 북상하는 남궁세가, 아니, 남궁민을 만나게 된 것은 구름 한 점 없이 맑은 날의 오후였다.

입이 한 자나 나온 비무영을 달래면서 술을 들이키던 위지황은 시끌벅적 요란을 떨며 주점으로 들어오는 일단의 무리들을 보고는 잠시 시선을 두었다가 즉시 고개를 돌렸다. 저마다 무기를 들고 있는 것이 분명 무림인이었고 눈을 마주쳐 괜한 시비에 시달린 것이 한두 번이 아니었기 때문이다.

그런데 그날따라 뭔가가 이상했다.

자꾸만 뒤통수가 간지러운 것이 영 신경 쓰이고 기분도 묘했다. 그냥 무시하기엔 뭔가 운명적인 것이 느껴졌다. 결국 막 술잔을 들어 술을 입 안에 털어 넣던 그는 자신도 모르는 기운에 이끌려 고개를 돌렸다. 그리고 눈부신 햇살을 받으며 들어서는 남궁민의 모습을 보았다.

순간적으로 머리 속이 백지장처럼 하얗게 변해 버렸다.

온몸이 굳었다.

입에 댔던 술잔이 떨어지고 술이 흘러 옷을 적셨다.

팔은 여전히 술잔을 든 모습이었다.

동그랗게 떠진 눈은 태어나서 그만큼 커진 적이 없었다.

당황한 비무영이 아무리 눈치를 줘도 그녀가 주루에 들어서고 자리에 앉을 때까지 위지황은 처음의 굳은 모습 그대로였다.

　바로 그날부터였다.

　떨리는 마음을 간신히 진정시키고 어설픈 인사를 나눈 후부터 위지황은 남궁민의 일거수일투족을 좇았다.

　모든 대화는 그녀를 중심으로 시작되고 끝났으며 시선은 단 한시도 그녀에게서 떨어지지 않았다.

　남하하던 발길도 그녀를 따라 뒤로 돌려졌다. 동정호 얘기를 꺼냈던 비무영은 '그까짓 것 네놈이나 실컷 보고 와라!' 라는 핀잔을 들어야만 했다.

　어깨를 나란히 하지는 못했지만 먼발치에서라도 그녀를 보는 것이 그렇게 즐거울 수가 없었다.

　그렇게 며칠이 지나다가 어제야 비로소 그녀에게 다가갈 수 있었다. 동행을 허락한 것이었다.

　지난밤에는 꿈속에서 그녀를 만나는 행복도 맛볼 수 있었다. 꿈에서도 그녀는 선녀처럼, 아니, 선녀보다 백 배 천 배는 더 아름다웠다.

　비록 꿈이었지만 그녀와 행복한 시간, 달콤한 밀어(密語)를 나누던 순간이 비무영에 의해 깨졌다는 것을 상기한 위지황이 몽롱했던 표정을 돌변시키며 소리쳤다.

　"그런데 네놈이 그것을 깬 것이다!"

　"이거야 원. 제발 그만 하세요. 짝사랑도 그쯤 되면 병입니다. 지금 중요한 것은 그런 짝사랑이 아니라니까요."

　"중요한 게 아니라니! 사랑보다 중요한 것이 어디에 있다고! 대체 네놈이 중요하다는 게 뭐야?"

위지황이 잡아먹을 듯 노려보며 소리쳤다.

"북천이 본격적으로 움직였습니다."

"그래~ 움직였다면서. 네가 전에 말했잖아."

"소림이 무너졌습니다."

순간, 지금껏 귀찮다는 표정으로 일관했던 위지황의 얼굴이 확 변했다.

"그게 무슨 소리야? 소림이 무너져? 누구한테? 서, 설마?"

"예, 우리 북천에게 무너졌습니다. 곡주님께서 직접 나서셨다고 하더군요."

지금껏 소림을 무너뜨렸던 문파가 몇이나 있었던가!

한껏 가슴을 피며 대꾸하는 비무영은 그것이 너무도 자랑스러운 모양이었다.

"진짜냐?"

"그럼 거짓말이겠습니까? 그것뿐만이 아닙니다. 지금 밖은 말 그대로 난리가 났다니까요."

사실이었다.

비무영의 표현대로 지금 무림은 엄청난 충격과 경악에 휩싸여 있었다. 하지만 그것은 비단 소림사가 무너진 것 때문만은 아니었다.

고작 반나절의 시차를 두고 전해진 세 가지 소식이 무림을 강타했다.

첫 번째 소식은 서쪽에서 들려왔다.

동진하는 서천을 막기 위한 최후의 보루였던 대파산이 무너졌다. 사천무림인들을 중심으로 그곳에서 배수의 진을 쳤던 정도맹의 무인들은 결국 노도와 같은 힘을 감당하지 못하고 패퇴를 하고 말았다.

혹자는 실력에서 밀린 것이 아니라 인질을 앞세운 저열한 방법에 어쩔 수 없이 물러난 것이라고 말하기도 하였으나 그것은 패자의 변명일 뿐이었다.

또한 이전부터 발군의 실력을 보였고 대파산에선 삼시파천이라는 별호를 얻을 만큼 적에게 두려움을 주었던 을지호가 혈궁단의 단주와 함께 실종되었다. 서천에서는 자신들의 손에 의해 제거되었다고 주장하였지만 그것을 믿는 사람은 그다지 많지 않았다.

그러나 대파산의 수비진이 무너지고 을지호가 실종된 것은 분명한 사실. 그것만으로도 세인들에게 충격을 주기에 충분했다.

두 번째 소식은 남쪽에서 들려왔다.

파죽지세로 몰아치던 남천 흑월교, 그리고 풍전등화(風前燈火)에 빠진 만독문.

만독문마저 무너지면 광서성은 완벽하게 흑월교의 손아귀에 떨어지게 되고 패천궁의 입지는 그만큼 약해지게 될 터. 그것만큼은 무슨 일이 있어도 막아야 했던 패천궁은 만독문을 돕기 위해 흑기당과 적기당을 급파했다. 그러나 결과는 참담했다.

백오십 적기당의 무인들이 모조리 전멸하고 흑기당 또한 고작 이십여 명 안팎의 생존자를 남기고 무너졌다.

지금껏 패배보다는 승리에 익숙했던 그들이기에 전멸과도 다름없는 결과에 경악을 금치 못했다. 하지만 그들에게 패배보다 더 큰 충격을 안긴 것은 따로 있었다.

함께 흑월교를 상대하는 듯했던, 철석같이 믿고 있던 만독문이 결정적인 순간에 칼을 돌려 공격을 했고, 예상치 못한 상황에 직면한 흑기당과 적기당의 무인들은 변변한 대항도 하지 못하고 일방적으로 도륙을 당하고 말았으니.

이후 알려진 사실에 의하면 만독문은 사천혈사 이후 중원에서 철수하던 흑월교가 훗날을 위해 은밀히 남겨놓은 전초 기지였다. 수백 년간 철저하게 위장한 채 때를 기다렸던 만독문은 마침내 단 한 번 그 본모습을 드러내어 흑월교, 나아가 사천혈맹의 가장 큰 적이라 할 수 있는 패천궁에 치명적인 타격을 입힌 것이었다.

그 한 번의 싸움으로 패천궁은 전력의 삼분지 일을 잃었다. 그것은 곧 흑월교와 꽤나 버거운 싸움을 해야 한다는 것을 의미했다.

마지막 소식은 앞의 두 가지 일보다 조금 늦게 알려졌다. 하지만 그것이 몰고 온 파급 효과는 비교할 바가 아니었다.

소림사가 무너졌다.

태산북두라는 이름으로 무림에 우뚝 솟아 있던 소림사가 비밀리에 남하한 북천의 공세를 감당하지 못하고 굴욕적인 조건과 함께 무릎을 꿇었다는 것.

처음엔 아무도 믿지 않았다.

대부분의 사람들은 북천에 의해 날조된 소식이라며 애서 무시를 했다.

그렇지만 소문은 불같이 일어났다.

산을 넘고 강을 건너 삽시간에 전 중원에 퍼졌다.

궁금함을 참지 못하고 사실 여부를 확인하기 위해 직접 소림에 오른 사람들도 있었다.

소림사를 찾은 이들은 소문과 한 치의 오차도 없는 광경을 목도하곤 다들 경악을 금치 못했다. 피를 토하고 그 자리에서 쓰러진 사람도 있었다.

결국 그들의 입을 통해 모든 소문이 사실임이 드러나자 사람들은 크나큰 충격에 사로잡혔다.

소림은… 무너진 것이었다.

"흠, 그렇게 만만하지는 않았을 텐데."

뜻 모를 한숨을 내뱉은 위지황이 말했다.

"꽤나 치열하게 저항을 했다고 하더군요. 우리 쪽도 피해를 많이 입고. 그러나 결국 굴복했습니다."

"소림이 무너졌다는 소리는 어디서 들었어?"

"밑에서요. 벌써 전 중원에 퍼진 모양이던데요. 알 만한 사람은 다 알고 있는 듯합니다. 남궁세가 사람들도 모여서 그 얘기를 하고 있습니다."

위지황의 눈이 반짝였다.

"남궁세가의 사람들이? 그럼, 가주도 계시냐?"

지금껏 했던 모든 말들의 의미가 사라지는 순간이었다.

"궁금하면 내려가 보시던가요."

비무영이 퉁명스레 대꾸했다.

그의 말이 끝나기도 전에 위지황의 신형은 문을 나서고 있었다.

"중증(重症)이야, 중증."

썰렁하게 흔들거리는 문을 보며 비무영은 피식 웃음 짓고 말했다.

    *   *   *

　황보세가 내 집의전.
　원래는 팽팽히 대치하고 있는 북천에 어떤 식으로 선공을 가할 것인지를 논의하고자 모인 자리였으나 갑작스럽게 전해진 비보(悲報) 때문인지 좌중의 분위기는 극도로 침울했다.
　특히 지난밤 백팔나한을 이끌고 황보세가에 도착한 나한당주 명경(明憬)은 본산이 악도들에 의해 점령당했다는 소식을 접하고는 할 말을 잃고 있었다.
　황보장이 먼저 운을 뗐다.
　"참으로 황망한 일이 아닐 수 없소. 천하의 소림사가 어쩌다가……."
　"결국 선공을 미루고 놈들에게 시간을 주었기 때문에 이런 일이 발생한 것이외다."
　오상이 불편한 심기를 드러냈다.
　팽만호가 즉시 반박을 했다.
　"애당초 놈들의 목적은 우리의 시선을 빼앗는 것. 공격을 했다고 뭐가 달라졌겠소이까?"
　"그건 아니지요. 이렇게 대치만 하고 공격을 하지 않으니 정예를 우회시킬 수 있었던 겁니다. 조금만 더 적극적으로 놈들을 상대하고자 하였다면 어찌 함부로 준동했겠습니까?"
　"그건 그렇지가 않습니다."
　가만히 듣고 있던 정소가 입을 열었다.
　"그렇지 않다니! 흠흠, 그건 무슨 소린가?"

버럭 화를 내던 오상이 헛기침을 하고 어투를 바꿨다.

비록 그에 비해 한참 어린 정소였으나 한 문파의 주인이었다. 나이 어린 후배 대하듯 함부로 하는 것은 분명 예의에 어긋나는 일이었고 단견의 안색이 확 바뀌는 것을 의식한 봉학경이 그의 옆구리를 재빨리 찌르며 눈치를 준 까닭이었다.

"놈들이 비성에 똬리를 틀고 움직이지 않은 것은 고작 사나흘밖에 안 됐습니다. 물론 그 정도 시간이라면 소림까지 이동을 할 수 있습니다. 밤낮을 가리지 않고 길을 재촉한다면 말이지요. 하나 그것은 애당초 불가능한 일입니다."

"어째서 그런가?"

재빨리 되묻는 오상의 말에는 약간의 가시가 돋아 있었다.

"그만한 인원이 빠져나가는데 눈치채지 못한다는 것은 말이 되지 않습니다."

정소의 말에 오상을 비롯하여 그 누구도 부인하지 못했다. 그토록 많은 인원이 비성을 비롯하여 인근 지역을 철저하게 살피는 수백의 눈동자를 피해서 움직인다는 것은 불가능했으니까.

"그렇다면 결국 미리 움직였단 소린데……."

팽만호의 말에 정소는 고개를 끄덕였다.

"그렇습니다. 아마도 낙검문을 위시하여 주변 문파들을 무너뜨린 이후 따로 움직인 것으로 보입니다."

"흠, 이후의 놈들의 행보를 본다면 일리가 있네. 유난히 소란스럽게 움직였지."

"그렇습니다. 우리들의 시선을 그쪽으로 돌리기 위함이었을 겁니다.

암중모색(暗中摸索) 215

멋지게 속고 말았지요."

정소의 입가에 쓰디쓴 미소가 지어졌다.

천하의 모든 정보를 한 손에 움켜쥐고 있다는 개방의 방주로서 수백 명이나 되는 인원이 움직이는 것을 간파하지 못했다는 자괴감 때문이었다.

상황이 그러할진대도 오상은 끝까지 자신의 주장이 옳았음을 굽히지 않았다.

"어쨌든 선공을 했어야 했습니다."

"커흠!"

"흠!!"

모두들 못마땅한 기색이 역력했다. 특히 신중론을 주장했던 팽만호 등은 폭발하기 일보 직전의 표정을 하고 있었다.

안 되겠다 싶었는지 곽화월이 나섰다.

"다들 진정하시지요. 어차피 지난 일입니다. 지금은 과거의 일을 따지기보다는 앞으로 어찌 대처해야 할지를 상의해야 할 것입니다. 소림이 무너졌습니다. 어쩌면 인근에 있는 개방의 총단도 공격을 받고 있을지 모릅니다."

"공격해 봤자 별거 없습니다. 개방은 방주가 있는 곳이 곧 총단이지요."

단견이 걱정하지 말라는 듯 정소를 가리키며 말했다.

"그렇다면 다행이네. 아무튼 지금은 과거의 일로 다툴 때가 아니라 차후의 일에 대해 논의해야 할 때입니다."

곽화월의 말이 끝나기가 무섭게 잠시 입을 다물었던 오상이 말했다.

"논의라 할 것도 없습니다. 당장 놈들을 쳐야 합니다."

"어디를 말함입니까?"

"당연히 눈앞에 있는 놈들이지요. 모르긴 몰라도 소림을 칠 정도라면 최정예가 움직였을 터. 남아 있는 자들의 전력이야 뻔하지 않겠습니까?"

오상의 말에 몇몇이 고개를 끄덕였다.

하지만 황보윤은 생각이 다른 듯했다.

"공격하기는 쉬워도 승리하기는 쉽지 않을 겁니다."

"쉽지 않다니, 어째서 그런가?"

"기다리는 적을 공격하는 것은 많은 위험을 수반합니다. 특히 작정을 하고 수비하는 자들이라면 더욱 그렇지요. 애당초 병력을 나누어 한쪽은 시선을 끌고 다른 한쪽으로 소림을 공격한 것은 위험을 감수한 작전이었습니다. 그것이 들켰을 때를 대비한 준비를 갖추고 있을 겁니다. 어쩌면 우리들이 공격하기만을 기다리고 있을지도 모르지요."

황보윤의 말에도 일리가 있었다. 저마다 수긍하는 표정이었다.

"이것도 아니고 저것도 아니라면 대체 어쩌자는 말인가?"

돌아온 대답은 없었다.

"허허, 이거야 원."

답답한 마음에 오상이 가슴을 두드렸다.

바로 그때였다.

저 멀리 한쪽 구석에서 아무런 관심도 없다는 듯 눈을 감고 있던 노인이 입을 열었다.

"우리도 병력을 둘로 나누는 것이 좋겠네."

일순간 모두의 시선이 그 노인에게로 향했다.

그는 천하를 좌우지하는 거인들의 시선을 한눈에 받으면서도 태연하기 그지없었다.

지나온 세월을 기록이라도 하듯 얼굴에 무수한 흉터 자국을 지니고 있는 노인, 과거 실전 싸움의 달인이라는 칭송을 받았지만 지금은 삼광문에서 한가로이 여생을 보내고 있는 그는 다름 아닌 투귀(鬪鬼) 이성진이었다.

"무슨 말씀이십니까?"

황보윤이 정중하게 물었다.

"저들이 싸우지 않고 버티기를 일관한다면 까짓 원하는 대로 해주잔 말일세. 우리도 병력을 나눠 한쪽은 소림을 구하러 가고 다른 한쪽은 그냥 이렇게 대치만 해도 좋지 않겠나? 구태여 위험을 무릅쓰고 공격할 필요도 없이."

"제 생각도 같습니다. 눈앞에 있는 상대도 중하긴 하나 소림을 구하는 것이 급선무라는 생각이 드는군요. 소림이 무림에 차지하는 위치도 위치고, 그대로 방치했다간 언제 화산이나 종남파가 위기에 빠질지 모르니까요. 어쩌면 벌써 움직였을지도……."

곽검명은 숭산과 지리적으로 가까운 화산과 종남마저 위험에 빠질 수 있다고 경고를 했다. 충분히 가능한 일이라고 여기는지 모두들 우려하는 기색이 역력했다.

"형님의 말씀에도 일리가 있으나 혹여 병력을 나누었다가 각개격파라도 당한다면……."

단견이 조금은 불안한 표정으로 입을 열었다.

"소림이 중하듯 이곳도 역시 중하지. 모든 병력을 동원하는 것은 아니니까 그리 걱정할 건 없네. 저들이 움직이지 못하는 것은 그만큼 전력에 구멍이 났다는 것이고 우리 또한 공격이 아닌 수비만 한다면 쉽게 당하지는 않을 터. 충분히 막아낼 수 있을 걸세. 그렇지 않습니까?"

황보장이 고개를 끄덕였다.

"힘은 들겠지만 가능할 것 같네. 물론 어느 정도의 도움은 필요하겠지만."

"걱정하지 마십시오. 설마 황보세가에 모든 짐을 지우겠습니까?"

곽검명이 살짝 웃는 얼굴로 대꾸를 했다.

그것으로 병력을 양분하자는 이성진의 의견은 사실상 받아들여진 것이나 다름없었다. 남은 것은 어떻게 병력을 나누느냐는 것이었다.

"어찌 되었습니까?"

"예상대로다. 빠르면 오늘 저녁, 늦어도 내일 아침이면 출발할 것이다."

"하오면 이곳은?"

"황보세가와 팽가, 방주와 그를 수행하는 몇몇을 제외한 개방이 남기로 했고 악가도 절반의 인원이 남는다."

"그렇게나 많이 말입니까?"

부설이 깜짝 놀라 되물었다.

"그리되었다. 또한 인근의 군소문파들이 남을 것이다. 당가에서도 몇 명이 남을 것이고."

황보세가에 남을 문파들을 열거하던 문주가 몸을 앞으로 숙이며 다소 은밀한 어조로 말했다.

"손쉽게 일을 도모하려면 당가를 주의해야 한다."

"알고 있습니다."

"우리가 떠나면 즉시 제거를 시작해라."

"제거를 말입니까?"

부설이 두 눈을 동그랗게 뜨며 물었다.

"왜 그리 놀라느냐?"

"제거하는 것이야 어렵지 않지만 행여나 타초경사(打草驚蛇)의 우를 범하지나 않을까 걱정입니다."

"제거된 것을 모르게 하면 될 것이다."

"예?"

말뜻을 이해하지 못한 부설이 고개를 갸웃거리자 문주는 대수롭지 않은 표정으로 말을 이었다.

"제거를 하되 그것을 사람들이 모르게 하면 되지 않느냔 말이다. 역용(易容)을 해도 상관이 없고 필요하면 인피면구(人皮面具)라도 뒤집어쓰면 될 것이다."

한마디로 당가의 무인들을 제거하고 수하들로 하여금 위장시키라는 말이었다.

"아, 알겠습니다."

그제야 문주의 말을 이해한 부설이 고개를 끄덕였다.

"아무튼 철저하게 준비를 해서 단번에 끝장을 내야 한다. 저들과 협조도 잘하고."

"명심하겠습니다."

부설은 자신감 넘치는 음성으로 대답하며 허리를 숙였다.

"그건 그렇고… 그 소식은 확실한 것이더냐?"

뜬금없는 질문이었다.

부설은 그의 질문을 이해하지 못했다.

"무슨 말씀이신지?"

"을지호 말이다. 삼시파천이라는 별호를 얻었다며?"

"철혈마단이 놈에게 꽤나 많이 시달린 모양입니다."

"그렇겠지. 누가 뭐라 해도 궁귀의 후예다. 그 실력이 어디 가겠느냐? 한데 실종되었다고 들었는데……."

"그런 것으로 알고 있습니다."

"죽었을까?"

한데 그리되기를 원하지 않는 눈빛이었다.

"철혈마단에선 그렇게 주장하고 있습니다만 단정할 만큼 확실하지가 않습니다."

그다지 자신없는 대답이었다.

"살았을 거다."

문주는 단언하듯 말했다.

"영웅은 그렇게 쉽게 죽는 법이 아니거든."

               *   *   *

"정신이 들어요?"

너무도 조심스럽게, 그리고 간절한 염원이 담긴 음성이었다.

음성의 주인공이 누구인지 알아본 을지호가 살며시 고개를 끄덕거렸다.

"후~"

긴장이 풀린 것인가?

자신도 모르게 어깨를 늘어뜨린 사마유선이 을지호의 손을 꼭 움켜쥐었다.

"다행이에요, 정말 다행이에요."

그녀의 목소리는 감격과 환희로 격렬하게 떨렸다.

그의 상세를 살핀 모든 의원들이 이미 죽은 사람이라고 고개를 가로저었다. 그래도 포기하지 않고 매달렸고 결국 의식을 회복한 것. 어찌 기쁘지 않을까?

한데 방 안에는 을지호의 회복을 그녀만큼이나 좋아하는 사람이 있었다.

정확히 사흘 전, 새로 얻은 첩의 펑퍼짐한 엉덩짝을 두들기다가 난데없이 쳐들어온, 한줄기 숨결만 남긴 채 아무리 살펴봐도 죽은 시체나 다름없는 을지호를 치료해야 했던 이름 모를 늙은 의원은 환호성을 지르는 것도 부족해 기쁨의 눈물을 흘렸다.

무조건 살려내라는 사마유선의 기세가 어찌나 무섭고 살벌하던지 노인은 사흘 동안 잠은커녕 숨조차 제대로 못 쉬면서 을지호에게 매달렸다.

인근에서 제법 실력있는 의원이란 소리를 들으면서 재산도 남부럽지 않게 모았고 또 스스로의 실력에 나름대로 자부심을 지니고 있던 노인. 그런데 을지호가 입은 내상은 그로서도 난생처음 접하는 것이었다. 또한 손쓸 엄두도 내지 못하게 만들 정도로 치명적이었다.

그가 한 일이라곤 그저 외부의 상처가 덧나지 않게 매일같이 소독하고 외상약을 발라주는 것과 극도의 회의감을 느끼며 날개에 커다란 상처를 입은 매 한 마리를 돌보는 것뿐이었다. 결국 을지호가 의식을 회복한 것은 노인의 의술 때문이 아니라 그의 몸 안에 잠재되어 있는 막강한 내공과 천고제일의 심법인 무위공이 어우러지며 준동했기 때문이었다.

과정이야 어떻든 중요한 것은 을지호가 의식을 회복한 것이고, 그것은 생과 사의 기로에 섰던 노인이 생로(生路)로 들어섰음을 의미했다. 그러니 그토록 기뻐하면 눈물까지 흘릴 수밖에.

"여기가 어디요?"

천천히 눈을 돌려 방 안을 살핀 을지호가 물었다.

"옥루(玉淚)라는 마을이에요."

"옥루?"

"장강을 끼고 있는 조그만 마을이지요."

사마유선이 배시시 웃으며 말했다.

"장강이라면… 꽤나 멀리 왔구려."

대파산에서 장강이라면 아주 먼 거리는 아니나 가깝다고도 말할 수 없는 거리였다.

"죽자 살자 달렸지요."

"후~"

을지호가 엷은 한숨을 내뱉었다.

자신이 기억하는 것은 오대봉공에게 최후의 일격을 가했다는 것과 그 공격과 함께 정신을 잃었다는 것이었다.
 그 이후의 일은 전혀 기억할 수 없었는데, 다만 자신을 구하고자 사마유선이 어떠한 고초를 겪었을지 능히 짐작할 수 있었다.
 "내가 며칠이나 정신을 잃고 있었소?"
 "닷새요."
 "고생이 심했구려."
 "아니요. 공자께서 영영 의식을 회복하지 못하면 어쩌나 두려웠을 뿐이지요. 고생이라니요? 이렇게 살아나신 것만으로도 너무 기쁘답니다."
 사마유선은 결국 눈물을 보이고 말았다.
 점점이 떨어지는 눈물을 말없이 쳐다보던 을지호가 손을 뻗어 눈물을 닦아냈다.
 "울지 마시오, 사마 소저. 소저의 말대로 이렇게 살아나지 않았소."
 을지호는 뭉클한 마음을 이기지 못해 그녀의 볼을 어루만지며 최대한 부드럽고 다정한 어조로 입을 열었다. 그런데 고개를 번쩍 들며 쳐다보는 그녀의 눈매가 곱지만은 않았다.
 "언제까지 그렇게 부를 건가요?"
 "무슨?"
 "언제까지 '사마 소저'라고 부를 것인지 물었어요."
 "아! 그, 그게, 그러니까……."
 당황한 을지호가 답을 찾지 못해 허둥거리자 그녀가 당찬 목소리로 말했다.
 "제 이름은 유선이에요, 사마유선! 사마 소저가 아니지요."

그 즉시 그녀의 의도를 눈치챈 을지호가 그녀의 손목을 잡으며 밝은 웃음을 터뜨렸다.

"하하, 알겠소. 사마 소… 아니, 유선. 이제는 편하게 대하리라."

"정말인가요?"

"약속하겠소."

"고마워요, 오라… 버니."

스스로가 입을 열고도 민망한 모양이었다. 사마유선의 얼굴이 홍시처럼 달아올랐다.

"불러놓고 뭐 그리 부끄러워하시오?"

"흥, 누가 부끄러워한다고 그래요!!"

부끄러움을 감추기 위함인지 그녀가 콧방귀를 뀌며 표정을 싹 바꿨다.

"하하, 알았소. 내가 오해한 모양이니 화를 푸시오."

"화는 나지 않았어요."

그의 사과에 언제 그랬냐는 듯 빙그레 웃는 사마유선.

"몸은 좀 어떤가요?"

"나도 모르겠소. 괜찮은 것 같기는 한데 확실한 것은 며칠 더 지나봐야 알 것 같소."

"그렇군요."

걱정 때문인지 사마유선의 안색이 침울해졌다.

을지호가 재빨리 화제를 바꿨다.

"그나저나 밖은 어찌 돌아가고 있소?"

그렇잖아도 급박하게 돌아가고 있던 무림이었다.

의식을 잃고 있는 동안 어떤 일이 일어났는지 궁금하지 않을 수 없었다. 그러나 그가 의식을 잃고 있는 내내 그의 곁에서 잠시도 떠나지 않았던 사마유선도 무림이 어찌 돌아가고 있는지는 알지 못했다.

"저도 잘 모르겠어요. 하지만 금방 알 수 있을 거예요."

사마유선이 가까이에 있던 주루를 떠올리며 말했다.

     *   *   *

비성에 주둔하고 있는 북천의 진지.

주거니 받거니 술을 들이키던 수뇌들에게 하나의 서찰이 도착한 것은 해가 막 떨어진 초저녁 때였다.

"흠, 소림을 구하기 위해 대규모 병력이 떠났다고 하는군."

우선적으로 서찰을 살펴본 장백선옹이 서찰을 척목은에게 전하며 말했다.

"수하들로부터 이미 보고를 받지 않았습니까? 중요한 것은 황보세가에 얼마나 많은 병력이 남아 있냐는 것이지요."

천권문의 문주 헌원후(軒轅吼)가 술병을 기울이며 말했다.

"황보세가는 그렇다 치고 팽가와 개방이라……. 제법 굵직한 문파들이 남았소이다."

단숨에 서찰을 읽어 내려간 척목은이 서찰을 건넸다.

"그래 봤자 적수가 될 수는 없겠지요. 비록 한빙곡과 흑룡문이 빠졌어도 그 정도 인원을 상대하지 못할 우리들이 아닙니다."

"그렇게 쉬울 것 같지만은 않네."

고개를 흔들며 부정을 한 장백선옹이 수염에 묻은 술을 훑어 내리며 말을 이었다.

"인근의 크고 작은 문파들이 모두 남아 있다고 하네. 게다가 작심하고 수비만 할 모양인데……."

서찰은 내려놓고 술잔을 든 헌원후가 싸늘한 웃음을 지었다.

"수비만 한다고요? 하하하! 어리석은 인간들입니다. 턱밑에 비수가 꽂혀 있는 것도 모르는 불쌍한 바보들이지요."

장백선옹이 살짝 안색을 찌푸렸다.

"너무 자만하지는 말게나. 자칫하다간 바보들에게 피해를 입을 수 있으니. 아무튼 저들이 돕는다고 했으니 황보세가를 무너뜨리는 데엔 큰 무리는 없을 걸세."

"언제쯤 공격하는 게 좋을 것 같습니까, 선옹?"

"저쪽에서 때를 알려온다고 했으니 기다리세. 술이나 한잔하면서 말이야. 시간이 좀먹는 것은 아니지 않은가?"

장백선옹이 술잔을 들자 척목은과 헌원후도 술잔을 높이 들었다. 그리곤 서로에게 웃음을 보인 후 단숨에 들이켰다. 그것은 마치 아직 시작도 하지 않은 싸움의 승리를 자축하는 축배처럼 보였다.

*　　　*　　　*

"확실한가요?"

아니길 바라며 묻는 온설화의 음성은 굳을 대로 굳어 있었다. 그러나 그의 바람과는 달리 사중명은 침울한 표정으로 고개를 끄덕였다.

"재차 확인했습니다. 문성이 분명합니다."

"……."

온설화는 아무런 말도 하지 못한 채 입을 굳게 다물었다.

감당하기 힘든 사건이 연이어 터졌다.

그렇지 않아도 예기치 못한 만독문의 배반으로 받은 피해를 수습하느라 극도로 지친 그녀에게 제갈은의 죽음은 또 다른 의미에서 큰 충격으로 다가왔다.

"제갈세가에 소식은 전했나요?"

한참 만에 입을 연 그녀가 힘없이 물었다.

"예. 일단 전서구를 띄웠습니다. 지금쯤이면 저들도 알고 있을 겁니다."

"시신은 어찌했습니까?"

"관에 안치시켰습니다. 오늘 내로 제갈세가로 보낼 생각입니다."

"정중히, 최대한의 예를 갖춰 준비하세요."

"그리하고 있습니다. 한데 문제는……."

사중명이 짧게 한숨을 내쉬며 말을 이었다.

"일이 우습게 되었다는 겁니다."

"무슨 뜻이지요?"

그녀는 사중명이 무슨 말을 하려는지 어느 정도 짐작하고는 있었다. 그러나 일단 들어보고자 하였다.

"지금이야 같은 적을 상대로 싸우고 있다지만 며칠 전까지만 해도 서로 못 죽여서 안달하던 사이였습니다."

"계속하세요."

"제갈세가라면 오대세가는 물론이고 사실상 정도맹의 머리와도 같은 가문입니다. 제갈은은 그런 제갈세가 내에서도 화룡점정(畵龍點睛) 같은 인물이지요. 한데 그런 제갈은이 패천궁을 방문하고 돌아가던 길에 목숨을 잃었습니다. 무슨 생각을 하겠습니까?"

"당연히 우리가 제거했다고 여기겠지요."

"그렇잖아도 힘든 싸움을 하는 중인데 자칫하다간 정도와 또다시 틀어질 수가 있습니다."

그것이야말로 그들이 가장 경계해야 할 최악의 상황. 사중명은 무척이나 심각했다. 그런데 정작 누구보다 걱정을 하고 두려워해야 할 온설화에게서 그런 기색은 느껴지지 않았다.

온설화의 알 수 없는 태도에 살짝 의구심을 가지는 사이 그녀가 고개를 흔들며 입을 열었다.

"일이 그렇게까지 커지지는 않을 거예요. 물론 약간의 오해는 받을 수 있겠지만 생각만큼 심각하지는 않을 겁니다."

"하지만 상황이……."

"그분과 제가 나눈 일의 중요성을 감안한다면 충분히 일어날 만한 상황이었습니다. 제갈세가에서도 분명 그 점을 직시하고 있겠지요."

"그러면야 다행이지요."

확신하는 온설화의 태도에 사중명도 약간은 안심하는 듯했다.

"참, 흉수에 대해 어떤 흔적이라도 남았나요? 사용한 무공이라도……."

"후~ 아직 조사 중입니다만, 기대하기는 어려울 것 같습니다. 압도적인 실력에 당했는지 변변히 대응도 하지 못한 것 같습니다."

시중명의 입에서 절로 한숨이 흘러나왔다.

"제갈은 선배가 다녀간 것은 궁주님을 비롯하여 극소수의 인물만 알고 있었던 일입니다. 그것은 곧 적의 간세가 패천궁에서도 암약하고 있다는 말이 되겠지요. 그것도 상당한 지위에 있는 자가."

"조사하실 생각입니까?"

"물론이지요."

그녀가 단호하게 대답했다.

"지위가 높은 만큼 반발이 클 수도 있습니다."

제갈은의 방문을 알고 있는 사람은 채 열 명도 되지 않았다. 그럼에도 그의 행적이 노출되었다는 것은 그 열 명 안에 적의 간세가 숨어 있다는 것을 의미했다. 문제는 그 열 명이 패천궁에서 차지하는 위치가 장난이 아니라는 것이었다.

"일단 궁주님께 보고를 올려 재가를 받아야겠지요."

"재가를 받는다 하더라도 가급적 은밀히 조사해야 합니다. 조사를 당하는 사람도 의식하지 못할 정도로 치밀하게."

"대주께서 고생을 좀 하셔야겠네요."

온설화가 엷은 미소를 지으며 말했다.

"그러지요."

이미 그 일이 비혈대에게 맡겨질 것이라 예상하고 있었는지 시중명은 한 치의 흔들림도 없었다.

"휴우~ 어쨌든 일이 급박하게 돌아가고 있어요. 우리도 상당한 피해를 보았고 저쪽에서는 대파산에 이어 소림까지 무너진 상황입니다. 가급적 빨리 흉수를 찾아내세요. 참, 사마 단주의 소식은 들어왔나요?"

순간, 사중명의 안색이 어두워졌다.

"아직 아무런 소식도 없습니다. 하나 수하들을 급파했으니까 곧 좋은 소식이 있을 겁니다."

그는 을지호를 따라가겠다는 사마유선의 고집을 꺾지 못하고 혼자 돌아온 것이 못내 마음에 걸리는 모양이었다.

"반드시 찾아내야 해요. 사마 단주도 그렇지만 을지호라는 인물의 존재는 꽤나 특별해요. 어쩌면 지금의 상황에 큰 변수를 만들 수 있는 거의 유일한 존재라고 할 수 있지요."

그것은 누구보다 사중명 그 자신이 잘 알고 있었다. 그는 더할 나위 없이 무거운 표정으로 고개를 끄덕였다.

"최선을 다하겠습니다."

"후~ 비혈대에게만 너무 무거운 짐을 지우는 것 같군요."

한숨을 내쉬는 온설화의 낯빛이 미안함으로 물들었다.

"걱정하지 마십시오. 그것이 우리들의 존재 이유니까요. 그럼 이만 일어나겠습니다."

담담히 대꾸한 사중명이 모든 할 말을 마쳤다는 듯 몸을 일으켰다. 그리곤 살짝 고개를 숙이고는 방문을 나섰다.

"아, 그리고……."

아직 못다 한 말이라도 있는지 막 방문을 나서던 사중명이 고개를 돌렸다.

"을지호 그 친구도 중요한 현 상황을 바꿀 수 있는 변수가 되겠지만 유일한 존재는 아닙니다."

"예?"

온설화가 그 말의 의미를 되묻자 사중명은 의미심장한 표정으로 대답했다.

"침묵하는 원로원도 중요한 변수가 될 것입니다."

제 45 장

경송창어세한(勁松彰於歲寒)

경송창어세한(勁松彰於歲寒)

대황하(大黃河).

정주(鄭州)의 북쪽에서 도도히 흐르는, 반대편 강가가 보이지 않는 것은 기본이고 어떤 곳은 강폭이 십여 리에 이를 정도로 대단한 위용을 자랑하는 강을 일컬어 사람들은 대황하라 불렀다. 한데 지금은 지난해 봄부터 시작되어 지금까지 이어지는 극심한 가뭄으로 인해 대황하라는 이름이 무색할 정도로 강의 물줄기가 말라 버린 상태였다.

강의 중심을 제외하고 바닥의 대부분이 쩍쩍 갈라지고 황토먼지가 풀풀 일어나는 대황하.

바로 그곳에서 소림사를 구하기 위해 황보세가를 떠난 무인들과 그들을 상대하기 위해 움직인 북천의 주력이 십여 장의 거리를 두고 마주했다.

앞으로 벌어질 참상이 보기 싫은 것인지, 아니면 오랜 가뭄을 걱정하는 사람들의 마음을 헤아리기라도 하는지 하늘엔 진한 먹구름이 끼어 있었다.

"아미타불! 소승은 명경이라 합니다."

나한당주 명경이 합장하며 허리를 숙였다.

주변엔 그보다 나이도 많고 연배가 훨씬 윗길인 사람도 있었지만 소림사를 구하기 위해서 출정한 것임을 감안해 그가 대표로 나선 것이었다.

"위지요입니다."

위지요도 마주 허리를 굽혀 예를 표했다.

"이렇듯 선선히 응해주셔서 고맙습니다."

"하하, 소림을 피로 물들일 수는 없는 노릇이지요."

"아미타불!"

명경의 눈썹이 꿈틀거렸다.

소림을 피해 싸우자는 의견을 따라준 것은 고마운 일이었지만 이미 한차례 피로 물들인 그들이 아니던가. 참으로 뻔뻔한 말이 아닐 수 없었다.

"본 사가 큰 은.혜.를 입었다고 들었습니다."

"하하, 그렇지 않습니다. 은혜라면야 거처를 얻게 된 우리들이 받았지요."

이 이상 심한 모욕이 어디 있을까?

더 이상의 대화가 무의미하다고 인식한 명경이 싸늘한 어조로 입을 열었다.

"하면 그 답례를 하시지요. 무운(武運)을 빌겠습니다."

"하하, 적에게 무운을 빌어주다니… 하하하, 아무튼 고맙게 받겠소이다."

위지요는 조금의 여유도 잃지 않았다.

"……."

천연덕스럽게 받아넘기는 위지요를 잡아먹을 듯 노려보던 명경이 몸을 돌렸다.

피식 웃은 위지요도 자신의 자리로 돌아갔다.

때를 같이하여 양측 진영에서 일제히 함성이 터져 나왔다.

"와아아!!"

위지요가 동원한 북천의 병력은 사백이 조금 넘는 수준이었는데 그에 반해서 소림사를 구하기 위해 달려온 이들은 거의 천여 명에 이르는 엄청난 숫자였다.

처음 황보세가를 나설 때만 해도 수적으로 우위에 있지 않았다. 하지만 소림사가 북천에 의해 무너졌고 그런 소림사를 구하기 위해 본산을 떠나 있던 백팔나한을 비롯하여 화산파, 종남파, 삼광문 등이 나섰다는 소식이 전해지자 수도 없이 많은 문파와 무인들이 힘을 보탰다.

소림사와 인접해 있던 대부분의 군소문파가 참여를 했고 멀리 산동에서도 구성문(苟成門), 무량검파(無量劍派) 등이 달려왔다. 딱히 내세울 이름이 있는 것은 아니지만 의기(義氣)만큼은 하늘을 찌른다고 자부하는 이들까지도 속속 모여드니 하루가 다르게 불어나던 인원은 대황하에 도착할 즈음엔 천을 넘어서고 있었다.

"와아아아!!"

경송창어세한(勁松彰於歲寒) 237

족히 천오백에 이르는 무인들이 지르는 함성은 대항하의 물줄기를 움츠러들게 만들 만큼 어마어마했다.

"공격하라!"

어디선가 묵직한 힘을 실은 명령이 떨어지고 화산파의 제자들이 가장 앞서 달려나왔다.

검왕 곽화월의 장문제자이자 차기 장문인으로 유력한 유현(喩晛)이 선두에 서고 화산삼수(華山三秀)라는 명성을 얻고 있는 곽온(郭溫), 곽열(郭烈) 형제와 신강생(伸剛生)이 어깨를 나란히 했다.

여섯 개의 십팔나한진이 펼쳐지고, 그 나한진들이 서로 연계하여 만들어진 하나의 거대한 백팔나한진이 그 뒤를 받쳤다.

좌측엔 종남파를 중심으로, 우측엔 삼광문이 여러 군소문파들을 이끌고 포위하듯 적을 압박해 들어갔다.

맨 후미에선 악가와 당가가 나머지 인원들을 이끌었는데, 그들은 예비 병력의 성격이 강했다.

까깡!

미친 듯이 솟아오르는 황토먼지를 뚫으며 최초의 충돌음이 울려 퍼졌다.

그것을 시작으로 넓디넓은 대황하는 날카로운 병장기의 부딪침, 고통의 신음 소리, 피에 굶주린 살귀(殺鬼)들의 함성이 한 치 앞도 보이지 않게 피어오른 먼지들과 한데 어울려 삽시간에 아수라장으로 변해 버렸다.

*   *   *

"공격하랏!"

정오 무렵, 장백선옹의 입에서 공격 명령이 떨어지고 이른 아침 비성을 떠나 미리 진을 치고 있던 북천의 무인들이 황보세가를 향해 일제히 달려들기 시작했다.

"와아아아!!"

천하가 떠나가라 고함을 지르는 북천의 무인들.

슈슈슉!

그 함성들 사이로 날카롭게 파고드는 물체가 있었다.

"피, 피햇!"

"크아악!"

가장 앞서 달려나가던 이들이 갑자기 날아든 화살에 기겁하며 몸을 피했다.

"컥!"

"크흑!"

곳곳에서 비명성이 터졌다. 몸을 숨길 곳이 마땅치 않은 데다가 화살의 수가 너무 많았기 때문이다.

고슴도치가 되어 찰나지간 열 명도 더 되는 인원이 목숨을 잃었다. 하지만 그 정도로는 북천의 발걸음을 막지 못했다.

"물러서지 마라! 공격, 공격하랏!!"

미친 듯이 외쳐 대는 고함 소리가 효과를 본 것일까?

빗발치듯 날아오는 화살을 피해 사오십 명도 넘는 인원이 접근에 성공했고, 그들은 달리던 탄력을 이용해 힘껏 도약을 했다.

한데 난데없이 들려오는 비명 소리!

"크악!"

처음으로 황보세가의 담을 타고 오른 사내의 입에서 처절한 비명성이 터져 나왔다.

기세 좋게 올라선 담에는 눈에 보이지 않을 정도로 가늘고 날카로운 세침이 무수하게 널려 있었는데, 그것 중 하나가 아무런 방비도 하지 않은 사내의 발을 파고든 것이었다.

독까지 묻어 있었는지 힘없이 굴러 떨어진 사내는 입에 거품을 물며 경련을 하다가 곧 숨이 끊어졌다. 막 담을 타고 넘으려던 대다수의 인원이 그와 같은 신세를 면하지 못하고 허무하게 목숨을 잃고 말았다.

물론 모두 다 중독이 되어 쓰러진 것은 아니었다.

멀쩡한 몸으로 담을 넘은 사람도 있긴 하였다. 하나 그들을 기다리는 것은 살기 띤 눈으로 노려보는 적뿐. 차라리 담을 넘지 않으니만 못한 신세였다.

"비겁한 놈들 같으니!"

척목은이 이를 갈며 소리쳤다.

"놈들이 독과 암기를 깔아놓았다! 담을 거치지 말고 단숨에 뛰어넘어라!"

척목은이 핏대를 세워가며 소리쳤다. 하지만 그것도 가히 좋은 방법은 아니었다.

담을 뛰어넘기 위해선 지면에서 양 발을 떼야 했고 그만큼 허공에서 머물러야 하는 시간이 길었다. 자연적으로 움직임에 제한이 있을 수밖에 없는데, 그것은 치명적인 약점이라 할 수 있었다. 특히 적이 넘어오기만을 기다리며 만반의 준비를 갖춘 자들이 있기에 더욱 그랬다.

물론 쓰러진 자들보다 훨씬 많은 이들이 담을 넘었고 결국 굳건히 닫혀 있던 황보세가의 정문은 활짝 열렸다. 하지만 백여 명이 넘는 인원이 변변한 싸움도 하지 못하고 목숨을 잃고 말았다. 고작 정문을 여느라 입은 피해치고는 너무나 큰 것이었다.

"죽일 놈들!"

"이제 시작인데 생각보다 힘든 싸움이 될 것 같구려."

백 명도 넘는 인원을 희생하면서 얻은 결과가 고작 정문을 통과하고 이십이 간신히 넘는 적을 주살했다는 것을 보고받은 장백선옹의 안색은 굳을 대로 굳어 있었다.

                *   *   *

"어린 나이에 제법 훌륭한 성취를 이루었구나."

곽화월이 숨을 헐떡이고 있는 위지청에게 마치 손자를 대하듯 부드럽게 말했다.

"그러나 아직 나의 상대는 아니다."

곽화월은 싸움이 시작되는 것과 동시에 자신에게 달려온 위지청의 용기가 상당히 마음에 들었다. 거기에 나이에 맞지 않는 훌륭한 무공까지 지닌 것을 보며 나름대로 손속에 인정도 두었다.

위지청도 그것을 알고 있었다. 그러나 이대로 물러나기엔 아쉬움이 너무 많았다.

"아직 끝나지 않았소이다."

곽화월의 안색이 살짝 굳어졌다.
"만용(蠻勇)도 상대를 봐가면서 부려야 하는 것이다."
"아직 끝나지 않았다고 말씀드렸소이다."
위지청이 검을 곧추세우며 대꾸했다. 하나 곽화월은 더 이상 그를 보고 있지 않았다. 그의 시선은 어느새 다가와 위지청의 어깨에 살며시 손을 얹는 위지요에게 향해 있었다.
"그만하면 애썼다. 저분은 네가 감당할 수 있는 상대가 아니다."
"하지만······."
"사내라면 물러서야 할 때도 알아야 하는 법이다."
타이르듯 이르며 아들의 고집을 꺾은 위지요가 빙글 몸을 돌렸다.
"과연 명불허전! 검왕이 어째서 검왕인지 오늘에야 비로소 알게 되었습니다. 더불어 못난 자식에게 인정을 베풀어주신 점 감사드립니다."
"고마워할 것 없네. 피아(彼我)를 떠나서 인재를 아끼는 마음은 똑같은 법이니. 또한 살심을 품었다 하여 쉽게 목숨을 빼앗을 수 있겠는가? 다른 누구도 아닌 북천의 천주께서 친히 지켜보고 있는 것을."
곽화월은 위지청과 싸움을 하는 동안 한 쌍의 눈동자가 끊임없이 자신을 관찰하는 것을 느꼈다. 그리고 그 시선의 주인이 위지요라는 것은 금방 알 수 있었다.
'맹수일수록 새끼를 강하게 키운다던가!'
곽화월은 검왕이라는 명성에 짓눌리지 않고 덤벼든 위지청도 위지청이지만 어쩌면 사지(死地)에 발을 담그고 있는 아들을 그저 방관으로 일관한 위지요에게 더욱 감탄하고 있었다.

"하하, 검왕께서 살심을 품으셨다면 제가 나서도 소용없는 일이지요."

위지요가 너털웃음을 터뜨렸다. 곽화월도 뜻 모를 미소로써 그에 대응했다.

피가 난무하는 주변의 상황과는 너무나 이질적인 한가로운 풍경. 그러나 천천히 한 발을 내딛은 위지요가 차분한 어조로 입을 열자 분위기는 삽시간에 변해 버렸다.

"한 수 가르침을 받고 싶군요."

곽화월이 흔쾌히 고개를 끄덕였다.

"나 역시 원하던 바네."

상대는 적의 우두머리였다.

그를 쓰러뜨린다면 예상외로 손쉬운 승리를 얻을지도 모르는 일. 검을 쥐는 손에 절로 힘이 들어갔다.

"선공(先攻)을 양보한다는 소리는 하지 않겠네."

당연한 소리였다. 지금의 싸움은 단순히 무공을 겨루는 비무가 아니었다. 생사를 겨누는 싸움인 것이다.

곽화월의 말에서 치열한 전의(戰意)를 느낀 위지요는 당연하다는 듯 고개를 끄덕였다.

"물론입니다."

곽화월의 시선이 위지요의 얼굴에 고정되었다. 엄밀히 말하자면 눈동자에 박혀 있었다. 그것은 위지요 역시 마찬가지였다.

한참 동안이나 서로를 노려보던 그들은 무슨 힘에라도 이끌렸는지 한 발짝씩 서로에게 접근해 갔다.

삼 장, 이 장, 일 장.

그리고 두 사람의 검이 허공에서 맞닿았다.

그들이 뿜어내는 기세는 둘을 제외하고는 그 누구의 접근도 허락하지 않았다.

검을 맞댄 그들은 아무런 미동도 없었다. 하지만 그들이 얼마나 치열하게 상대를 견제하고 일격을 가할 기회를 엿보고 있는지는 애써 설명하지 않아도 알 수 있었다.

또르르.

미간(眉間)에 맺힌 땀방울이 콧잔등을 타고 흘렀다. 순간, 곽화월의 눈동자가 미세하게 흔들렸다. 땀의 일부가 눈 속을 파고들어 주의를 분산시켰기 때문이다.

머뭇거릴 틈이 없었다.

"타핫!"

힘찬 기합성이 터져 나왔다.

단숨에 검을 밀쳐 내고 그것과 동시에 화산파 최고의 무공이라 할 수 있는 십팔로낙영검법(十八路落英劍法)을 펼치는 곽화월.

극쾌(極快)의 원리까지 도입한 그의 검이 보이지도 않을 정도로 빠르게 움직였고 그 빠름 속에서도 눈을 현혹시키는 수많은 변초(變招)가 숨어 있었다.

그 변화무쌍한 빠름 앞에서 얼마나 많은 고수들이 분루와 한숨을 흘렸던가!

"아!"

멀리서 둘의 싸움을 지켜보던 이들의 입에서 감탄과도 같은 탄식이 흘러나왔다.

　피할 수 있는 길목을 모조리 차단한 채 가히 섬전과도 같은 공격을 보며 그들은 어째서 곽화월을 검왕이라 부르는지, 또 오왕 중 으뜸으로 치는지 알 수 있었다. 그리고 그와 맞서는 위지요가 한 줌 고혼(孤魂)이 되어 스러지리라는 것을 의심하는 사람은 아무도 없었다.

　그런데 정작 위험을 느껴야 할 위지요는 태연했다. 검을 맞대던 처음의 자세 그대로였다. 하지만 심연처럼 깊게 가라앉은 눈동자는 곽화월의 움직임을 단 하나도 놓치지 않았다.

　채챙.

　모든 이들의 예상을 깨고 느려 보이기만 하는 위지요의 검에 곽화월의 공격이 무위로 돌아갔다.

　빠름을 상대하기 위한 방법은 오직 두 가지뿐.

　상대보다 더 빠르게 움직이거나 아니면 그와는 정반대로 움직이지 않는 것.

　'정중동(靜中動).'

　위지요의 고요한 자세를 본 곽화월의 눈빛이 흔들렸다. 그리곤 어설픈 공격으론 오히려 치명적인 역습을 허용할 뻔한 무지함에 스스로를 자책했다.

　선공을 하기는 했으나 최상의 것이 아니었다. 팽팽한 대치를 견디지 못하고 먼저 움직인 것뿐. 제삼자가 보기엔 어떤지 몰라도 분명 기세에서 밀리고 있었다.

　'탐색전은 없다. 전력으로!'

　고요함 속에 자신을 위장하고 있지만 위지요에겐 분명 미증유의 힘이 존재했다. 전신의 감각이 그것의 존재감을 확실하게 느끼고 있었다.
 승부는 박빙. 어쩌면 패할 수도 있었다.
 '그럴 수야 없지.'
 패배란 생각할 가치도 없는 것.
 애써 불안감을 떨친 그가 구궁보(九宮步)와 유운보(流雲步)를 절묘하게 배합하며 몸을 움직였다.
 단 한 번의 공격으로 끝장을 내겠다는 듯 검에 모든 힘을 집중시킨 곽화월!
 파스스슷!
 검봉에서 치솟은 희뿌연 기운이 위지요의 전신을 노리며 날아들었다.
 머리를, 가슴을, 옆구리를, 아랫배를…….
 검은 하나일진대 뻗어 나간 기운은 열여덟 개.
 지금껏 누구도 알지 못한 십팔로낙영검법의 진정한 위력이었다.
 처음으로 안색을 굳힌 위지요가 가슴께로 검을 끌어당겼다.
 "대단하군."
 짧은 한마디, 그게 다였다.

 "크하하하! 나에게 상처를 입히다니! 제법이다, 늙은이!"
 탁탑천왕 반포가 자신의 옆구리와 허벅지에 만들어진 검상(劍傷)을 보며 광소를 터뜨렸다.
 "닥쳐라!"
 오상이 노호성을 지르며 재차 검을 휘둘렀다.

한데 부상을 당한 것은 반포였건만 오히려 오상의 얼굴에서 초조감이 묻어 나왔다.

목숨을 잃고 쓰러져 있던 시신에 의해 반포의 중심이 살짝 흔들리고 그 미세한 틈을 파고들어 승기를 잡은 것이 조금 전의 일이었다.

승부를 끝내겠다는 생각에 오상은 종남이 자랑하는 분광형(分光形)을 최후의 일격으로 사용했다.

분광형, 말 그대로 빛을 가르는 검.

하지만 빛을 가를 수 있을지는 몰라도 반포의 몸을 가를 수는 없었다. 혼신의 힘을 다해 펼쳤건만 고작 두어 곳의 상처를 얻는 것에 만족해야 했던 것이다.

"늙은이! 이 몸에 상처를 입힌 대가는 톡톡히 받아야 할 것이다!"

반포가 오상의 검을 피하며 호기롭게 소리쳤다. 그러나 태연한 겉모습과는 달리 단 한 번의 실수로 목숨을 잃을 뻔한 그는 식은땀을 흘리며 내심 안도의 한숨을 쉬었다.

한 번은 운이 좋아 피할 수 있었을지 몰라도 또다시 그런 위기가 찾아온다면 장담할 수가 없었다.

죽음의 공포가 어떤 것인지 확실히 알 수 있었다.

'때려죽일 늙은이!'

반포가 이를 부득 갈며 주먹을 움켜쥐었다.

"타핫!"

힘찬 기합성과 함께 그렇잖아도 쩍쩍 갈라진 강바닥이 요동칠 정도로 힘껏 발을 내딛은 반포가 그의 독문절학이자 흑룡문을 지금의 위치까지 끌어올린 천왕팔권(天王八拳) 중 연속기인 육권 교철몽락(交綴蒙

絡)과 수비는 젖혀두고 오직 공격만을 생각하는 칠권 저양촉번(羝羊觸藩)을 사용하기 시작했다.

사대금강을 맞이하면서도 사용하지 않고 아껴두었을 만큼 하나같이 막강한 위력을 지닌 공격. 주먹을 내지르기도 전에 이미 가공할 만한 압박이 느껴졌다.

바람을 가르며 날아드는 권풍(拳風)에 오상의 옷과 허연 수염이 미친 듯이 흔들렸다.

오상은 추호의 방심도 없이 공격에 대비했다.

그는 검을 두어 번 흔드는 것으로 권풍의 압력을 지워 버렸다. 하지만 그것은 미끼와 같은 것이었다. 상대가 어찌 반응할 것인지를 떠보는 미끼. 본격적인 공격은 바로 뒤따라오는 한줄기 웅휘한 기운이었다.

숨 쉬기가 힘들 정도로 압박이 심했다.

오상은 태을신공(太乙神功)을 운용하며 전신을 짓이기듯 들이닥치는 무형의 기에 대항하고 그것을 바탕으로 하여 태을연환검(太乙連環劍)을 펼쳤다.

꽈꽝!

권풍과 검풍이 허공에서 부딪치자 엉뚱하게도 주위에서 싸움을 하던 인물들이 그 힘을 감당하지 못하고 피를 토하며 쓰러졌다.

"죽어랏!"

당연히 막을 줄 알았다는 듯 연속해서 주먹을 휘두르는 반포. 삽시간에 무수히 많은 권영(拳影)이 난무하고 그것과 동시에 반포가 괴성을 지르며 어깨를 앞세워 달려들었다.

뒷골목의 삼류 무뢰배의 싸움도 아니고 상대가 저렇듯 무식하게 밀고 들어올 줄은 생각지 못했는지 오상의 얼굴에는 어처구니없어하는 표정이 역력했다.

그는 막천석지(幕天席地)라는 초식을 이용해 노도처럼 밀려드는 권영을 침착하게 막아내고 선풍보(仙風步)를 이용해 재빨리 몸을 틀었다.

바로 그 순간이었다.

오상의 몸이 좌측으로 틀어지며 바람과 같이 빠져나가는 것을 보며 반포는 낭패한 표정 대신 회심의 미소를 지었다.

"끝이다, 늙은이!"

오상에게 접근할 때부터 지금과 같은 상황을 염두에 두고 있던 그는 천왕팔권의 마지막 초식이자 필살(必殺)의 초식인 비폭광류(飛瀑狂流)를 쏟아냈다.

'아뿔싸!'

옆구리를 파고드는 거력을 느끼며 오상의 안색이 하얗게 변해 버렸다. 그제야 비로소 적의 공격에 너무도 안이하게 대처했다는 것을 느낀 것이다. 그러나 후회라는 것은 아무리 빨라도 늦는 법이었다.

몸을 틀어도 피하지 못할 것 같았고 검을 돌리기에도 늦은 감이 있었다. 결국 방법은 하나뿐이었다.

오상의 왼손이 반원을 그리며 공격에 대비했다.

꽈꽈꽝!

"크헛!"

"음."

조금 전과는 다른 다소 이질적인 충돌음이 들리고 두 사람은 약속이라도 한 듯 뒷걸음질쳤다.

결과는 극명하게 갈렸다.

절호의 기회를 맞아 자신이 지닌 최고의 무공을 펼친 반포가 고작 두 걸음 물러난 반면 임기응변의 방법으로 맞선 오상은 무려 일곱 걸음이나 밀려났다.

옆구리 주변의 옷은 갈기갈기 찢어져 흩날리고 입가를 타고 흐르는 피가 내상이 만만치 않음을 반증했다. 그나마 태을장법(太乙掌法)이라도 운용하지 않았다면 그의 목숨은 그 자리에서 끝장났을 것이다.

"흐흐흐, 어떠냐, 늙은이! 느낌이 제법 묵직하지?"

승리를 확신한 반포가 득의의 웃음을 흘렸다.

마구 뒤끓은 진기를 진정시키느라 애쓰는 오상은 아무런 대꾸도 하지 못했다.

"이제 뒈져야 할 순간이다!"

반포가 진한 살소와 함께 접근했다. 하지만 그는 미처 한 걸음을 내딛기도 전에 고개를 홱 돌려야만 했다.

"너는 또 웬 늙은이냐?"

그는 자신을 향해 천천히 걸어오는 다소 굳은 얼굴의 노인을 노려보며 소리쳤다.

오상을 바라보며 한숨을 내쉰 노인이 대답했다.

"난 봉학경이라 한다네."

* * *

시간이 지나면 지날수록 점입가경(漸入佳境)이었다.

수적인 우세를 믿고 거친 파도처럼 들이닥친 북천의 무인들은 황보세가 곳곳에 만들어진 함정과 매복으로 인해 예상외로 심각한 피해를 입었다.

정문을 돌파하느라 백여 명의 인원이 목숨을 잃었고 두 번째와 세 번째의 저지선을 뚫을 때도 그만한 희생을 감수해야만 했다. 다만 일방적인 피해를 입었던 첫 전투와는 달리 그들도 상대에게 만만치 않은 피해를 입힐 수 있었다.

그리고 지금은 사실상 마지막 저지선이라 할 수 있는 곳에서 치열한 싸움이 벌어지고 있었다.

무공을 모르는 여자들과 아이들을 제외한 황보세가와 팽가의 모든 식솔들이 싸움에 참여했고 그들을 돕기 위해 황보세가로 몰려들었던 여러 군소문파의 무인들도 목숨을 아끼지 않고 필사적으로 덤벼들었다.

연무장, 전각의 뜰, 전각과 전각을 연결하는 담벼락, 심지어 건물의 지붕에서도 싸움이 벌어졌다. 집의 규모가 조그만 성에 비견될 정도로 대단한 황보세가였지만 천여 명이 훨씬 넘는 인원이 싸우기엔 너무나 협소하기만 했다.

그런 상황에서도 가히 압도적인 존재감을 드러내는 사람이 있었다.

강호오왕으로 추앙받는 권왕 황보장과 동생 벽력권 황보권, 그리고 그들 형제와 같은 연배인 팽가의 전대 가주 팽만호의 무공은 가히 전율스러웠다. 그들이 한 번 움직일 때마다 북천의 무인들은 추풍낙엽처럼 이리 쓸리고 저리 쓸렸다. 더러는 대항이라는 것을 하는 자들이 있었지만 극히 짧은 시간에 불과했다.

그들의 활약으로 인해 북천의 사기는 순식간에 땅에 떨어지고 반대로 황보세가를 지키는 이들의 기세는 하늘을 찔렀다.

결국 사태의 심각성을 깨달은 장백선옹이 장백파의 대장로(大長老) 이정(李淨)과 이장로(二長老) 도일곤(導一昆)을 동원하여 황보장을 막고, 세하보와 천권문의 호법과 장로들이 합세하여 황보권과 팽만호 등을 막고 나서야 욱일승천(旭日昇天)하던 기세를 다소나마 꺾을 수 있었다.

그러나 한번 기울어진 승기는 좀처럼 회복되지가 않으니 일진일퇴(一進一退)를 거듭하던 승부의 저울추가 조금씩, 아주 조금씩 황보세가 쪽으로 기울고 있었다.

조금 전부터는 어떻게든 싸움의 흐름을 바꿔보고자 적목은과 헌원후도 싸움에 참여했는데, 그들은 자신들에게 달려드는 몇몇의 인물을 단숨에 쓰러뜨리고 각각 황보윤과 팽무쌍을 상대로 자존심을 건 싸움을 하는 중이었다.

"정말 끔찍한 늙은이로군."

홀로 후미에 남아 전반적인 싸움을 관장하던 장백선옹이 두 명의 장로로도 부족하여 결국 세 명의 장로를 상대하는 황보장을 보며 혀를 내둘렀다.

솔직히 세 명의 장로를 상대로 싸운다는 것은 그로선 불가능한 일이었다. 어쩌면 두 명의 합공도 버거울 수 있었다. 그러나 황보장은 불가능해 보이는 일은 너무도 간단히 해치우고 있었다.

조금도 지친 기색 없이 상대를 끊임없이 몰아치는, 가히 무신(武神)

과도 같은 그의 신위(神威)를 보며 장백선옹은 두려움과 전율감에 사로잡혔다. 동시에 승패를 떠나 한바탕 시원하게 실력을 겨뤄보고 싶은 호승심이 생겨났다.

상대가 자신보다 강하다는 것을 알면서도 겨뤄보고 싶은 마음, 무인이라면 누구나 품고 있을 법한 마음이었지만 전체적인 싸움을 지휘해야 하는 장백선옹으로선 함부로 움직일 수가 없었다.

"그나저나 도대체 언제까지 기다려야 한단 말인가? 피해가 계속 누적되고 있거늘!"

마음껏 싸워보고 싶은 상대와 겨룰 수 없는 현실이 화가 난 것일까? 아니면 자꾸만 줄어만 드는 북천의 무인들이 가여워서일까?

장백선옹은 함께 황보세가를 치기로 하였던 중천이 아무런 행동도 하지 않자 무척이나 화가 난 모습이었다.

바로 그때였다.

마치 그의 음성을 듣기라도 한 듯 전장 이곳저곳에서 당황해하는 비명성이 터져 나왔다. 황보세가와 나아가서는 자신들의 문파를 지켜내기 위해 그토록 필사적으로 대항했던 이들이 힘없이 무너지기 시작한 것이다.

"흠, 이제야 시작했군."

상황이 급변한 이유를 알고 있던 장백선옹이 살짝 풀어진 얼굴로 고개를 끄덕였다. 하나 원인을 알 수 없는 사람으로선 미치고 환장할 일이 아닐 수 없었다.

'내, 내력이 흩어지고 있다!'

오랜 시간을 싸웠음에도 조금도 힘든 기색 없이 도도히 이어지던 내

경송창어세한(勁松彰於歲寒) 253

력이 급격히 사그라드는 것을 느끼며 황보장은 당황하지 않을 수 없었다. 더군다나 주변 상황을 보니 자신만 그런 것이 아니라 대다수의 무인들이 그런 상황을 겪고 있는 것 같았다.

'설마, 독?'

우선적으로 떠올릴 수 있는 것은 독뿐이었다.

한두 명도 아니고 수백 명이 넘는 무인을 단숨에 무력화시킬 수 있는 것은 오직 독뿐이었다.

'하지만 언제?'

이 정도로 치명적인 독이라면 분명 그 흔적을 느낄 수 있었다. 무형(無形), 무색(無色), 무취(無臭)한 독도 있다지만 그것은 그야말로 책에서나 있을 법한 말이었고 웬만한 독은 하독과 동시에 흔적을 남기게 마련이었다.

한데 그런 낌새를 전혀 눈치채지 못했다. 더구나 목숨을 빼앗는 독이 아니라 내공만을 사라지게 만드는 독이라니!

죽자 살자 달려드는 상대를 뒤로하고 황급히 몸을 뺀 황보장이 같은 이유로 물러난 황보권과 팽만호를 보며 물었다.

"자네들도 그런가?"

황보권이 재빨리 고개를 끄덕였다.

"그렇습니다."

팽만호가 주변을 둘러보며 소리쳤다.

"분명 독입니다! 그런데 도대체 언제 독이 살포되었는지 모르겠습니다. 더구나 놈들은 아무런 이상도 없고 우리들에게만 영향을 주고 있습니다."

"선별해서 중독시키는 독이라니요! 들어본 적이 없습니다."

황보권이 이해할 수 없다는 듯 고개를 흔들었다. 하지만 내공이 점점 사라지는 현상을 감안하면 달리 뭐라 해석할 수도 없었다.

"어쨌든 이 상태로 싸우다간 전멸일세. 당장 물러나야 돼."

"어디로 말입니까?"

"어디로든!"

"그렇다면 일단 안심거 쪽으로 피하는 것이 좋겠습니다. 식솔들도 그쪽에 있고."

황보권의 말에 고개를 끄덕인 황보장이 남아 있는 내공을 애써 끌어올리면서 힘껏 소리쳤다.

"퇴각하라! 퇴각하라!"

그렇잖아도 힘든 싸움을 하고 있던 이들은 퇴각의 명령이 떨어지자 그 즉시 몸을 돌려 후퇴하기 시작했다. 그러나 도망가는 상대를 순순히 보내줄 북천의 무인들이 아니었다. 더구나 상대는 점점 내공을 잃고 약해지는 중이 아니던가!

"크악!"

"으아아아악!"

곳곳에서 귀를 막고 싶을 정도의 처참한 비명성이 터져 나왔다.

"공격, 공격하랏!"

"한 놈도 살려 보내선 안 될 것이다!"

수많은 제자들과 수하들을 잃은 북천의 수뇌들이 악을 써가며 소리치고 북천의 무인들은 더욱 미쳐 날뛰었다.

삽시간에 백여 구의 시체가 생겨났다.

지금까지 목숨을 잃은 이들이 모두 이백여 명. 한데 반 각도 되지 않는 짧은 시간에 절반도 훨씬 넘는 인원이 목숨을 잃은 것이었다.

"이, 이럴 수가!"

후미에서 도주하는 아군을 구하기 위해 고군분투(孤軍奮鬪)하던 황보장은 눈앞에 펼쳐진 지옥도에 안타까운 신음성을 내뱉었다.

하지만 그것이 끝은 아니었다.

"으아악!"

갑작스런 비명 소리, 그런데 후미가 아닌 앞에서 들려온 소리였다.

황보장과 팽만호가 동시에 고개를 돌리고 그들의 눈이 순간적으로 경악을 물들었다.

"도, 도대체가!"

그들은 눈앞에 펼쳐진 상황을 믿을 수가 없었다.

당가가, 다른 곳도 아닌 당가가 배반을 하여 도주하는 이들을 공격하고 있었다.

지금까지 수백 년 동안 생과 사를 함께 넘나들던 당가가 아니던가. 도저히 믿을 수 없는 일이 벌어진 것이었다.

"이게 무슨 짓이냐!"

황급히 몸을 날린 황보장이 잔인한 살수를 휘두르는 사내의 목덜미를 낚아채며 소리쳤다.

사내가 그의 손을 벗어나기 위해 발버둥을 쳤으나 그의 손을 빠져나갈 수는 없었다.

"이게 무슨 짓이냐고 묻지……."

재차 소리치던 황보장이 굳은 표정으로 입을 다물었다.

손에 잡힌 자의 얼굴과 막 드러난 목의 피부색이 확연히 차이가 나는 것을 보았기 때문이다. 그리고 보니 목덜미의 느낌도 뭔가 이상했다.

"인피면구!"

황보장에 의해 인피면구가 벗겨지고 조금 전과는 전혀 다른 얼굴의 사내가 모습을 드러냈다.

"네놈들은 누구냐!"

죽음을 각오한 듯 사내가 원독에 찬 음성으로 대답했다.

"중천!"

"음!"

황보장의 입에서 절로 침음성이 튀어나왔다.

"네놈들이 독을 쓴 것이냐?"

"그렇다."

"아무런 낌새를 느낄 수 없었는데……"

황보장의 읊조림에 사내의 입가에 조소가 지어졌다.

"어리석기는!"

"뭣이!"

"우리는 그렇게 허술하게 일을 하지 않는다."

"무슨 뜻이냐?"

"독이라는 것은 그 독성을 떠나 상대로 하여금 방비하지 못하도록 얼마나 은밀히 하독을 하느냐에 따라 성패가 달리는 법. 너희들은 지금 중독된 것이 아니라 이미 한참 전부터 중독된 상태였다."

"설마……"

황보장은 믿을 수 없다는 표정이었다.

"흐흐흐. 중독시킬 기회와 방법은 참으로 많았다. 우물도 있었고 음식도 있었다. 다만 그 양을 조절하여 당하는 사람이 느끼지 못하게 하는 것이 다소 힘들었을 뿐. 결과는 지금 본대로다. 하하하하!!"

사내는 뭐가 그리 좋은지 주변이 떠나가라 웃어 젖혔다.

황보장은 망연자실 아무런 말도 하지 못했다.

"당가의 식솔들은 어찌 되었느냐?"

황보장의 손에서 그를 낚아챈 팽만호가 물었다.

사내가 피식 웃음을 터뜨렸다.

"인피면구를 보고도 그리 묻다니."

하긴 그랬다. 인피면구를 만들어 사용할 정도면 그 얼굴의 주인이 살아 있을 리가 없었다.

팽만호의 얼굴이 분노로 일그러졌다.

"죽일 놈들 같으니! 네놈들이 이런 짓을 하고도 살기를 바라느냐? 모조리, 모조리 지옥으로 보내주마!"

노한 주먹이 사내의 얼굴을 향해 날아들었다. 그와 같은 심정이었던 황보장은 말릴 생각을 하지 않았다.

바로 그때였다.

너무도 부드러운 음성이 바로 옆에서 들려왔다.

"과연 그럴까요?"

   *   *   *

"크윽!"

절대로 굽혀지지 않을 것 같았던 반포의 무릎이 힘없이 꺾이고, 그는 고통보다는 패배감으로 인한 괴로움에 신음성을 내뱉었다.

오상을 꺾은 후 기고만장했던 반포는 종남일학 봉학경을 상대로 간단히 끝내 버리겠다는 다짐과는 달리 무척이나 치열한 격전을 벌였다. 그리고 믿기지 않는 패배를 당하고 말았다.

이기기는 하였으되 오상과 비교하여 확실히 누가 우위에 있다고 할 수 없을 만큼 엇비슷한 실력을 지니고 있던 그로선 봉학경을 감당할 수 없었다. 비록 겉으로 드러나지는 않았지만 종남파의 최고 고수는 장문인인 오상이 아니라 그의 사제인 봉학경이었기 때문이다.

봉학경으로서도 쉬운 싸움은 아니었다.

반포를 쓰러뜨리기 위해 그가 치른 대가도 상당했다.

서너 대의 갈비뼈가 부러졌고 족히 보름은 요양해야 할 정도로 큰 내상을 입었다. 하지만 그까짓 상처보다는 위지요와 함께 북천을 이끌고 있는 수뇌를 쓰러뜨렸다는 것이 중요했다.

반포가 오상과 봉학경을 상대로 하여 혈전을 벌이는 동안 다른 한쪽에선 그들의 싸움보다 훨씬 더 치열하고 의미있는 싸움이 벌어지고 있었다.

검왕 곽화월과 북천의 천주 위지요의 혈투.

곽화월의 선공으로 시작된 싸움은 누가 우위에 있다고 말할 수 없을 만큼 팽팽했다.

곽화월이 처음부터 화산파 최강의 검법이자 그를 검왕의 지위까지 이끌어준 십팔로낙영검법을 사용하며 거센 공격을 퍼부었지만 위지요는 조금도 흔들리지 않았다. 모든 공격을 완벽하게 막아내는 것은 물론이고 조금의 틈이라도 있으면 그 즉시 반격을 가했다.

내공엔 내공으로, 초식엔 초식으로, 빠름엔 느림으로, 때로는 비슷하게, 때로는 정반대의 것으로 서로를 공격하고 수비하며 이어지는 그들의 싸움은 시간이 흘러도 그 결과를 예측할 수가 없었다.

그렇지만 시작이 있으면 끝이 있는 법.

좀처럼 끝나지 않을 것 같았던 둘의 대결에 묘한 기운이 감돌기 시작한 것은 곽화월의 몸이 미세하게 떨리면서부터였다.

'정말 지독한 한기(寒氣)다. 지금껏 이런 음한지기(陰寒之氣)가 있다는 소리는 들어본 적이 없거늘.'

처음 위지요의 검을 타고 한기가 흘러 들어올 때까지만 해도 그다지 신경 쓰지 않았다. 몸에 침투한 한기가 별다른 위협이 되지 않았기에 그저 상대가 익힌 내공이 조금 특이한 것이려니 생각했을 뿐이었다.

하나 싸움이 오래 지속되고 몸에 들어와 쌓이는 한기의 양이 커지면서 그는 뭔가가 잘못되고 있음을 깨닫게 되었다.

위지요의 검을 타고 흘러 들어오는 한기는 단순한 한기가 아니었다.

극음(極陰)의 한독(寒毒)을 지닌 지독한 음한지기. 그것을 알았을 때엔 이미 그의 몸에 심각한 문제가 발생한 이후였다.

오장육부가 한독에 중독되어 상하기 시작했고 혈맥을 타고 흐르는 피가 온기를 잃고 차갑게 식어버렸다.

몸이 절로 떨리고 숨을 쉴 때마다 지독한 통증이 뒤따랐다.

일단 음한지기의 극성인 양강지기(陽剛之氣)를 일으켜 한독이 온몸으로 퍼지는 것을 막고 외부에서 밀려드는 음한지기를 차단하고는 있었으나 한계가 있었다.

　게다가 상대의 공격은 시간이 갈수록 매서워지고 날카로워졌다. 그와는 반대로 안으로는 음한지기와 밖으로는 위지요라는 무인과 싸워야 했던 곽화월은 점점 손속이 무뎌지고 내공마저 바닥을 드러내는 실로 절체절명의 위기 상황에 직면했다.

　'이기지 못한다 하여도 지지는 않는다.'

　이미 이길 수 없다는 것은 스스로가 알고 있었다.

　이곳저곳 크고 작은 부상을 입히기는 했어도 상대는 그다지 큰 타격을 받지 않았다. 그에 반해 자신은 치명적이라고도 할 수 있는 한독에 중독된 상태였고 몸을 갉아먹는 한독을 억제하느라 그만 왼쪽 어깨에 제법 깊은 상처를 입었다.

　그러나 쉽게 포기할 수는 없었다.

　최상은 승리를 하는 것이지만 그럴 수 없다면 차선을 선택해야 하는 것.

　마음을 굳힌 곽화월은 음한지기를 억누르느라 제대로 사용하지 못한 내공을 모조리 끌어올렸다. 순간, 오장육부를 중심으로 엄청난 한기가 일어나더니 전신을 얼리기라도 하려는 듯 매서운 기세로 퍼져 나갔다.

　'음.'

　추운 느낌을 넘어서 온몸이 칼로 난자당하는 고통이 느껴졌다. 하나 이를 악문 곽화월은 신경 쓰지 않았다. 그는 오직 눈앞의 적만을 생각했다.

　그리고 지금껏 단 한 번도 사용하지 않았던, 아니, 익히면서도 과연 사용할 수 있을까 하고 의심을 했던 십팔로낙영검법 최후의 초식을 떠올렸다.

"좋은 승부였네."

난데없이 입을 여는 곽화월, 입가엔 엷은 미소가 지어졌다.

'이거 위험한데.'

갑자기 돌변한 상대의 기세에 위지요는 상당한 위기감을 느꼈다. 그것을 증명이라도 하듯 곽화월의 검에서 거대한 기운이 일기 시작했다.

'검강(劍罡)?'

하지만 그런 것 같지는 않았다.

검강이란 말 그대로 무형의 기를 유형화시키는 것. 그런데 검에서 흘러나온 기운은 어떤 특별한 형태를 띠고 있지는 않았다.

상대의 공격을 파악하지 못한 위지요는 심각한 표정으로 긴장을 늦추지 않았고 그사이에도 곽화월은 서서히 검과 하나가 되어가고 있었다.

'시, 신검합일(身劍合一)?'

검이 일으킨 기운에 완벽하게 동화되어 가는 곽화월의 모습에 비로소 상대의 무공을 눈치챈 위지요가 기겁하며 내공을 극성으로 끌어올렸다. 순간, 그의 몸에서 주변의 모든 생명체를 얼려 버릴 듯한 한기가 쏟아져 나왔다.

"컥!"

치열한 싸움을 벌이다 은연중 그의 곁으로 접근한 흑룡문과 화산파의 제자가 갑자기 엄습한 음한지기를 감당하지 못하고 그대로 쓰러져 목숨을 잃고 말았다. 자신들에게 어떤 일이 일어났는지도 의식도 하지 못하고 목숨을 잃은 그들의 몸에는 마치 서리라도 내린 듯 하얗게 냉기가 깔려 있었다.

그러나 그 정도의 음한지기도 지금의 곽화월에는 별다른 영향을 주지 못했다.

"추운 겨울에야 비로소 소나무의 강건함이 빛을 발할지니……."

검과 하나가 된 곽화월에게서 낭랑한 음성이 터져 나오고 십팔로낙영검법의 최후 초식이자 일격필살(一擊必殺)의 동귀어진(同歸於盡) 수법인 '경송창어세한(勁松彰於歲寒)'이 펼쳐졌다.

한 번 펼치면 상대는 물론이고 시전자까지 죽음에 이르게 하는 무시무시한 공격.

위지요와의 싸움에서 승리하기가 불가능하다고 여긴 곽화월은 결국 함께 죽는 것을 선택한 것이었다.

'위험하다!'

피할 수만 있다면 피하고 싶은 공격이었다. 하나 곽화월 정도의 인물이 죽을 각오를 하고 펼친 무공에 그만한 여유가 있을 리 없었다. 오직 정면으로 부딪쳐 깨뜨리는 방법뿐이었다.

위지요의 얼굴이 그토록 심각하게 굳은 것은 처음이었다. 그리고 마침내 승부를 결정짓는 충돌이 있었다.

꽈꽈꽈꽈꽝!!

엄청난 굉음과 함께 주변으로 퍼져 가는 충격파.

하늘이 무너지고 대지가 갈라지는 소리가 이럴까?

전후좌우 할 것 없이 천지사방으로 흩어지는 기운은 주변을 초토화시키며 생명을 지닌 것들은 단 하나도 남기지 않겠다는 듯 거침없이 쏟아져 나갔다.

"크악!"

"으아아악!"

반경 오 장 안에서 싸움을 하던 이십여 명의 무인이 주변을 휩쓰는 힘을 감당하지 못하고 목숨을 잃거나 치명적인 부상을 당해 쓰러졌다.

"마, 말도 안 돼!"

멀리서 둘의 충돌을 지켜보던 사람들의 입에서 절로 경악성이 터져 나왔다. 대황하에서 벌어지던 모든 싸움도 그 둘이 일으킨 거대한 회오리에 의해 한순간에 멈추어졌다.

아무도 입을 여는 사람이 없었다. 움직이는 사람도 없었다. 너무나 무거워 질식할 것만 같은 침묵이 찾아왔다.

잠시 후, 어차피 황토 바닥에 불과했지만 사방 십여 장을 초토화시키며 휘몰아친 광풍이 잦아들고 끝없이 치솟아오르던 황토먼지가 가라앉으며 곽화월과 위지요의 모습이 드러났다.

넝마가 되다시피 한 옷에 온통 먼지를 뒤집어쓴 위지요는 무릎을 꿇고 연신 기침을 해댔다. 손으로 입을 틀어막았지만 그 사이로 상당한 양의 피가 흘러나왔다. 반면에 곽화월은 검을 땅에 꽂고 마치 천 년의 세월을 견뎌낸 거목인 양 조금의 흔들림도 없이 우뚝 서 있었다.

누가 보아도 곽화월의 승리였다.

"와아아!!"

조마조마한 심정으로 결과를 지켜보던 백도의 무인들은 곽화월의 승리를 확신하며 기세를 올렸다. 위지요가 패배하리라고는 조금도 생각하지 않은 북천의 무인들은 하나같이 충격에 휩싸인 모습이었다.

"정말 대단한 무공이었습니다."

천천히 몸을 일으킨 위지요가 입가에 묻은 피를 닦아내며 말했다. 고개를 설레설레 흔드는 것으로 보아 진정으로 감탄한 모습이었다.

그러나 곽화월은 아무런 대답도 하지 못했다.

그의 혼은 이미 육신을 떠났고 뜨거운 열정을 담았던 심장은 싸늘하게 식었기 때문이다. 위지요도 그것을 알고 있었는지 대답을 기다리는 표정은 아니었다.

이미 어찌 된 상황인지 파악하고 있던 곽검명이 곽화월의 곁으로 다가갔다. 그리곤 서서히 무너져 내리는 그의 몸을 안아 들었다.

그제야 어떤 일이 벌어진 것인지 눈치챈 화산파의 제자들은 엄청난 충격에 사로잡히고, 곽화월이 승리한 줄로만 알았던 사람들도 갑작스런 상황의 반전에 어찌할 바를 몰라 했다. 그것은 승리를 축하해야 할 북천의 무인들 역시 마찬가지였다.

모든 사람들이 어리둥절해하는 사이 득달같이 달려온 위지청이 위지요를 부축하려 하였다.

"되었다."

고개를 흔든 위지요가 담담히 입을 열었다.

"언제까지 지켜만 보실 생각이오?"

누구에게 한 말일까?

의혹에 찬 수많은 시선이 그에게 쏠리고 자신이 원하는 대답이 들려오지 않자 위지요가 재차 입을 열었다.

"이쯤 했으면 충분히 즐겼을 것이 아니오? 언제까지 우리의 피해를 지켜만 볼 생각이오? 이제 그만 끝냅시다."

위지요의 음성이 점점 싸늘해졌다. 그만큼 화가 났다는 것을 의미했는데…….

바로 그 순간, 백도의 무리에서 한줄기 대답이 흘러나왔다.

"하하하하! 그렇잖아도 그만 끝낼 생각이었소이다."

위지요에게 향했던 시선이 일제히 음성의 주인을 찾아 움직였다. 그리고 그들은 태연히 웃음 짓는 한 사람을 볼 수 있었다.

음성의 주인은 악가의 가주 악위군이었다.

*   *   *

"하아! 하아!"

숨이 가빴다.

이마를 타고 흐른 땀으로 인해 눈을 뜨기도 쉽지 않았다. 양 발은 쇳덩어리라도 달아놓은 듯 천근만근 무거웠다.

"하아! 하아!"

황보장은 모든 것을 포기하고 당장에라도 주저앉고 싶었다. 그 순간 목숨을 잃는다 해도 그저 쉬고 싶을 뿐이었다. 하지만 그럴 수가 없었다.

살기도 오랜 산 몸. 자신의 목숨은 상관없었다. 그러나 자신이 조금이라도 더 시간을 끌지 못하면 그만큼 많은 생명이 사라질 것이다.

'조금만, 조금만 더 힘을 내자.'

스스로에게 다짐을 하며 자꾸만 주저앉고 싶은 마음을 일으켜 세우는 황보장. 그는 혼미해지는 정신을 다잡기 위해 옆구리에 난 상처에 손을 갖다 댔다.

'척목은이라 했던가?'

꽤나 날카로운 실력을 지닌 자였다. 내공을 잃지 않은 상태라도 막기가 까다로울 정도의 실력자. 한 줌밖에 남지 않은 내공으로 상대하기엔 너무나 강한 상대였다.

그가 남긴 검상은 깊고도 중했다.

흘러나오는 내장을 억지로 밀어 넣고 벌어진 상처를 옷에서 대충 찢은 천으로 감아놓기는 하였으나 움직일 때마다 형용할 수 없는 고통이 느껴졌다.

한데 지금 상황에선 그것이 오히려 도움이 되었다. 그 고통으로 인해 아직도 손발을 놀릴 수 있었으니.

"오라!"

황보장이 주먹을 쥐며 소리쳤다.

아무도 움직이지 않았다. 사람이 없어서가 아니었다. 그저 기가 질렸을 뿐이었다.

치열했던 싸움은 한참 전에 끝난 상황이었다.

당가로 위장한 중천의 인물들이 은밀히 독을 살포하고 그로 인해 승기를 잡았던 전세가 완전히 뒤바뀌고 말았다. 거기에 갑자기 배반을 하고 손을 쓰기 시작한 악가에 의해 황보세가에 모인 이들은 그야말로 절체절명, 몰살의 위험에 빠지게 되었다.

그나마 최후의 기력을 짜낸 황보장과 팽만호 등의 선전으로 포위망을 뚫고 안심거까지 후퇴할 수 있었지만 생존자는 채 백여 명이 되지 않았다. 싸움을 시작할 때 인원이 오백을 넘었다는 것을 감안하면 오분지 사에 달하는 인원이 목숨을 잃은 것이었다.

 힘겹게 안심거에 도착한 그들은 그 즉시 비밀 통로를 열고 식솔들을 대피시키기 시작했다. 그러나 비밀 통로는 너무 어둡고 협소했다. 아무리 빨리 움직인다 해도 식솔들을 포함한 근 이백에 달하는 인원이 모두 피할 수는 없었다.

 결국 그들은 우선 나이 든 노인과 어린아이, 여인들을 대피시키고 조금의 힘이라도 남은 사람이 죽음으로써 추격을 막는 것이 최선이라는 결론을 내렸다.

 하늘의 도움이던가!

 그들을 독 안에 든 쥐라고 여긴 북천의 무인들은 아예 피를 말려 죽이겠다는 듯 서둘지 않고 서서히 포위망을 좁혀왔고, 그들의 발걸음을 막기 위해 또다시 많은 이들이 목숨을 잃어야만 했다. 그 덕에 무공을 모르는 식솔들은 모두 무사히 탈출에 성공했지만 생존자는 급격히 줄어 있었다.

 더 이상 버티는 것이 무리라고 판단한 황보장은 고개를 내젓는 황보윤과 팽무쌍에게 훗날을 부탁한다는 당부와 함께 비밀 통로로 억지로 밀어 넣고는 입구를 폐쇄해 버렸다. 그리고 나머지 생존자들과 함께 비밀 통로에 접근하기 위해 펼치는 파상공세에 당당히 맞서 나갔다.

 비밀 통로를 막아선 이들은 대부분이 각 세가와 문파들의 원로들.

 하나 아무리 뛰어난 무공과 오랜 경험을 지니고 있는 그들이라도 내공이 없이는 오래 버틸 수가 없었다.

 필사적으로 저항했지만 하나둘 목숨을 잃고 쓰러졌다. 팽만호와 벽력권 황보권도 그들 중 한 명이었다.

일각여가 흐르자 남은 사람은 오직 황보장뿐, 그리고 그는 아직까지 버텨내는 중이었다.

"대단해, 정말 대단한 사람이야!"

장백선옹은 당장 숨이 끊어진다 해도 전혀 이상할 것 없어 보이는 몸으로 지금껏 꿋꿋이 버티는 황보장을 보며 감탄해 마지않았다.

"정말 그렇습니다. 내공을 잃고도 저 정도인데 멀쩡한 몸으로 상대를 했다면……."

생각하기도 싫은지 헌원후는 몸서리를 치며 고개를 흔들었다.

"하지만 어차피 끝난 목숨입니다. 문제는 도망간 놈들이지요."

"비밀 통로가 어디로 이어지는지 알아보았나?"

"아직 발견하지 못했습니다만 부설이라는 아이가 제 수하들을 동원해 인근 지역을 샅샅이 뒤지고 있으니 곧 발견될 것입니다. 제깟 놈들이 두더지가 아닌 이상 땅속에서 살수만은 없겠지요. 그건 그렇고 언제까지 보고 계실 참입니까?"

척목은이 홀로 남은 황보장을 가리키며 물었다.

"글쎄……."

장백선옹이 말끝을 흐리자 그가 단호하게 말했다.

"이런 일에 후환을 남겨선 안 되는 법. 당장 입구를 뚫고 추격해야 합니다."

답답하다는 듯 다소 언성을 높인 척목은이 직접 손을 쓸 기세로 걸음을 내디뎠다. 그러자 발걸음을 제지한 장백선옹이 조용히 입을 열었다.

"내가 처리하지."

고개를 끄덕인 척목은이 슬그머니 뒤로 물러나고 엷은 한숨을 내쉰 장백선옹이 황보장에게 다가갔다.

희미해지는 의식 속에서도 누군가 다가온다는 것을 느낀 황보장이 다짜고짜 주먹을 내질렀다. 내공을 거의 사용하지 못함에도 그 주먹에는 힘이 실려 있었다. 그러나 장백선옹 정도의 고수에게는 솜방망이보다 못한 주먹이었다.

단숨에 그의 팔을 움켜쥔 장백선옹이 황보장의 얼굴을 잠시 바라보다 가슴 어귀에 손을 갖다 댔다.

'잘 가시오.'

이미 비명을 지를 힘도 없을 만큼 지쳤던가?

장백선옹의 품으로 힘없이 무너지는 황보장의 입에선 미약한 신음소리도 흘러나오지 않았다.

주먹 하나로 강호를 풍미했던 권왕 황보장은 그렇게 조용히 잠들었다. 그리고 그의 죽음으로 황하의 북쪽 지역은 사실상 북천이 석권했다고 해도 과언이 아니었다.

*　　　*　　　*

북천의 천주가 질문을 하고 악가의 가주가 대답했다. 한데 오랜 친분이 있는 것처럼 너무나 자연스럽지 않은가!

사람들은 갑작스럽게 일어난 상황을 이해하지 못했다. 그저 불안한 눈으로 악위군를 쳐다볼 뿐이었다.

"서, 설마?"

유난히 정보에 민감한 정소가 마구 흔들리는 눈빛으로 악위군을 쳐다봤다.

하나의 가설이 세워졌다.

절대로 있을 수 없고 있어서도 안 되는, 그러나 아무리 생각해 보아도 달리 생각할 수가 없었다.

"중… 천이오?"

정소의 질문에 모두의 눈이 휘둥그레졌다. 비로소 뭔가를 느낀 것이었다.

"하하하, 역시 개방의 방주답구려. 그렇소이다. 내가 바로 중천의 천주요."

쾅!

멀쩡히 길을 가다 뒤통수를 두들겨 맞는 기분이 이러할 것인가? 아니, 그 정도는 비교도 되지 못했다. 순간적으로 정신을 혼미하게 만들 정도의 충격이 좌중을 휩쓸었다.

그들의 반응을 즐기기라도 하듯 어깨를 들썩인 악위군이 담담하면서도 위엄 섞인 음성으로 입을 열었다.

"중천의 무인들은 명을 받아라."

"존명!"

악위군의 말이 끝나기가 무섭게 이곳저곳에서 우렁찬 대답이 터져 나왔다. 예비 병력으로 빠져 있던 사람들도 있었고 조금 전까지 북천의 무인들과 치열한 싸움을 했던 이들도 있었다. 그들은 주위의 시선에 아랑곳없이 바닥에 무릎을 꿇었다.

무려 삼백에 육박하는 인원들이 무릎을 꿇고 한 사람을 향해 고개를 숙이는 모습은 가히 장관이었다.

"세, 세상에!"

그들의 모습은 또 한 번의 충격을 몰고 왔다.

"구성문이!"

"허! 이거야 원. 무량검파까지 놈들의 주구란 말인가!"

소림을 구하고자 산동에서 달려온, 규모는 그다지 크지 않지만 협의(俠義)를 중히 여기는 문파로 평판이 자자한 구성문과 무량검파의 제자들이 모조리 무릎을 꿇고 중천의 수하임을 자처하자 놀라움을 떠나 허탈하기까지 했다.

"설마 하니 악가가 중천일 줄은 꿈에도 몰랐군."

조금 전까지 그의 곁에서 싸움을 지켜보던 당욱은 아직도 충격에서 벗어나지 못한 모습이었다.

"한천문이라 부르기도 한다오. 어쨌든 칭찬으로 알겠소."

살짝 미소를 지은 악위군이 곽검명의 품에 안겨 잠든 곽화월을 응시했다.

"흠, 대단한 실력이었소. 기회가 되었다면 한번 겨루어보았을 것인데 아깝게 되었소."

"네놈 따위가 넘볼 분이 아니다."

곽검명이 싸늘하게 소리쳤다.

"훗, 내 말의 의미를 잘못 이해한 것 같소이다. 대단한 실력이라고 했지 넘지 못할 실력은 아니라고 했소. 검왕이라는 명성 그대로 뛰어난 무위를 지니고는 있었지만 수호신승에 비해선 부족함이 있었소. 그리고 그 정도라면 나의 상대도 되지 못하오."

순간, 악위군의 말뜻을 알아들은 명경이 경악하며 소리쳤다.

"그, 그럼 당신이 수호신승께 부상을 입힌 자란 말이오?"

"부상을 입힌 것은 맞지만 엄밀히 말하면 승부를 가리지는 못했소. 나 또한 치명적인 부상을 입었으니까. 그것을 치료하느라 어찌나 고생을 했던지……."

"아미타불!"

"그래, 신승은 좀 어떠시오? 그때 못다 한 승부를 보아야 하는데 말이오."

"시, 신승께서는 아직도……."

명경은 차마 말을 잇지 못했다. 그를 대신하여 위지요가 대답을 했다.

"아직 회복을 못했소. 나름대로 치료를 하는 것 같은데 워낙 지독하게 당해서."

위지요는 약사전에서 치료를 받고 있는 수호신승이 어떤 무공에 당해서 그리되었는지 너무나 잘 알고 있었다.

지존신공(至尊神功)과 암흑마검(暗黑魔劍).

북천을 비롯하여 남천과 서천이 중천에 고개를 숙일 수밖에 없도록 만든 무공이었다.

"그것참, 아쉽게 되었구려. 극성에 이른 무공을 시험해 볼 수 있는 상대는 그뿐인데. 뭐, 할 수 없지요, 아쉬운 대로 적당한 상대가 있으니."

의미심장한 표정으로 위지요를 바라보며 슬며시 검을 건드린 악위군이 명경을 향해 걸어갔다.

"백팔나한진, 지금껏 두 번을 허락했다고 들었소. 내가 세 번째 인물이 될 수 있는지 시험을 해보겠소이다."

도전이었다.

허락을 했다는 말인즉슨 진을 깨뜨렸다는 것을 의미했고, 그 두 명이란 곧 초대 패천궁주였던 구양풍과 전전대 궁주 환야를 말함이었다.

"원한다면 보여주겠소."

수호신승이 진 빚을 갚을 기회이자 어쩌면 무림에 몰아닥친 겁난(劫亂)의 원흉을 제거할 수 있는 절호의 기회였다. 백팔나한진에 절대적인 믿음을 가지고 있는 명경은 흔쾌히 고개를 끄덕였다.

"하하, 시원시원하니 좋소이다. 그건 그렇고 우리끼리만 싸우면 다른 사람들이 지루해할 터이니······."

악위군의 시선이 한쪽에 조용히 시립하고 있는 중천의 무인들에게 향했다.

"중천의 이름을 걸고 처음으로 내딛는 발걸음이다. 부끄럽지 않도록 해라."

"존명!"

그들은 공격 명령이 떨어지자 일제히 살기를 뿜어냈다.

"자자, 여기는 귀찮은 것들이 많으니 우리는 이쪽에서 놀아봅시다."

악위군은 대답도 기다리지 않고 몸을 움직였다. 명경과 백팔나한이 묵묵히 그의 뒤를 따랐다.

"죽여랏!"

"와아!"

그들이 자리를 뜨자마자 거대한 함성과 함께 중천과 북천의 대대적인 공격이 시작되었다.

　백도에 속해 있던 삼백의 병력이 돌아서자 양측의 병력 상황은 이미 역전된 것이나 다름없었다. 게다가 중천의 무인들은 대다수가 예비 병력으로 뒤에 빠져 있었기에 힘이 남아도는 터. 북천을 상대하며 치열한 격전을 벌이느라 지친 이들과 비할 바가 아니었다. 또한 전력의 가장 핵심이자 구심점 역할을 했던 백팔나한진이 악위군을 상대하느라 빠지면서 전력의 공백이 더욱 심화되었다.

　한데 그것만이 아니었다.

　싸움이 시작된 지 반 각이나 지났을까?

　뿌연 황톳빛 먼지를 일으키며 맹렬히 달려오는 일단의 무리들이 있었다.

　인원은 정확히 삼십삼 명. 나이는 모두 삼십대 중반 정도였다.

　용혈대(龍血隊)라 불리는 그들은 패천궁의 패천수호대처럼 어려서부터 체계적인 훈련을 받으며 육성된 자들로 비록 인원은 적어도 지닌 힘만큼은 패천수호대를 능가할 것이라 단언할 정도로 최고의 정예들이었다.

　그렇잖아도 암울한 상황에 처했던 백도무림인들에게 그들의 출현은 사형 선고나 다름없었다.

　한편 악위군과 백팔나한진의 치열한 싸움도 시작되었다.

　"방진(方陣)!"

　명경의 음성이 들리며 무승들이 신속히 움직였다. 그리고 저마다 짝을 이뤄 하나의 작은 원을 만들었다.

　"흠, 이것이 십팔나한진!"

그들의 행동이 무엇을 의미하는지 알고 있는 악위군이 고개를 끄덕였다.

그사이 작은 원은 또다시 하나의 거대한 원으로 변했다.

열여덟 명이 한 조가 되어 진을 만드니 십팔나한진이요, 여섯 개의 십팔나한진이 모여야 비로소 그 웅장한 위용을 드러내는 백팔나한진(百八羅漢陣).

마침내 수호신승과 함께 소림을 지켜온 백팔나한진이 악위군 한 사람을 상대로 펼쳐진 것이었다.

"좋구나!"

악위군은 자신도 모르게 감탄사를 내뱉었다.

"아미타불! 소림의 힘을 보여주어라!"

명경의 명령에 맞춰 나한들이 움직이기 시작했다.

손에 들린 계도에서 뿜어져 나오는 살기는 가슴 한 켠을 서늘하게 만들 절로 무시무시했지만 백팔나한진에는 그 살기와는 이질적인 웅장한 서기(瑞氣) 또한 은연중 나타나고 있었다.

"아미타불!"

명경의 나직한 도호성과 함께 악위군의 좌측에서 움직이고 있던 나한들이 일제히 공격을 시작했다.

악위군은 침착하게 그들의 공격을 막아냈다.

공격은 생각만큼 강하지 않았다.

그저 두어 걸음 옮기고 살짝 몸을 비틀며 검을 휘두르는 것으로 자신을 위협하는 모든 공격을 해소한 악위군은 물러나는 그들을 향해 곧바로 역공을 가했다.

쉬이잇!

날카로운 소리와 함께 쏘아져 나가는 검기.

무지막지한 힘이 담긴 검기가 그들의 코앞까지 짓쳐들었지만 목표가 된 나한들은 조금도 당황하는 기색이 없었다. 아니, 애써 막으려 하지도 않았다.

'뭐지?'

악위군의 미간이 찌푸려졌다.

쉬워도 너무 쉬운 것이다.

하지만 그의 생각을 비웃기라도 하듯 난데없이 등장한 나한들이 그의 공격을 막아내고는 사라졌다.

종(縱)으로, 그리고 횡(橫)으로.

도도히 흐르는 장강의 물결처럼 유려하게 움직이는 백팔나한진은 때로는 부드럽게, 때로는 가히 화산과도 같은 힘으로 악위군을 압박했다.

좌측의 나한진이 공격을 하면 우측의 나한진이 역공에 대비해 그들을 보호하고 그들은 또 다른 나한진의 보호를 받았다.

"후~ 대단해, 과연 대단해."

악위군의 입에서 나지막한 탄성이 흘러나왔다.

처음의 자신감 넘치는 태도와는 달리 악위군은 꽤나 오랜 시간 동안 일방적으로 밀리면서 몸 이곳저곳에 많은 상처를 입었다. 아무리 빠르게 움직여도 진세를 벗어나지 못했고, 힘 대 힘으로 부딪쳐 보았으나 가히 철옹성과도 같은 방어에 철저하게 막혀 버렸다.

하나 그것은 백팔나한진의 위력을 몸소 체험하고 약점을 찾기 위한 그 나름대로의 노력이라고도 볼 수 있었다. 많은 상처를 입었으나 결정적으로 큰 부상이 없다는 것과 상처를 입으면서도 그가 지닌 최고의 무공을 사용하지 않는다는 것이 그것을 증명했다. 그렇지만 딱히 이렇다 할 성과를 얻지는 못했다. 그저 백팔나한진의 명성이 거짓이 아니라는 것을 확인한 것이 성과라면 성과였다.

나한진 자체엔 약점이 없다고 판단한 악위군은 다른 곳으로 눈을 돌렸다. 그리고 약간의 시간이 더 흐르자 그는 과거 구양풍과 환야가 찾아낸 것처럼 나한진의 유일한 약점을 찾아낼 수 있었다.

한 사부 밑에서 똑같이 무공을 배워도 수준의 고하가 있듯 같은 나한들이었지만 엄연히 수준 차이가 있는 법. 개인의 능력도 차이가 있었고 백팔나한진을 이루는 여섯 개의 십팔나한진 사이에서도 조금씩 차이가 있었다.

악위군은 그중 가장 약한 십팔나한진, 그리고 그 안에서도 가장 무공이 약한 나한을 찾아냈다.

목표가 정해진 이상 행동하만 하면 되는 일. 그는 손해를 감수하면서까지 집요하게 목표가 된 나한을 노렸다.

목이 잘릴 뻔한 위기도 넘겼고 손목이 끊어질 뻔한 위기도 넘겼다. 팔뚝에 깊은 자상을 입기는 했지만 충분히 견딜 수 있는 정도였다.

그의 의도를 눈치챈 이들이 동료를 구하기 위해 필사적이었지만 악위군은 결국 목표했던 나한의 목을 벨 수 있었다. 더 이상 시간을 끌어선 좋을 것이 없다는 생각에 그때까지 아껴두었던 암흑마검을 사용한 까닭이었다.

이후부터는 모든 것이 악위군이 원하는 대로 흘러갔다.

한 명의 인원이 빠짐으로써 십팔나한진에 구멍이 생기고, 그것은 혼연일체가 되어 움직여야 할 백팔나한진 전체에도 영향을 주었다. 악위군은 더욱더 그 약점을 파고들었고, 시간이 가면 갈수록 나한진의 위력은 현저하게 감소했다.

"수진(數陣)!"

명경이 다급하게 명을 내리고 나한들이 나한진의 진세를 최대한 좁혀 서로에게 연결된 끈이 끊어지지 않도록 노력하며 필사적으로 버텼다. 하나 불완전한 상황에서도 수호신승과 양패구상을 할 정도로 막강했던 암흑마검이었다. 더구나 최후의 비결을 얻어 완벽에 가까워진 지금, 그들이 암흑마검의 힘을 막기란 너무나 힘든 일이었다.

그렇게 약간의 시간이 더 흐르자 백팔나한진은 더 이상 백팔나한진이 아니었다. 어떻게든 진세를 유지하려고 노력은 하였으나 십팔나한진 하나가 완벽하게 무너진 상황에서 가능한 일이 아니었다. 결국 소림의 자랑 백팔나한진은 구양풍과 환야에 이어 세 번째로 패배를 기록하고 말았다.

용혈대가 등장을 하고 악위군에 의해 백팔나한진이 무너지는 순간 모든 싸움은 끝나 버렸다. 백도의 무인들이 이를 악물고 대항했지만 한낱 미약한 발버둥에 불과할 뿐이었고 사실상 일방적인 학살이나 마찬가지였다. 염라대왕마저 고개를 돌려 버릴 끔찍한 학살의 순간은 무조건적인 항복이 있고서야 멈춰졌다.

중천으로 돌아선 삼백의 인원을 제외하고도 칠백이 넘던 인원 중 포위망을 뚫고 탈출한 사람은 정소와 당욱 등을 비롯하여 고작 사십여 명뿐. 오백 명이 넘는 인원이 목숨을 잃었고 나머지 사람들 대부분은 극심한 부상을 당한 채 포로가 되었다.

어쩌면 향후 무림의 운명을 걸고 시작된 싸움, 양쪽 모두 사활을 걸고 벌인 싸움은 사천혈맹의 일방적인 승리를 그렇게 끝이 나고 말았다.

* * *

수백 년 만에 모습을 드러낸 사천혈맹의 힘은 실로 가공했다.

서쪽에서 달려온 철혈마단이 사천무림을 초토화시키고는 대파산을 넘었고, 남쪽에서 시작된 흑월교의 힘은 패천궁이 광서와 광동을 버리고 물러나게 만들 정도였다.

소림사를 비롯하여 팽가와 황보세가 등 하북과 하남의 명문대파 등을 휩쓸며 남하한 북천은 개방은 물론이고 섬서성의 화산파와 종남파까지 무너뜨리며 위세를 떨쳤고, 모습을 드러내자마자 산동, 안휘, 강소, 절강성을 완벽하게 석권하며 강서, 호북, 호남성에도 그 영향력을 확장시킨 중천의 힘은 막강 그 자체였다.

승천지계가 펼쳐진 지 정확히 백일, 대황하의 싸움이 끝난 지 석 달 만에 무림은 사천혈맹의 수중에 떨어지고 말았다.

그렇다고 모든 것이 끝난 것은 아니었다.

전력을 고스란히 간직하고 있는 무당파, 그리고 과거에 비해 현저하게 줄어든 전력이지만 그래도 무시 못할 힘을 지닌 정도맹이 대파산을 넘은 철혈마단과 남하한 북천의 연합 공격에도 나름대로 성공적인 싸움을 하고 있었고 앞뒤로 적을 맞은 패천궁 또한 이름에 걸맞는 저력을 발휘했다. 그러나 그들이 무너지는 것은 시간문제일 뿐이고 무림은 사천혈맹의 손에 떨어지리라는 것은 너무나 자명한 일이었다. 사람들은 무림에 암흑의 시기가 도래하고 있다며 두려워했다.

하지만 모든 일엔 변수가 있는 법이었다.

비록 아무도 의식하지 못하고 있었지만 작금의 상황을 뒤흔들 수 있는 변수가 태동하고 있었다. 그것도 무려 네 가지나.

슈우우욱!

만물이 모두 잠든 고요한 새벽, 허공을 가르는 불화살 하나가 있었다.

주변을 환하게 밝히며 날아간 화살은 철혈마단 안평(安坪) 분타의 마사(馬舍) 지붕에 정확히 떨어졌다.

기와로 이루어진 여타의 건물과는 달리 짚과 갈대로 엮어 만든 지붕은 불화살이 떨어지는 것과 동시에 활활 타오르기 시작했다.

삽시간에 지붕이 무너져 내리고 성난 불길은 말을 먹이기 위해 산처럼 쌓여 있는 건초(乾草) 더미로 옮겨 붙었다.

히히히힝!

삼십여 필이나 되는 말이 미쳐 날뛰고 불길은 하늘 높은 줄 모르고 치솟았다.

"불이야!"

갑자기 환해진 것보다는 말들의 울음소리를 듣고 뛰쳐나온 노구의 입에서 찢어지는 듯한 비명이 터져 나오고, 곤히 잠을 자고 있던 무인들이 옷도 제대로 입지 못하고 허겁지겁 달려왔다.

"도대체 무슨 일이냐? 불이라니!!"

지난밤 술이 과했던가?

아직도 얼굴이 벌건 분타주가 술 냄새를 풀풀 풍기며 소리쳤다.

"마사에 불이 났습니다."

누군가가 대답했다.

순간, 그렇지 않아도 벌건 그의 얼굴이 더욱 붉으락푸르락해졌다.

"말은? 말은 어찌 되었느냐?"

철혈마단의 무인들에게 말은 목숨만큼이나 소중한 것. 그에게도 예외는 아니었다.

"절반 정도는 구했지만 불길이 워낙 강해 나머지는… 큭!"

황급히 달려와 대답하던 노구는 분타주의 분노 서린 주먹에 얼굴을 맞고 땅바닥을 굴렀다.

"지금 그걸 말이라고 하는 거냐! 뭐라고? 절반이 어쩌고 저째? 그 말들이 어떤 말인 줄 알고나 지껄이는 거냐?"

"죄, 죄송합니다."

"죄송이고 뭐고 필요없어! 당장 살려내! 네놈 목숨을 걸고 살려내란 말이다! 한 마리라도 죽었다간 네놈도 끝장날 줄 알아!"

분타주는 고래고래 소리를 지르며 욕설을 퍼부었다.

바로 그때였다.

슉!

불길이 치솟으며 나는 소리, 분타주가 발광하는 소리, 불길을 잡기 위해 죽을힘을 쓰는 이들의 입에서 흘러나오는 함성과 신음 소리 등이 뒤섞여 난장판이 되어버린 안평 분타를 가로지는 은밀한 파공음이 있었다.

"으악!"

 옆으로 번지고 있는 불길을 잡기 위해 연신 물을 퍼 나르고 있던 우중(牛繒)은 갑자기 들이닥친 고통에 비명을 지르며 그대로 주저앉고 말았다.

"커윽!"

 연이어 들리는 비명성.

 우중과 마찬가지로 허리를 꺾으며 쓰러지는 원명(元冥)의 입에서도 끔찍한 비명이 터져 나왔다.

 나란히 땅바닥에 몸을 누인 우중과 원명의 아랫배에는 불길을 받아 빛나는 화살 하나가 꽂혀 있었다.

"저, 적이다!"

 그제야 사태를 파악한 이들이 일제히 몸을 숨기며 소리를 질렀다.

 쉬쉭!

 또다시 파공음이 들리고 곧바로 비명성이 뒤를 따랐다.

"멍청하게 숨지 말고 적을 찾아라! 공격하는 놈을 찾아!"

 바로 옆에 있던 수하가 화살을 맞으며 쓰러지는 것을 보며 재빨리 몸을 숙인 분타주는 입에 게거품을 물어대며 고함을 내질렀다. 하지만 그들은 대낮처럼 환한 불길 옆에 있었고 화살을 날리는 사람은 어둠 속에 몸을 숨기고 있었다.

 그래도 용기를 낸 몇몇이 화살이 날아온 방향으로 달려보기도 했지만 그들은 채 몇 걸음 내딛지도 못하고 쓰러졌다.

"으으으!"

 분타주는 순식간에 줄어드는 수하를 보며 어찌할 바를 몰랐다.

영평 분타의 인원은 총 오십육 명, 그중 철혈마단의 인원은 열일곱이었고 나머지는 인근 문파에서 항복한 자들과 노구처럼 허드렛일을 하는 하인들이었다.

한데 적은 그것을 알기라도 하듯 철혈마단의 무인들에게만 화살을 날렸다. 문제는 누구도 그 화살을 피하지 못했다는 것.

반 각도 되지 않은 짧은 시간 동안 철혈마단의 무인 중 멀쩡한 사람은 오직 분타주뿐이었다. 하지만 그가 아무리 몸을 숨기고 경계해도 마치 살아 있는 생명체처럼 교묘하게 날아드는 화살을 피할 수 없었다.

"크악!"

결국 그도 단전을 파고든 화살을 잡고 미친 듯이 울부짖었다.

그의 비명성과 함께 철혈마단이 사천성에 설치한 삼십이 개의 분타 중 하나인 안평 분타는 초토화되었다. 비록 인원도 얼마 되지 않고 그 규모 또한 가장 작았지만 그것이 지닌 의미는 몹시도 의미심장했다.

하늘마저 덜덜 떨게 한다는 철혈마단의 분타를 무너뜨린 사람은 다름 아닌 을지호. 일찍이 온설화가 예견한 대로 부상에서 회복한 그가 본격적으로 움직인 것이었다.

첫 번째 변수였다.

노인과 중년인이 대화는 시종일관 무겁게 진행되었다.

"결정은 했는가?"

"예, 아버님."

"힘든 싸움이 될 것이네."

"그래도 해야 합니다. 아무런 잘못도 없는 제자 이십이 뭍에 올랐다 목숨을 잃었습니다. 목숨을 잃은 것도 부족해 차마 입으로 표현할 수 없는 치욕을 당했습니다. 복수해야 합니다."

정확히 칠 일 전, 이십 구의 시신이 도착했다. 뭍에 올랐던 제자들이 싸늘한 주검이 되어 돌아온 것이다.

멀쩡한 시신은 하나도 없었다.

머리는 물론이고 팔다리도 짐승의 날카로운 이빨에 찢겼는지 눈을 뜨고 볼 수가 없었다. 품에 지닌 물건이나 신체에 그만의 특징이 있었던 일곱을 제외하고는 나머지 인원은 누가 누구인지도 모르는 처참한 상황이었다.

그때의 아픔을 생각했는지 중년인의 눈에서 한광(寒光)이 피어올랐다.

"어쩌면 단 한 사람도 살아 돌아오지도 못할 수 있어."

"각오하고 있습니다."

"자네의 결심이 그렇다면 어쩔 수 없겠지. 부디 조심하게나."

"다녀오겠습니다."

중년인은 노인에게 큰절을 올리고 방문을 나섰다.

연무장에는 사형제들의 죽음에 분노한 제자들이 무장한 채 그를 기다리고 있었다.

정확히 사흘 후, 광동성 최남단의 해안에 조그만 여객선을 비롯하여 크고 작은 어선 십여 척이 정박을 했다. 그리고 다른 어떤 이들보다 실전에 강한, 삼백 검수(劍手)들이 모습을 드러냈다.

두 번째 변수였다.

뿌연 안개가 서려 있는 절운곡(絶雲谷).

노인과 이제 막 소녀티를 벗어난 소저(小姐)가 서 있었다.

"다녀오너라."

"저 혼자요?"

노인이 고개를 끄덕였다.

"난 잠시 다녀올 곳이 있다. 반시진 후 이곳에서 다시 만나자꾸나."

"뭐, 상관은 없겠지만 혼자 가면 제 말을 믿어줄까요?"

어린 소저가 고개를 갸웃거리며 물었다.

"이것을 가지고 가면 될 게다."

노인이 허리춤에 달고 있던 검을 건넸다.

무게가 제법 나가는지 검을 받아 든 소저의 얼굴이 살짝 찡그려졌다.

"알았어요. 한데 어딜 가시는 거예요?"

천천히 걸음을 옮기던 노인이 쓸쓸하게 대꾸했다.

"제 너머에 친우(親友)들의 무덤이 있구나. 오랜만에 왔으니 잡초나 몇 개 뽑아주고 올란다."

"그렇군요. 그럼 다녀오세요. 어르신들이 좋아하시겠네요."

애써 밝은 웃음을 보인 소저는 몸을 돌려 걷는 노인의 등을 잠시 지켜보다 자신도 절운곡을 향해 걷기 시작했다.

얼마나 걸었을까?

짙게 끼었던 운무(雲霧)가 걷히고 따사로운 햇살을 받으며 몇 개의 초옥(草屋)이 모습을 보였다. 그리고 입구에서 가장 가까운 초옥 앞 나무 그늘에서 두 노인이 무척이나 진지한 대화를 나누고 있었다.

"물러줘."

"안 돼!"

"그러지 말고 물러줘."

"일수불퇴(一手不退)라고 했던 것이 누구더라?"

승자의 모습이런가?

팔짱을 끼며 한껏 뒤로 몸을 누이는 노인은 지금의 상황을 무척이나 즐기는 모습이었다.

"마지막으로 부탁한다. 물러줘."

"싫어."

짧고도 단호한 음성에 벌떡 일어난 좌측의 노인이 눈썹을 부르르 떨었다.

"정말 이러……."

"싫다니까."

순간적으로 말을 끊긴 노인은 더 이상 화를 참지 못한고 냅다 장기판을 걷어찼다.

조금 전까지만 해도 노인들의 손에 의해 천변만화(千變萬化)를 일으키던 장기알들이 순식간에 자취를 감추고 두께가 한 자에 이르는 장기판이 그대로 박살나 버렸다.

"쯧쯧, 장기판이 무슨 잘못이 있다고… 부족한 실력을 탓해야 하지."

"시끄러!"

"아무튼 오전 오승이라… 후아~ 다섯 동이의 술을 언제 다 마시려나."

경송창어세한(勁松彰於歲寒) 287

술내기를 했던가? 약을 올리던 노인이 갈증이 나는지 슬며시 혀를 내밀어 입술을 핥았다.

"설마 약속을 어기지는 않겠지?"

"내가 네놈 같은 줄 아냐! 준다, 줘! 지금 당장 보내줄 테니까 혼자 배터지게 잘 처먹어라!"

내기에 패한 노인이 씩씩거리며 소리쳤다.

바로 그때였다.

"호호호호, 참 재밌는 할아버지네요."

노인 몇과 시중을 드는 하인들 몇뿐인 절운곡(絶雲谷)에 난데없이 울려 퍼지는 여인의 웃음소리. 이미 그녀의 존재를 알고 있던 노인이 고개를 돌렸다.

"네년은 누구냐?"

"소녀의 이름은 임여령(林璵伶)이에요. 한데 여기가 절연곡(絶緣谷)이 맞는지요?"

그녀의 말이 끝나기가 무섭게 두 노인의 안색이 확 변했다.

그들이 머물고 있는 골짜기의 원래 이름은 절운곡으로 모든 사람이 그렇게 알고 불렀다. 하지만 그녀가 언급한 절연곡이란 말은 속세의 모든 인연을 끊고 산다고 하여 그들 스스로가 붙인 이름으로 오직 곡 안에서 살고 있는 사람만이 아는 이름이었다.

"네, 네년은 누구냐! 어찌 절연곡을 알지?"

"들었으니 알지요."

"누구에게 들었는지 말해 봐라! 사지가 찢겨 죽고 싶지 않으면 당장 불어!"

"흠, 다른 이에 비해 약간 작은 키, 호리호리한 몸매, 입에 욕을 달고 살며, 번갯불에 콩을 볶아 먹을 듯 급한 성격. 할아버지가 유불살(有不殺) 송찬(宋璨)이지요?"

"네, 네년은 누구냐!"

깜짝 놀란 송악이 조금 전과는 다소 의미가 다른 질문을 던졌다. 동시에 그녀의 목을 틀어쥐었다.

"아파요, 놔주세요."

"누구냐고 물었다!"

"말했잖아요, 임여령이라고. 손이나 빨리 놔주세요. 전할 말이 있으니까."

"그래, 무슨 할 말이 있느냐?"

잠자코 지켜보던 우측 노인이 송악의 손을 제지하며 물었다.

"이것을 전해주라고 하셨어요."

송악에게 잡혔던 목이 아픈지 잠시 어루만진 그녀가 허리춤에 매달고 있던 검을 건넸다.

"검? 검을 전하라고 했단 말이냐?"

바로 그 순간, 갑자기 나타난 노인이 임여령의 손에 들린 검을 낚아챘다.

"이, 이것을 어디서 얻었느냐? 아니, 이것을 전해주라고 한 사람이 누구더냐!"

검을 살피던 노인이 떨리는 손으로 검을 어루만지며 격동에 찬 음성으로 물었다.

"절연곡에 가면 과거 한 수 가르쳐 달라고 노부를 귀찮게 했던 혈류

경송창어세한(勁松彰於歲寒)

도(血流刀) 냉악(冷岳)이라는 멍청한 녀석이 고만고만한 아이들 몇과 함께 있을 것이다. 이것을 전해주고 당장 데리고 나오너라."

말을 하며 살짝 눈치를 보는 임여령. 그녀는 노인의 안색이 백지장처럼 하얗게 변하자 살며시 미소 지었다.

"라고 말씀하셨어요, 그 검을 제게 주신 분이."

"허! 설마 하니 살아… 계셨던가? 그분이, 정녕 그분이……!"

풍혼(風魂)이란 이름이 멋들어지게 새겨진 검을 살피는 혈류도 냉악, 그의 노안(老眼)이 붉게 물들었다.

세 번째 변수였다.

    *   *   *

북경성(北京城) 서문(西門).

담장의 높이가 오 장에 이르고 둘레만도 수십 리에 달하는 북경성은 명의 수도이자 천하의 주인인 황제가 있는 곳이니만큼 그 경계가 몹시도 삼엄했다.

대낮에도 통행증이 없으면 출입을 하지 못했고 날이 밝기 전에는 장벽 근처로도 접근하지 못했다.

한데 지금, 이른 야음을 틈타 월담을 시도하려는 간 큰 인물들이 있었다.

"흐흐흐, 여전히 높구나. 어째 옛날보다 훨씬 높아진 것 같아. 경계도 삼엄해진 것 같고."

장벽을 어루만지던 노인이 말했다.

"요즘 나라가 어수선하다고 하잖아요. 아무래도 그런 영향이 있겠지요."

노인의 곁에 있던 노부인이 살며시 미소 지으며 대꾸했다.

"뭐, 어쨌든 나와는 상관없는 노릇이니까."

"아버님, 꼭 이렇게 하셔야 합니까?"

아들인 듯한 청년과 나란히 서 있던 중년인이 다소 불만 어린 음성으로 물었다.

"뭐가 말이냐?"

"엄연히 정문이 있고 통행증도 있는데 구태여 월담을 할 필요까지는……."

"내 말이! 정말 쓸데없는 짓 하기를 좋아한다니까."

먼저 입을 연 노부인, 차분해 보이는 그녀와는 달리 성정이 괄괄해 보이는 또 다른 노부인이 손뼉을 치며 맞장구를 쳤다.

그러나 노인은 상관없다는 표정이었다.

"뭐, 문으로 들어가고 싶으면 마음대로 해라. 난 여기로 갈란다. 오랜만에 옛날 기분도 내고. 흐흐흐, 호랑이 한 마리만 때려잡으면 정말 금상첨화(錦上添花)일 텐데. 어떠냐? 네가 가서 한 마리 잡아오련?"

노인이 이제 갓 약관에 이른 손자를 보며 말했다. 그는 잊고 있던 오래전의 추억을 떠올려서인지 무척이나 기분 좋아 보였다.

"할아버지께서 필요하시다면 잡아오지요."

"허허허. 고 녀석, 늘 토를 다는 네 아비나 죽어도 말을 듣지 않는 형보다는 네가 훨씬 낫구나."

흐뭇하게 미소를 지은 노인은 손자의 머리를 쓰다듬으며 한숨을 푹 푹 내쉬면서 노려보는 노부인을 살짝 가리켰다.

"하지만 여기서 호랑이까지 잡아온다면 네 할미가 나를 잡아먹으려고 할 터이니……."

"애한테 무슨 소리를 하는 거예요!"

노부인이 눈에 쌍심지를 켜며 소리를 질렀다.

그러자 재빨리 시선을 피하는 노인. 곁에서 입을 가리며 웃던 노부인이 화를 내고 있는 그녀에게 다가갔다.

"호호, 너무 그러지 마세요. 오랜만에 옛일을 생각하시는 것 같은데."

"그건 나도 알아, 동생. 하지만 정도가 지나치잖아. 길을 떠난 지 벌써 다섯 달이나 지났어. 그 시간이면 집에서 여기까지 수십 번은 왕복했을 시간이야. 누군가가 엉뚱한 곳에서 옛 추억을 떠올리지만 않았다면 말이지. 그것도 모자라 이제는 월담까지? 이거야 원, 도둑놈도 아니고!"

노부인은 답답해 죽겠다는 듯 가슴을 쳤다.

"자자, 뭣들 하고 있어. 빨리 올라와."

어느새 담장을 올라간 노인이 환한 웃음을 지으며 행동을 재촉했다.

"어떻게 할 테냐, 애비는?"

노부인이 중년인에게 물었다.

"뭐, 할 수 없지요. 이리된 마당에 저희들만 따로 정문으로 갈 수는 없잖습니까?"

고개를 절레절레 흔든 그가 아들에게 시선을 주자 그렇지 않아도 기대에 찬 눈으로 기다리고 있던 청년이 훌쩍 몸을 띄웠다. 뒤를 따라 중년인도 몸을 날렸다.

"조손지간에 아주 신났군, 신났어."

"우리도 가야지요, 언니."

"후~ 이게 뭔 짓인지."

그러나 다들 가는데 혼자 남을 수는 없는 노릇. 친자매처럼 다정히 손을 잡은 노부인들도 단숨에 담장에 올라섰다.

그런데 그녀들이 담장에 오르는 것을 확인한 노인이 갑자기 함성을 터뜨렸다.

"크하하하! 그래, 잘 있었느냐! 내가 왔느니라!! 하하하하!!"

온 천하를 쩌렁쩌렁 울리는 소리였다.

아무리 깊은 잠을 자는 사람이라도 당장 경기를 일으켜 일어나게 만들 정도의 우렁찬 음성, 물론 그에 대한 책임도 따라왔다.

삐이이이이!

이곳저곳에서 어둠을 가르는 경적 소리가 들리고 군인들의 발소리와 고함 소리가 들려왔다.

"누구냐!"

"잡아랏!"

노부인이 노인의 옆구리를 때리며 버럭 소리를 질렀다.

"도대체 왜 소리를 지르고 그래요!"

"재밌잖소."

간단히 대답한 노인이 훌쩍 담을 내려섰다.

벌써부터 화살은 빗발치듯 날아왔다. 물론 그들에게 접근하는 화살은 단 한 개도 없었다.

경송창어세한(勁松彰於歲寒) 293

"내가 정말 미쳐!"

노인을 따라 가장 늦게 담에서 내려선 노부인이 가슴을 쳤다. 모든 화살이 그녀를 향해 집중되었다.

"이것들이 정말!"

그렇잖아도 화가 치밀 대로 치민 그녀가 서너 개의 화살을 잡았다. 그리곤 화살을 날린 궁수들에게 집어 던졌다.

가히 섬전과도 같은 속도로 날아가는 화살.

궁수들의 머리를 스치듯 지나간 화살은 뒤의 성벽에 가공할 만한 힘으로 부딪쳤다.

꽝!

화살에 부딪친 성벽이 화포(火砲)에라도 맞은 듯 흉측하게 파였다.

"어디, 또 한 번 화살을 날려봐!"

물론 화살은 날아오지 않았다.

그저 목숨을 구했다는 안도의 한숨만이 흐를 뿐이었다.

네 번째의 변수이자 중원을 뒤흔들 가장 강력한 변수의 시작이었다.

『궁귀검신』 6권으로 이어집니다

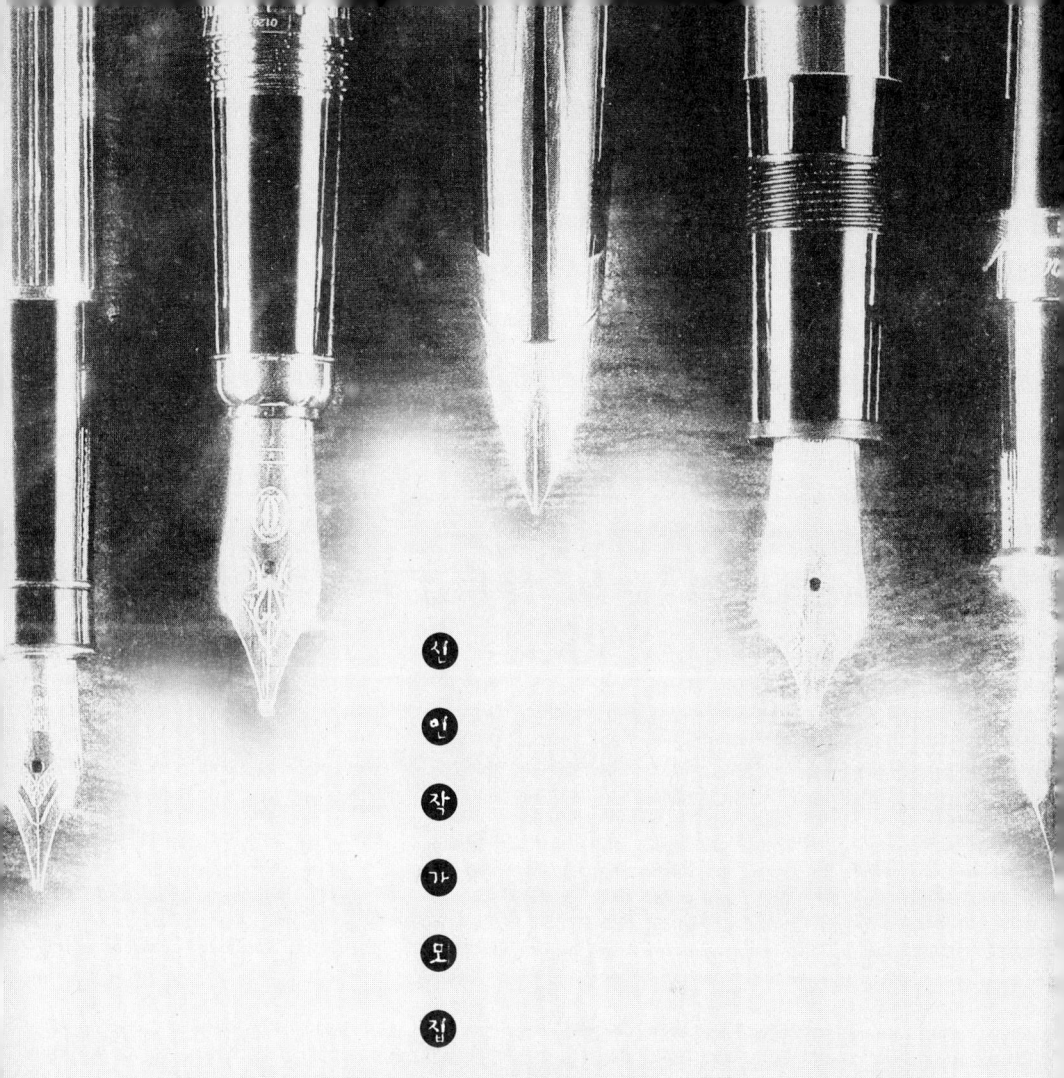

신인작가모집

**시작이 반이라고 했습니다.
작가의 길에 대한 보이지 않는 벽을 과감히 깨뜨리십시오!
청어람은 작가 지망생 여러분들의
멋진 방향타가 되어드리겠습니다.**

저희 도서출판 청어람에서는
소설 신인 작가분들을 모집합니다.
판타지와 무협을 사랑하시는 분들의 많은 참여를 바랍니다.
소정의 원고(A4용지 150매)를 메일이나 우편으로 보내주시면
검토 후 출판 여부를 알려드리겠습니다.

주소:경기도 부천시 원미구 심곡1동 350-1 남성B/D 3F 우편번호420-011
TEL:032-656-4452 · **FAX**:032-656-4453
http://www.chungeoram.com
e-mail:chungeoram@chungeoram.com